Le livre de Rachel

DU MÊME AUTEUR

La Ville en ses murs, Éditions Philippe Picquier, 1998.
Shalom India Résidence, Éditions Héloïse d'Ormesson, 2012.

ESTHER DAVID

Le livre de Rachel

ROMAN

Traduit de l'anglais (Inde)
par Sonja Terangle

Ouvrage traduit avec le concours du
Centre national du livre

TITRE ORIGINAL
Book of Rachel

ÉDITEUR ORIGINAL
Viking by Penguin Books India, 2006

© Esther David, 2006

POUR LA TRADUCTION FRANÇAISE
© Éditions Héloïse d'Ormesson, 2009

Le Code de la propriété intellectuelle interdit les copies ou reproductions destinées à une utilisation collective. Toute représentation ou reproduction intégrale ou partielle faite par quelque procédé que ce soit, sans le consentement de l'auteur ou de ses ayants droit ou ayants cause, est illicite et constitue une contrefaçon sanctionnée par les articles L335-2 et suivants du Code de la propriété intellectuelle.

*À ma petite-fille,
Mira-Rachel-Roma*

POISSON FRIT

INGRÉDIENTS
Poisson, sel, citron,
piment en poudre, huile.
Prenez un grand et beau *pomfret*[1], poisson casher[2]
car pourvu d'écailles.
Pomfret se prononce souvent « pamplet ».

PRÉPARATION
Écaillez et videz le poisson.
Coupez la queue mais gardez la tête, yeux compris.
Coupez le poisson en cinq ou six morceaux.
Frottez de citron et de sel.
Laissez mariner un peu,
puis lavez et essuyez les morceaux de poisson
avant de les frotter
de piment rouge en poudre.
Faites chauffer de l'huile dans une poêle
et faites frire le poisson sur les deux faces.
Servez très chaud,
accompagné de quartiers de citron.
Le poisson frit se mange généralement avec des *chapatis*[3]
ou avec du *dal*[4] et du riz.

---

1. Poisson à chair blanche. (Toutes les notes sont du traducteur.)
2. Dont la consommation est autorisée par la loi juive.
3. Galettes rondes de pain indien.
4. Lentilles.

Le poisson symbolise la protection, car ses yeux dépourvus de paupières, situés de part et d'autre de sa tête, sont ouverts sur le monde en permanence.
Tout comme la maîtresse de maison, il protège le foyer.
On le retrouve souvent représenté sur le *hamsa*, la main que l'on accroche dans certaines maisons juives pour y apporter protection et chance. Par ailleurs, le poisson incarne la fertilité, en raison de la quantité d'œufs que pond la femelle. Sans oublier le signe zodiacal...

Le cyclone heurta la maison de Rachel à quinze heures trente précises et il déposa un poisson sur son seuil. Le poisson était toujours vivant et se tortillait, cherchant désespérément son souffle. C'était un pomfret très frais, avec des ouies toutes roses, comme ceux que le poissonnier lui apportait tous les vendredis matins. Rachel choisissait le plus beau spécimen, vérifiait sa fraîcheur en pressant les ouies pour en extraire le liquide blanc, puis le découpait en cinq ou six morceaux à l'aide du *morli*, son couteau recourbé.

Avec ses gouttelettes de sang, le poisson évoquait les pétales du *palas*, l'arbre à laque qui étendait ses branches en fleur au-dessus du toit de Rachel.

Depuis quelques années, elle avait pris l'habitude de faire frire du poisson bien frais, saupoudré d'une bonne dose de piment rouge pour le dîner du shabbat. Elle avait une faiblesse pour ce plat. En temps normal, elle aurait reçu le poisson offert par la tempête comme un cadeau divin et en aurait fait son dîner. Mais pas ce jour-là.

En observant les vagues de la mer d'Arabie se cabrer jusqu'au pied des cocotiers, Rachel pensait à la nuit sombre qui avait vu les Juifs faire naufrage en Inde, sur cette même mer.

Elle ne voulait pas que le poisson meure. C'est la mer qui lui en avait fait cadeau. Elle ramassa le poisson qui se tortillait vivement et le plongea dans le seau d'eau qu'elle gardait toujours sur la véranda.

C'est là qu'elle recueillait la pluie précieuse pour laver ses casseroles en cuivre. Quand elle n'avait rien d'autre à faire, elle s'installait sous le crachin pour les polir, priant que les nuages ne s'écartent pas, car le soleil ferait perdre aux ustensiles leur lustre et leur donnerait la teinte bleu-gris des nuages de pluie.

Rachel était trempée. Elle retira son sari mouillé, l'étendit sur une corde à linge et s'accroupit pour observer le poisson. Elle tremblait et autour d'elle tout semblait vibrer comme le poisson dans son seau. La maison était agitée de rumeurs. On aurait dit que le vent allait la faire tomber. Brownie, le chien errant qu'elle avait recueilli, se pelotonnait sur un coussin posé sous le lit et agitait les oreilles car il avait senti le poisson dans le seau.

Comme la pluie se déchaînait, les chèvres s'étaient mises à l'abri sous la véranda. Rachel reconnut la chèvre tachetée qui se frottait contre la porte. Elle avait enfermé les volailles dans un énorme panier. Bien qu'à l'étroit, elles y seraient plus en sécurité qu'à l'extérieur. Hélas, le panier n'était pas assez grand pour accueillir les canards. Elle avait dû les laisser au jardin, près de la mare. Mais voilà que de leur propre chef, ils venaient s'abriter sous la véranda, avec les chèvres.

Rachel voyait bien que le poisson n'arrivait pas à nager dans le seau. Trop petit, comparé à l'océan. Elle se mit à chercher une bassine, comme celle qu'elle utilisait jadis pour le fourrage des bœufs. La bassine était rangée sur la mezzanine. Elle monta une marche de l'échelle puis hésita. Elle n'aimait pas grimper à l'échelle quand elle était seule à la maison. Elle avait trop peur de se casser quelque chose. Si elle était obligée de garder le lit, elle serait dépendante à jamais, livrée à autrui jusqu'à la fin de ses jours.

Elle redoutait le jour où l'un de ses deux fils ou sa fille devrait l'emmener en Israël pour la faire hospitaliser, avant de l'abandonner dans une maison de retraite. Voilà une idée qu'elle détestait. Elle était libre d'esprit. Elle avait besoin d'être en terrain connu, sur le sol qui avait accueilli Aaron, sa moitié, sur la terre de ses ancêtres. À chaque fois que l'un de ses enfants abordait le sujet de son départ pour Israël, elle frissonnait en imaginant qu'ils l'emprisonneraient pour toujours dans un pays inconnu, et scelleraient sa langue avec celle de leurs prières.

Elle entendait le vent rugir tout autour d'elle et sut qu'un arbre était tombé à l'arrière de la maison. Le tonnerre gronda comme les énormes cymbales qui avaient résonné lors des noces de son aîné.

Quel était ce bruit étrange sous son corsage ? Elle posa la main sur sa poitrine et comprit que cela venait de son cœur qui s'agitait comme le poisson qu'elle avait tenu dans sa main, tout à l'heure. Elle aurait voulu être auprès de Zephra, sa cadette.

On avait l'habitude des cyclones au Konkan, surtout en bord de mer. Elle avait peur. Pour elle-même et pour sa maison. Et pour la synagogue, qui se tenait seule, distante et abandonnée à quelques mètres de là.

Rachel se souvint des dîners festifs qu'elle préparait tous les vendredis pour le shabbat, du vivant d'Aaron. Elle faisait un *curry*[1] de poulet, de mouton ou de poisson à la noix de coco, accompagné de montagnes de riz blanc. Mais Aaron disparu et les enfants partis en Israël, la coutume s'éteignit.

À la mort d'Aaron, elle avait voulu se jeter à la mer pour le rejoindre. Elle lui avait donné deux fils et une fille, sans compter deux fausses couches et un avortement. Quand ils avaient eu dix-huit ou vingt ans, les enfants étaient partis en Israël. Seule à la maison, Rachel ne trouvait plus aucun sens à sa vie.

En Israël, la famille s'agrandissait. Chaque année, les enfants venaient la voir et tentaient de la convaincre de quitter l'Inde pour s'installer avec eux en Terre promise. En souriant, elle répondait toujours ceci : « L'an prochain à Jérusalem », ce qui faisait bien rire enfants et petits-enfants.

Rachel s'exprimait généralement en marathi, sa langue maternelle. Quand elle entendait ses petits-enfants, de passage en Inde, parler l'hébreu, elle prenait un air satisfait et disait : « Dieu est grand, les enfants parlent la langue de la Torah[2]. »

---
1. Le terme *curry* désigne les plats en sauce. La poudre de curry est inconnue dans la cuisine indienne.
2. Nom hébreu du Pentateuque.

Lorsque ses enfants ne pouvaient pas se rendre en Inde, ils tentaient de l'attirer en Israël en lui chantant les louanges de ce pays. Au téléphone, ils lui parlaient en marathi et Rachel était rassurée qu'ils n'aient pas oublié. Si les petits-enfants bredouillaient eux aussi quelques mots dans cette langue, elle était comblée.

Même Zephra lui parlait toujours en marathi. Elle était partie en Israël adolescente et, comme elle avait vécu dans un kibboutz, elle se comportait comme une vraie Israélienne, au grand désespoir de Rachel. Ce qui la contrariait le plus, c'est que Zephra ne voulait épouser aucun des gentils garçons Bné Israël[1] que l'on pouvait encore dénicher dans le sud d'Israël ou à Bombay, ou encore à Ahmedabad.

Elle-même avait connu son époux quand elle était enfant. Ils étaient cousins et, conformément à la tradition, on les maria tout jeunes. Ils avaient grandi ensemble. Ils avaient passé leur vie à s'occuper l'un de l'autre. Alors quand Aaron mourut, Rachel ne sut pas quoi faire de sa vie. Elle se demandait souvent comment on faisait pour s'occuper de soi.

Au moins, les villageois faisaient montre de gentillesse et d'attentions à son égard. Ils appréciaient que, bien qu'elle soit une authentique Bné Israël Téli[2], elle parle le marathi sans accent, comme eux, et connaisse si bien les coutumes du Maharashtra, à tel point qu'il leur arrivait de la présenter comme une Brahmine du Konkan. Rachel n'était pas peu fière de cette nouvelle identité qui faisait d'elle un membre

---
1. L'une des trois communautés juives d'Inde.
2. Presseur d'huile.

à part entière du village plutôt qu'une étrangère issue d'une minorité.

Sa façon de se vêtir, de se comporter et de parler permettait aux villageois de l'accepter facilement parmi eux. Ses voisines venaient toujours passer l'après-midi avec elle. Elles apportaient de la nourriture, car elles savaient que Rachel avait l'habitude de sauter le déjeuner ou le dîner.

Elle ne cuisinait vraiment pour elle-même que le vendredi, pour le repas du shabbat. Elle préparait alors un plat de poisson ou de volaille et même un verre de jus de raisin maison, pour le kiddoush[1], ainsi qu'une galette de shabbat en guise de pain.

Les Juifs Bné Israël observaient le repos du shabbat, du vendredi soir au samedi à la tombée de la nuit. C'est de là que leur venait le surnom de Shanvar Téli[2]. Ils vendaient l'huile qu'ils pressaient et ne travaillaient jamais pendant la journée du samedi.

C'est seulement le vendredi que Rachel mangeait bien, et elle mettait de la nourriture de côté pour le déjeuner du shabbat. Tous les vendredis après-midi, religieusement, Rachel ouvrait l'antique serrure de la synagogue puis la graissait pour éviter qu'elle rouille. Ensuite, tout en fredonnant une prière juive en marathi, elle lavait le sol et nettoyait les sièges, veillant à ce que la synagogue soit rangée et propre. Elle était convaincue qu'un jour il s'y tiendrait

---
1. Bénédictions récitées avant le repas du shabbat ou des fêtes, notamment sur le fruit de la vigne et de la terre.
2. Presseurs d'huile du samedi, nom donné aux Juifs dans le Konkan.

de nouveau un office et que tous ses efforts ne seraient finalement pas vains.

Rachel avait passé sa vie à cuisiner pour Aaron et les enfants. Ce qu'elle aimait surtout, c'était préparer les repas de fête. Elle aimait bien servir à table aussi. Quand Aaron lui demandait de s'asseoir et de dîner avec le reste de la famille, elle lui répondait qu'il ne devait pas la priver de ses petits plaisirs. Ils ne s'attablaient ensemble qu'après s'être disputés, quand, pour marquer leur réconciliation, ils mangeaient dans le même plat et se donnaient la becquée.

S'occuper de la synagogue abandonnée lui procurait un but dans la vie. La synagogue était située juste derrière la maison de Rachel. Les soirs où elle se sentait seule, elle trouvait du réconfort à observer ses contours irréguliers de la fenêtre de sa chambre. Les colonnes grecques et le toit ionique témoignaient de la splendeur passée de cette synagogue. Au fil des ans, la clôture qui séparait jadis les deux bâtiments s'était peu à peu effondrée, si bien qu'ils semblaient occuper le même terrain. Rachel était la dernière habitante juive de Danda. Voilà des années que la synagogue était fermée. Quand des touristes juifs américains ou israéliens venaient la visiter, Rachel avait du mal à ouvrir la serrure pour les faire entrer. Les administrateurs de la synagogue avaient fini par confier la clé à Rachel, qui gardait l'endroit propre, recevait les rares touristes et leur offrait un thé, un citron pressé ou même un déjeuner.

Rachel était très attachée à la synagogue. C'est là qu'elle s'était mariée, là que ses fils avaient été circoncis, là qu'ils avaient célébré les fêtes juives ensemble. Sa maison étant la plus proche de la synagogue, c'est toujours chez elle que l'on préparait les plats traditionnels de Malida à base de paillettes de riz et de fruits, pour les prières à Eliyahou Hanavi[1]. Du moins, tant qu'il y avait un chantre et un *miniane*[2].

Puis le chantre était parti, mais il restait encore une assemblée de dix hommes et c'est Aaron qui conduisait l'office du shabbat. De ces dix hommes, certains étaient morts, d'autres partis en Israël, et à présent la synagogue n'avait plus ni miniane, ni chantre, ni offices.

Dans sa solitude, Rachel avait appris un certain nombre de choses sur elle-même. Elle aimait le poisson frit, avec tellement de piment qu'il en devenait rouge et brûlant. Elle aimait aussi manger un mélange inhabituel de riz gluant et de poisson frit, généreusement arrosé de beurre clarifié, tout en se demandant si cela ne contrevenait pas aux règles de la *cashrout*[3].

Tout comme elle s'était détachée de certaines traditions culinaires, elle avait abandonné d'autres coutumes vestimentaires. Elle avait mis du temps à se rendre compte qu'elle n'aimait pas le sari à l'ancienne, de huit mètres de long. Elle n'en avait plus mis depuis la mort d'Aaron et avait enfermé les siens dans une malle en fer-blanc. Si quelqu'un lui demandait pourquoi elle ne les portait jamais, elle esquivait la question et disait qu'elle s'était habituée aux saris modernes de cinq mètres.

---

1. Le prophète Élie.
2. Quorum de dix hommes requis pour les prières juives.
3. Corpus de lois permettant de déterminer si un aliment est casher.

Cependant, lorsque le soleil se couchait sur la semaine et sur la mer d'Arabie, elle ouvrait ses malles, choisissait un sari de huit mètres, le drapait autour de sa frêle silhouette et observait l'horizon en murmurant une prière pour accueillir le shabbat.

En prenant de l'âge, Rachel s'aperçut qu'elle appréciait les saris aux teintes pastel qu'on voyait dans les vitrines du magasin Alibaug Sari Emporium. Elle aimait la sensation des cotons frais et des tissus synthétiques soyeux, le rose poudré, le bleu ciel, le mauve. Elle rêvait même de saris blancs à fine bordure dorée. La seule couleur foncée qu'elle appréciait était un prune soutenu.

Traditionnellement, les femmes mariées ne portent pas de blanc, mais Rachel avait tout de même demandé à Aaron de lui acheter un sari blanc pour les offices de Yom Kippour[1]. Après son décès, elle avait porté du blanc, un an ou deux, puis avait adopté des couleurs pastel.

Rachel disait souvent que personne ne se souciait de ses préférences, pas même Aaron. Les enfants lui avaient acheté des seaux en plastique, des plats et casseroles en inox, de l'argenterie, des verres de toute première qualité. Mais elle tenait beaucoup à ses ustensiles de cuivre et de laiton. Même quand elle ne s'en servait pas, elle les astiquait régulièrement.

L'épouse de son fils aîné l'avait beaucoup contrariée un jour, en lui suggérant de vendre ses cuivres qui « ne servaient à rien ». Rachel lui avait répondu sèchement qu'elle avait grandi

---

1. Célébration juive connue comme le jour du Grand Pardon, pendant laquelle on s'habille de blanc.

avec ces objets, et qu'elle n'aurait qu'à les enterrer avec elle.

Rachel observait la pluie. Elle était bien contente d'avoir fermé toutes les portes et fenêtres de la synagogue. Les loquets et les charnières étaient vieux mais solides. Le vent violent n'aurait pas raison d'eux. Le toit, en revanche, était en mauvais état et sur la mezzanine des femmes, le verre de l'une des ventilations était cassé, si bien que les cyclones pouvaient endommager l'édifice.

Rachel se rappela à Dieu en psalmodiant *Deva re Deva*. Elle espérait qu'il l'entende et lui vienne en aide. Elle tenta d'allumer une bougie tout en fredonnant cette version marathi de *L'Éternel est mon berger*. Il y avait une panne d'électricité et elle savait d'expérience qu'elle n'aurait pas de lumière pendant deux jours au moins. Le courant pourrait revenir pour quelques heures, mais en période de mousson, on n'était jamais sûr de rien.

Rachel vérifia ses lampes et son stock de pétrole. Elle bénit ses enfants qui avaient veillé à ce que la maison soit équipée de tous les gadgets possibles et imaginables. Elle avait un petit frigo rouge cerise, un mixer vert pelouse, une gazinière flambant neuve, deux bouteilles de gaz ménager, une table en formica bleu paon, un sofa et des fauteuils à l'occidentale, des placards de cuisine métalliques, un radio-cassette, une télé couleur et un téléphone blanc qui venait d'Amérique. Seulement quand il y avait une coupure d'électricité, aucun de ces appareils ne fonctionnait, hormis la gazinière et la lampe à pétrole. Elle était tellement habituée à cette lampe qu'elle oubliait généralement la torche électrique posée sur sa table de nuit. Elle n'y avait recours que lorsqu'elle faisait des cauchemars et que les ombres des arbres lui semblaient danser autour d'elle.

Rachel vit que le ciel s'était voilé de sombres nuages. Il était quatre heures et elle avait encore le temps de courir à la synagogue pour constater les dégâts. Elle remonta son sari sur ses jambes maigres, se protégea la tête d'un sac plastique, ferma la porte derrière elle, ouvrit son grand parapluie noir et courut vers la synagogue.

Un éclair la mit soudain en relief – monument gris émergeant du rideau de pluie, entouré d'un halo. La pluie avait nettoyé les lettres hébraïques inscrites sur la plaque de marbre. Le chemin était détrempé et, le temps d'arriver au portail, les jambes de Rachel furent couvertes de boue. Trempée, elle se réfugia sous l'arche du portail, ferma son parapluie et courut jusqu'aux marches en briques qui menaient à l'entrée de la synagogue où elle s'immobilisa en tremblant, comme un moineau mouillé.

Elle ne voulait pas se retrouver en face de l'arche sainte avec les vêtements collés au corps. On lui avait toujours appris à être décente dans un lieu de prière. Alors elle attendit sur la véranda que le vent de la mousson sèche son sari. Enfin, avant d'entrer, elle se couvrit la tête avec le bout de son sari.

Rachel vit que le vent violent qui entrait par la ventilation brisée faisait dangereusement vaciller les lampes et les lustres. Elle monta à la mezzanine et s'aperçut qu'une autre vitre était cassée et que le sol était jonché de débris de verre. Elle hésita. Elle regarda ses pieds fins et osseux, aux ongles décolorés, qui rappelaient les serres d'un oiseau.

Elle s'en voulait d'avoir laissé ses sandales à la maison même s'il était plus facile de marcher pieds nus dans la gadoue. Elle se hissa sur un banc pour atteindre la ventilation et attrapa au passage un calendrier plastifié représentant le prophète Élie.

Une nouvelle trombe d'eau lui fouetta le visage alors qu'elle tentait d'obstruer la ventilation avec le calendrier. Une fois qu'elle l'eut bien fixé, elle se dirigea vers la sortie, en sautant d'un banc à l'autre. « Non, non, non, pensa-t-elle, je ne vais pas me couper les pieds, même pour une cause céleste. »

Quand elle arriva à la porte, Rachel se rappela qu'elle avait oublié d'embrasser la *mézouza*[1]. Elle rebroussa chemin tout en adressant ses excuses à Dieu, effleura l'objet en marbre du bout des doigts qu'elle porta à ses lèvres, puis se couvrit du mieux qu'elle put avec l'extrémité de son sari, saisit fermement son parapluie et courut vers sa maison en espérant que le chat n'ait pas mangé le poisson.

Elle avait oublié de fermer la fenêtre de la cuisine.

---

1. Rouleau de parchemin sur lequel sont inscrits deux passages de la prière *Écoute Israël* et qui est fixé sur le linteau droit de la porte de tout Juif pratiquant. Il est de coutume de toucher et d'embrasser la mézouza en franchissant le seuil.

SOWN KADHI

INGRÉDIENTS
Noix de coco, *cocum*[1] ou mangoustan, riz,
piment rouge en poudre, curcuma, cumin en poudre, sel.

PRÉPARATION
Choisissez une noix de coco bien charnue, à coque dure.
Secouez-la pour vérifier qu'elle renferme de l'eau.
Retirez la couche externe et fibreuse
avec un outil bien aiguisé.
Cassez la noix de coco avec un marteau.
Récupérez son eau dans un bol ;
vous l'ajouterez au lait de coco.
Râpez la noix de coco puis trempez-la dans l'équivalent
de deux verres d'eau, pendant une heure.
À l'aide d'une passoire fine, passez le lait de coco
directement dans une casserole.
Faites tremper quatre morceaux de cocum
ou de mangoustan frais dans un bol d'eau,
cinq minutes ou le temps que les résidus se déposent
au fond du bol. Rincez à l'eau fraîche et réservez.
Dans un autre bol, laissez tremper une cuillère à soupe
de riz cru pendant une heure, puis réduisez en pâte
à l'aide d'un mortier ou d'un mixer.
Assaisonnez le lait de coco avec le sel, le piment,
le curcuma et le cumin. Sur un feu moyen, amenez
à ébullition, tout en remuant sans cesse le *kadhi*[2].

---

1. Fruit que l'on utilise le plus souvent séché, pour parfumer un plat ou pour préparer une boisson désaltérante.
2. Sorte de soupe de coco.

Ajoutez le cocum et la pâte de riz au kadhi et faites
bouillir encore cinq minutes en remuant.
Vous obtiendrez quatre bols de *sown*[1] kadhi.
Si vous ne souhaitez pas préparer le lait de coco
vous-même, prenez du lait de coco en boîte.
Ce plat est délicieux accompagné de riz blanc ou seul,
en soupe, chaude ou froide. Les Bné Israël aiment le servir
avec du riz et du *kima*[2] bien relevé.

Facultatif : en saison, vous pourrez ajouter
quelques morceaux de mangue verte pour donner
une pointe d'acidité supplémentaire.

Si le sown kadhi est le roi des currys, la noix de coco
est la reine de la cuisine juive indienne. Elle est à la base
de pratiquement toutes les recettes. Les règles de la kashrout
interdisant de « faire cuire l'agneau dans le lait de sa mère »,
le lait de coco constitue un substitut parfait
pour le lait animal.
Influencés par les croyances hindoues, les Juifs indiens
pensent que la noix de coco est de bon augure
pour les nouveaux projets.

---

1. Doré.
2. Plat indien à base de viande hachée, facile et rapide à préparer.

Rachel vit que la mer s'était calmée et que le poisson qu'elle lui avait offert était toujours vivant dans son seau. Il n'avait pas la place de nager et la fixait de ses yeux vitreux. Rachel prit le seau, alla jusqu'au bord de l'eau et remit le poisson à la mer. Elle se sentit soulagée.

Depuis le décès d'Aaron, elle se nourrissait généralement de sown kadhi et cela lui suffisait pour toute une journée. Rachel en aimait la couleur, un rose brumeux, comme la mer qui change de teinte sous le ciel matinal. Elle se demandait bien pourquoi ce plat s'appelait sown kadhi. D'autres le nommaient cocum kadhi ou curry de noix de coco. En fait, il n'était jamais doré – comme le nom pouvait le suggérer –, mais plutôt rose à cause du cocum. Elle avait remarqué que le lait de coco ne prenait pas la bonne nuance de rose s'il y avait ne serait-ce qu'un morceau de cocum en moins.

Rachel évitait de manger toute seule à table. Au lieu de cela, elle remplissait son assiette d'une bonne portion de riz qu'elle arrosait de sown kadhi, puis elle mélangeait le tout du bout des doigts. Elle mangeait assise sur le sol de la véranda, avalant des grandes bouchées à toute vitesse, comme si elle était pressée. C'était d'ailleurs souvent le cas. Le repas terminé, elle allait à la synagogue, le cœur léger, la tête libre.

Une fois arrivée devant la synagogue, elle fit une pause et poussa un soupir, soulagée d'être ailleurs que dans sa maison pleine de souvenirs. Se couvrant la tête du bout de son sari, elle observa le vieux bâtiment. Le jardin, jadis rempli de palmiers, était désolé. L'herbe sèche et dure blessait ses pieds. Les plantes grimpantes, qui avaient envahi le mur du jardin avec les pluies de l'hiver, avaient laissé leurs empreintes verdâtres lorsque l'été les avait desséchées. La synagogue paraissait souffrir des intempéries. Chaque année passée accentuait son air de ruine, avec ses colonnes corinthiennes abîmées, ses murs couverts de mousse et les lettres défraîchies des inscriptions en hébreu et marathi qui ornaient le portail et la plaque de marbre.

À l'intérieur, la chaux s'écaillait et on pouvait à peine deviner la couleur d'origine des murs. Bleu peut-être, se disait Rachel. En fait, les murs ressemblaient à un paysage brumeux parsemé de nuages azur tant ils étaient grattés, repeints, fanés, effrités.

Aujourd'hui élimés, noircis et graisseux, les rideaux de velours brodés d'or, les lustres et les lampes à pétrole témoignaient encore de la splendeur passée de la synagogue.

Rachel s'était dit qu'elle fabriquerait de nouveaux rideaux pour la synagogue. Des rideaux de satin blanc brodés de fils d'argent, qui scintilleraient comme l'océan à midi. Un ouvrage qui remplirait le vide de ses jours.

Des Juifs qui avaient quitté le village ancestral pour s'installer en Israël lui envoyaient souvent de l'argent pour la synagogue. Des parents, des amis et ses propres enfants lui en envoyaient aussi, mais plutôt parce qu'ils se sentaient coupables de l'avoir abandonnée. Cela suffisait pour remettre la synagogue en état. Si elle la faisait réparer, y aurait-il un miniane de dix hommes pour la prière du shabbat ? Sans communauté, quel intérêt pouvait avoir un lieu de prière ? Ce n'était plus qu'un monument, une relique vide.

Rachel balayait le sol tout en chantant un *bhajan*[1] pour le petit Moïse flottant dans un panier sur le Nil. Au départ, c'était un chant populaire marathi qui évoquait Krishna enfant. Un poète juif inconnu avait remplacé le nom de Krishna par celui de Moïse, mais la mélodie ressemblait fort à celle qu'entonnaient les fidèles de Krishna dans tout le Maharashtra. Rachel préférait les bhajan aux prières compliquées en hébreu ; au moins elle connaissait les mélodies et savait à quelle occasion on les chantait.

Rachel lavait le sol et essuyait la mézouza avec un mouchoir en dentelle qu'elle gardait dans une poche cousue dans son corsage. Pour finir, elle l'embrassait respectueusement et refermait la porte avec la clé attachée à son sari par un crochet argenté.

Parfois, l'un des villageois qui passait près de la synagogue aidait Rachel à ouvrir la porte, non sans lui conseiller de jeter le vieux cadenas et d'en acheter un nouveau à la quincaillerie

---

[1]. Chant dévotionnel hindou.

d'Alibaug. Rachel écoutait avec intérêt et posait tellement de questions qu'on aurait pu croire qu'elle allait sauter dans le prochain bus pour Alibaug, mais elle n'en fit jamais rien. Elle était certaine que personne ne pouvait cambrioler la synagogue. Elle se méfiait des cadenas modernes. Ils semblaient fragiles, alors que l'ancien, lui, avait l'air robuste.

Rachel avait remarqué que le sown kadhi lui donnait de la force. Elle se souvint avec tristesse que son mari n'avait jamais aimé ce plat ; il le détestait, même. Alors elle le préparait rarement, de son vivant. Les rares fois où elle en faisait, c'était pour elle-même, surtout quand elle souffrait du froid un soir d'hiver, ou encore quand elle en ressentait l'envie lors de ses grossesses. Mais en général elle se débrouillait pour n'en manger que lorsque Aaron passait la journée à Bombay.

Si d'aventure Rachel préparait du sown kadhi quand Aaron était à la maison, il repoussait le plat et lui lançait d'un air moqueur : « Tu appelles ça de la nourriture ? »

Alors qu'elle mobilisait toutes ses forces pour ouvrir le cadenas, Rachel se demanda pourquoi les femmes étaient si attentives aux goûts de leurs maris, alors que les hommes ne faisaient aucun effort pour s'adapter aux femmes. Ils ne se souciaient en aucun cas de ce que leurs épouses aimaient ou détestaient.

Depuis son mariage, chaque jour de sa vie tournait autour d'Aaron et des enfants.

Au moment où la clé tourna dans le cadenas, Rachel décida de préparer des aubergines pour le dîner. Quand elle n'avait pas de viande hachée sous la main, elle faisait des aubergines frites avec du sown kadhi et du riz. Les légumes provenaient de son potager. Elle cueillait deux aubergines de taille moyenne, les coupait en rondelles et les faisait frire. Elle les aimait bien croustillantes, parsemées de graines de sésame et d'un soupçon de piment rouge. Quant au sown kadhi, c'était son élixir de vie. Ce soir, elle allait allumer la bougie du shabbat, puis déguster son curry sans même le réchauffer, car elle le préférait froid.

Elle appréciait les aubergines, dont la couleur lui rappelait le sari de huit mètres qu'elle avait acheté sur un coup de tête chez Laxmi Sari Emporium, une petite boutique pleine à craquer de saris, jupons de sari, *penjabi*[1] et corsages. Quelquefois ils avaient même du *khand*, ces tissus vert vif, bleu électrique, rose éclatant, bordeaux profond ou jaune intense typiques du Maharashtra. Elle avait également acheté un corsage vert bouteille assorti à son sari. Sur le chemin du retour, elle avait regardé le contenu du sac en plastique en souriant : ce n'était pas vraiment une couleur pour une femme de son âge, mais quel mal y avait-il à mettre ce qu'on aimait ? Elle trouverait bien une occasion pour porter cette toilette.

D'un dernier coup sec et grinçant, la clé eut raison du cadenas et lorsque Rachel entra dans la synagogue, une atmosphère profondément spirituelle s'empara d'elle. Quand elle se rendait à la synagogue en plein jour, elle n'allumait jamais les lumières mais ouvrait grandes les fenêtres pour laisser entrer le soleil.

---

1. Pantalon et tunique longue.

Elle balaya le sol en marbre, le lava et l'essuya. Puis elle nettoya les vitres à l'aide d'un vieux journal humide. Elle aimait les faire briller ; mais même si elle les avait fait étinceler comme des diamants, le climat côtier les rendait de nouveau ternes et poussiéreuses en moins d'une semaine. Rachel polit les bancs puis examina les lustres et les lampes à pétrole. Ils avaient besoin d'un grand nettoyage – il lui faudrait embaucher quelqu'un pour le faire.

Une vieille échelle bancale en bois traînait dans le débarras et Rachel demandait parfois au fils du voisin d'y grimper pour astiquer les lustres, mais elle n'était jamais vraiment satisfaite du résultat. Elle avait bien pensé lui proposer de les décrocher pour qu'elle puisse les laver et les sécher avec un chiffon doux, mais les garçons du voisinage étaient turbulents et elle craignait qu'ils n'abîment ces lampes irremplaçables. De plus, s'ils ne les suspendaient pas correctement, elles pouvaient tomber et se briser. Elle frémit rien que d'y penser.

Il y a quelque temps, un touriste israélien avait fait don à la synagogue d'un escabeau métallique et Rachel l'avait rangé dans le débarras avec la vieille échelle en bois. Elle le sortait souvent, se demandant si elle devait y monter pour nettoyer les suspensions. Mais à chaque fois elle finissait par le replier et le ranger, tant elle craignait de tomber, de se casser une jambe et de se retrouver dans un hôpital étranger, en Terre promise.

Rachel se dit qu'elle allait parler à Aviv afin qu'il lui envoie d'Israël un de leurs superproduits ménagers. La dernière fois, il lui avait apporté un nettoyant à vitres qui lui avait duré trois ans et qui faisait briller les fenêtres comme du cristal.

Rachel soupira lorsque la senteur lavande du produit lui revint en mémoire. Cela lui rappelait l'after-shave que son époux s'était mis avant de se faire photographier dans le salon, sous l'horloge. Elle n'avait jamais compris pourquoi il avait tenu à se parfumer avant de se faire photographier.

Sur la photo en question, Aaron porte son costume trois-pièces marron foncé et une cravate mauve avec des motifs de brins de lavande. Rachel conservait cette cravate dans l'une de ses nombreuses malles. La soie était élimée et déchirée au milieu. Mais à chaque fois qu'elle ouvrait la malle, un parfum soutenu de lavande s'en échappait. C'était pour elle l'odeur du désir et de l'amour.

Elle avait un autre souvenir lié à la lavande. C'était une fleur étrange qu'elle avait vue dans une ferme près d'Alibaug. Il y en avait toute une plantation et on disait qu'elles étaient très coûteuses. Elles grimpaient le long des arbres et avaient d'énormes pétales tachetés, semblables à des ailes de papillon.

On disait aussi que le climat d'Alibaug était parfait pour ces fleurs. Rachel avait entendu dire que les propriétaires de ces pépinières rachetaient tous les terrains dans les environs de la synagogue. Elle frissonna sous la pluie et se protégea tant bien que mal sous l'extrémité de son sari. Un agent immobilier était venu récemment pour évaluer son terrain et d'autres situés autour de Danda. Elle redoutait le jour où ils jetteraient leur dévolu sur les terres du Seigneur.

Pour chasser ces idées noires, elle lança un dernier regard à la synagogue et se réjouit de la voir si bien rangée et si propre... en un mot, sainte. Mais c'est le cœur lourd qu'elle referma le portail, car il n'y avait personne pour allumer les bougies du shabbat, ni rabbin, ni chantre, ni Aaron.

Un miniane de dix hommes n'était plus qu'un rêve inaccessible. Elle embrassa la mézouza et s'assit sur la véranda pour apprécier la lumière de fin d'après-midi. Son cœur s'alourdit sous l'emprise d'une étrange tristesse. Mais elle chassa ce sentiment d'un geste brusque et courut vers sa maison pour préparer les aubergines avant le début du shabbat.

Rachel se dit qu'elle allait allumer une bougie, remplir le verre du kiddoush avec du jus de raisin fait maison, briser le pain du shabbat, le tremper dans le sel et prier pour la synagogue.

Curry de mouton au tamarin

Ingrédients
Mouton, huile, oignons, pommes de terre, ail,
gingembre, curcuma, piment rouge, coriandre, cumin,
cannelle, clous de girofle, tamarin, lait de coco, sucre, sel.

Préparation
Il vous faut une livre de viande de mouton ou d'agneau.
Nettoyez, lavez et coupez la viande en cubes.
Si vous le souhaitez, vous pouvez faire précuire la viande
dans une cocotte-minute ; vous l'ajouterez
dans la sauce ensuite.
Faites chauffer de l'huile dans une cocotte,
puis faites-y brunir deux oignons finement émincés.
Ajoutez une cuillère à café de purée de gingembre
et ail (écrasés au mortier) ainsi qu'une demi-cuillère à café
de chacune des épices suivantes : piment rouge
en poudre, coriandre, cumin, cannelle, clous de girofle,
curcuma et sel. Remuez.
Ajoutez environ ¼ de litre de bouillon d'agneau
ou d'eau et faites cuire jusqu'à ce que la préparation
ait absorbé l'huile.
Ajoutez la viande à la sauce et mélangez bien.
Rajoutez encore ¼ litre d'eau ou de bouillon
et ajoutez les pommes de terre vers la fin de la cuisson.
Quand la viande et les pommes de terre sont cuites,
baissez le feu et ajoutez deux cuillères à soupe de pulpe
de tamarin, ainsi qu'une demi-cuillère à café de sucre.
Remuez et faites cuire encore cinq minutes.

Ajoutez enfin ¼ de litre de lait de coco
et faites épaissir la sauce.
Servez bien chaud, accompagné de riz,
de *pouri*[1] ou de chapatis.

LE TAMARIN EST UN AGENT NETTOYANT, aussi bien
pour le cuivre que pour les intestins. On l'utilise
pour faire briller les ustensiles en cuivre et en laiton.

---

1. Pain que l'on cuit dans un bain de friture.

Rachel s'installait souvent sous le tamarinier qui poussait dans la cour de la synagogue, pour y respirer le parfum de ses jeunes feuilles fraîches et savourer les souvenirs doux-amers de la toute première année de son mariage. Un sourire se dessinait alors sur ses joues ridées.

Ce tamarinier était très vieux. À en croire les histoires, il était habité d'esprits. La terre était fertile et le tamarinier fécond. Il poussait très près de la maison, mais lorsque les nuits étaient sombres, Rachel faisait un grand détour pour rentrer, car elle voulait éviter de passer sous l'ombre de l'arbre. On lui avait dit que lorsque les nuits étaient noires – sans lune aucune –, des esprits s'y tenaient perchés.

Il y avait un énorme creux dans le tronc de l'arbre et une fois, alors qu'elle revenait d'Alibaug dans le char à bœuf familial, Rachel eut la très nette impression que quelqu'un s'y cachait et l'observait. Elle était certaine que c'était un esprit et qu'il voulait lui jeter un sort, mais se rassura en entendant le bruit familier de la chouette qui battait des ailes dans la grange. Petit à petit, l'ombre du tamarinier s'était étalée jusqu'à la synagogue et elle avait fini par y voir la présence protectrice de ses ancêtres. C'est ainsi que le tamarinier était devenu son ange gardien.

À présent, l'arbre était de nouveau chargé de fruits et elle passait ses après-midi à courir après les enfants du voisinage – sans quoi ils grimpaient sur l'arbre pour cueillir ses fruits, ou jetaient des pierres pour faire tomber les cosses mûres. Avec l'argent que rapporterait la récolte, elle pourrait faire réparer les vitres brisées de la synagogue et même demander au menuisier de passer une couche de vernis sur les bancs.

Rachel était assise sur la véranda, aussi immobile qu'une statue, à regarder l'arbre et à écouter les oiseaux. Elle s'était habituée à son village, Danda, à ses bruits et ses silences. Elle s'était réveillée tôt et, après avoir tranquillement fait sa toilette, elle avait vu passer un voisin en char à bœufs. Elle l'avait interpellé et lui avait demandé s'il voulait bien la déposer au marché d'Alibaug. Une fois qu'elle eut fait ses courses au marché, elle se rendit à la synagogue d'Alibaug pour acheter de la viande casher.

Hazzan Hassaji Daniyal, le vieux chantre de la synagogue, faisait toujours office de boucher pour la communauté. « Que tu es devenue maigre ! lui dit-il. Un vrai sac d'os. Tu ne manges pas comme il faut ? »

Rachel lui sourit. « Mais croyez-vous que j'aie besoin de tant de nourriture ? Je suis forte comme un cheval, et les plats nobles comme l'agneau ou le poisson, ce n'est pas drôle de les manger seule.

— Tu dois manger mieux », lui répondit le chantre avant qu'elle ne reparte à Danda en autorickshaw.

Une fois rentrée, elle eut faim et mélangea un reste de riz avec du lait caillé. Elle l'avala debout, près du frigidaire. Elle aimait bien manger son curry avec des chapatis ou du riz. Mais elle n'avait pas envie de se préparer pour elle seule un chapati, alors elle avait acheté un pain à la boulangerie Rustom d'Alibaug.

Rachel fit revenir les oignons, égoutta la pulpe de tamarin et éplucha les pommes de terre qui devaient épaissir la sauce. Le tamarin donnerait un subtil goût aigre-doux à la viande. Elle pressa le tamarin frais dans ses mains pour en extraire le liquide brunâtre ; les graines noires, tels des cailloux de granite, s'échappaient de ses doigts pour tomber dans la casserole.

Quand elle était plus jeune, Rachel était capable d'avaler du tamarin cru, mais depuis, elle avait perdu quelques dents et ne pouvait plus rien manger d'aussi acide. Toutefois, si la recette s'y prêtait, elle ajoutait du tamarin à ses plats de lentilles, ses currys ou ses chutneys.

Un sourire aux lèvres, Rachel se rappela le jour où elle avait grimpé au tamarinier, peu après son mariage. Debout dans la cour, elle l'avait regardé avec envie, mail il semblait faire une trentaine de mètres de hauteur. Elle aimait son feuillage, ses fleurs rose vif, ses fruits plats, verts, doux et craquants et les senteurs aigres-douces qui se répandaient dans la maison.

Le tamarin était l'une des principales sources de revenus de la famille. Ils avaient une récolte abondante de noix de coco, de noix d'arec et de tamarin. Des ouvriers ramassaient les fruits, les triaient, les nettoyaient puis les disposaient dans des paniers prêts à être vendus au marché. Les femmes de la maison faisaient des conserves et ce qu'elles stockaient dans de grands bocaux en terre suffisait pour toute une année.

Le tamarinier avait attiré Rachel dès l'instant où, jeune mariée, elle avait intégré son nouveau foyer. Quand elle était seule à la maison, elle restait souvent sur la véranda à observer l'arbre, mais elle n'osait l'approcher car on lui avait appris qu'une femme mariée ne devait pas grimper aux arbres tel un jeune singe.

Elle se sentait comme Ève face au fruit interdit. L'arbre l'ensorcelait ; il semblait l'inviter à explorer ses mystères.

Un beau jour, alors qu'elle était seule à la maison, Rachel ne put plus lui résister.

Toute la famille s'était rendue à un enterrement à Bombay, sauf Aaron, qui était parti très tôt à Alibaug pour y rencontrer un négociant en noix de coco. La belle-mère de Rachel lui avait demandé de finir les tâches ménagères et de préparer le dîner.

La voie étant libre, Rachel remonta son sari et grimpa à l'arbre. Elle s'y installa comme un petit macaque, se délectant des senteurs qu'il dégageait, et regarda avec envie les fruits mûrs et dorés, pleins à craquer de délicieuses graines.

Rachel grimpa encore plus haut. Assise sur une branche, elle balançait les jambes et profitait pleinement de cette liberté qu'elle avait perdue en épousant Aaron. Les innombrables règles et conventions imposées aux jeunes mariées l'étouffaient et elle n'avait jamais osé dire à quiconque qu'elle s'ennuyait, qu'elle avait besoin de courir à travers champs.

Rachel se mit à engloutir du tamarin jusqu'à ce que sa bouche pique et que tout son être s'emplisse du goût doux et acide des fruits. Elle cueillit alors un dernier fruit mûr qu'elle conserva dans un nœud de son sari, pour le manger plus tard. Elle commença à descendre, mais s'aperçut vite qu'elle ne pourrait jamais y arriver sans aide. Elle se mit à invoquer le ciel. Elle avait si peur de se faire prendre qu'elle en tremblait. Sa belle-mère la punirait certainement de s'être comportée comme une enfant : comment l'une de ses belles-filles avait-elle osé grimper à un arbre ? Comment avait-elle pu exposer toute la famille à une telle honte ? C'est bien simple, si sa belle-mère la voyait comme ça, assise sur une branche, elle lui donnerait l'ordre de sauter pour qu'elle se brise le cou !

De son poste d'observation, Rachel vit que le soleil s'apprêtait à se coucher dans la mer d'Arabie. Sa peur grandit encore car voilà que sa belle-mère et les esprits allaient faire leur apparition de concert. À présent, elle était prise de panique ; elle ne savait vraiment pas comment descendre de l'arbre sans se casser une jambe.

Rachel tremblait de froid et d'angoisse et elle voyait les chauves-souris voler vers elle à grands coups d'ailes, se fondre dans la masse sombre du feuillage puis s'accrocher aux branches, tête en bas, en poussant des cris de nouveau-né. Puis, pour couronner le tout, une nuée de moustiques s'abattit sur elle et elle eut le plus grand mal à s'en protéger à l'aide de son sari sans perdre l'équilibre.

Enfin, elle entendit la clochette qui annonçait l'arrivée de la carriole familiale. Douce mélodie ! Son cœur battait la chamade tandis qu'elle voyait la carriole s'arrêter devant la maison et Aaron dételer les bœufs. Il appela Rachel pour qu'elle vienne l'aider à décharger ses achats.

Il avait l'air étonné qu'elle ne se précipite pas pour l'accueillir. Il était rentré tôt pour lui faire plaisir. Et voilà que les portes de la maison étaient grandes ouvertes et que le foyer était vide. Il faisait nuit et il était contrarié parce que Rachel n'avait même pas pensé à allumer les lampes tempête. Où était-elle ?

Il en était certain à présent : quelqu'un avait vu qu'elle était toute seule à la maison et l'avait enlevée... L'avait-il perdue, au moment même où il en tombait amoureux ? Pourtant, il ne l'avait pas trouvée séduisante quand elle n'était qu'une fillette maigrichonne d'une dizaine d'années. Il s'était même opposé à sa mère. « Je refuse d'épouser Rachel, lui avait-il annoncé, nous avons partagé le même berceau et les mêmes jeux. Je la connais trop bien. Je la connais depuis toujours. En plus, elle est trop maigre, je n'aime pas ça. »

Sa mère lui avait rétorqué que Rachel allait s'arrondir après le mariage, qu'il lui fallait juste un peu de temps pour s'épanouir.

Mais Aaron tentait de résister : « Alors il faut que j'attende qu'elle prenne du poids ? »

Sa mère resta de marbre : « Tu verras bien que j'ai raison. »

Et peu à peu Aaron s'était fait à son épouse, maigrichonne mais joyeuse. Il aimait le sourire qui illuminait le visage de Rachel. Son côté espiègle lui plaisait bien. Certes, son corps demeurait aussi fin qu'un roseau, mais cette absence de rondeurs ne le dérangeait plus. Petit à petit, il se mit à l'aimer.

Aaron la cherchait partout dans la maison, tout en se maudissant de l'y avoir laissée seule. Rachel aurait bien voulu l'appeler, mais elle restait muette, de peur de se faire rabrouer.

Figée sur son arbre, elle voyait Aaron courir d'une chambre à l'autre puis sortir dans la cour où, à bout de souffle, il tenta d'une main tremblante d'allumer une lanterne. Quand elle le vit scruter le fond du puits, elle se mit à glousser malgré elle, se trahissant presque.

Le puits se trouvait tout près de la maison. Il gouvernait la vie des femmes. Tout au long de la matinée, elles y puisaient de l'eau potable, remplissant moult pots, abreuvoirs et chaudrons. L'eau de pluie était collectée dans un grand récipient installé sur un coin de la véranda. On s'en servait pour se laver les mains et les pieds avant d'entrer dans la maison. Les hommes s'y baignaient quelquefois et les femmes y plongeaient des seaux qu'elles emportaient à l'arrière de la maison, pour y faire leur toilette dans une cahute en feuilles de palmier séchées.

Il y avait aussi quelques bacs d'eau dans la chambre *rajodarshan*, une pièce à part où les femmes s'isolaient quand elles avaient leurs règles ou pour accoucher.

Aaron examinait toujours le puits. Elle lui avait souvent dit combien elle craignait d'y tomber en puisant de l'eau. Comme elle était frêle, hisser les jarres en laiton représentait un gros effort physique. Elle avait toujours peur que le poids ne l'entraîne vers les profondeurs, alors elle tirait sur la corde, les deux pieds fermement plantés au sol, jusqu'à ce que la jarre arrive au bord du puits et qu'elle puisse l'attraper en poussant un gros soupir de soulagement.

À présent, Aaron était convaincu que Rachel était tombée dans le puits. Il en scrutait le fond ténébreux et criait son nom. Elle entendait l'écho inquiet de son nom qui en remontait. Elle se mit à rire quand l'écho demanda :
« Rachel, où es-tu ?
— Ici. »

Désorienté, Aaron leva les yeux mais il ne pouvait la distinguer parmi les ombres noires du tamarinier. Sans compter qu'il n'imaginait pas une seconde qu'elle puisse se trouver là.

« Où es-tu ? » cria-t-il de nouveau.

Il entendait la voix de Rachel – « Promets-moi de ne pas te fâcher » –, mais il n'arrivait pas à la voir.

« Promis, répondit-il d'une voix chevrotante.
— Lève les yeux, là, dans le tamarinier, dit-elle, je suis coincée sur cette fichue branche, je n'arrive pas à redescendre, aide-moi. »

Aaron aperçut enfin l'ombre de Rachel. On aurait dit un esprit. Il grimpa vite pour la rejoindre et l'aider à descendre doucement.

À mi-chemin, il la prit dans ses bras et caressa sa peau très brune, aussi veloutée que le fruit mûr du tamarinier. Enlacés, ils échangeaient des baisers passionnés. Il sourit : les lèvres gonflées de sa jeune épouse avaient encore le goût acidulé et la couleur du tamarin.

Lorsqu'ils arrivèrent aux dernières branches, il l'enjoignit de rester là, le temps qu'il descende. Si elle sautait, ses jambes se casseraient comme des brindilles. Il sauta donc le premier et lui dit qu'il l'attraperait. Les yeux fermés et le cœur battant la chamade, Rachel se laissa tomber dans ses bras. Puis Aaron la porta jusqu'à leur lit et ils firent l'amour comme ils ne l'avaient jamais fait auparavant.

À leur réveil, Rachel aperçut le nœud qu'elle avait fait dans son sari pour transporter le tamarin. Elle avait faim. Aaron la regardait et l'attira dans ses bras. Elle caressa son ventre en riant et lui demanda s'il avait faim aussi.

Sa belle-mère avait fait bouillir de la viande de mouton et l'avait mise de côté dans une casserole d'eau, rangée dans un panier suspendu au plafond de la cuisine. « Heureusement que ni les chats ni les corbeaux ne se sont attaqués à la viande, pensa-t-elle. Sinon j'aurais été obligée de faire cuire du *bombil*[1] séché, celui qui est conservé dans des bocaux sur l'étagère de la cuisine. Et comment aurais-je expliqué la disparition du mouton bouilli ? »

Rachel n'avait aucune envie de supporter les sarcasmes de sa belle-mère qui la traiterait de bonne à rien, pas assez bien pour Aaron, son fils adoré. Rachel regarda la viande, sans trop savoir ce qu'elle pouvait en faire. Vu son jeune âge, elle n'était pas encore pleinement responsable de la cuisine et n'était pas habituée à prendre de décisions concernant la composition des menus. Jusque-là, elle avait simplement secondé sa mère, puis sa belle-mère.

Par la porte de la cuisine, elle vit Aaron qui se lavait au puits et elle lui demanda : « Je

---

1. Poisson apparenté au flétan, que l'on pêche dans la mer d'Arabie.

prépare juste un curry ou alors quelque chose de spécial ? »
　Aaron vint vers elle, et demanda en souriant : « Avec du tamarin ? »

Pithal

Ingrédients
Farine de pois chiches, eau, huile, oignon, ail,
curcuma, cumin en poudre, graines de moutarde,
coriandre fraîche, sel.

Préparation
Versez un verre à moutarde de farine de pois chiches
dans un bol et mélangez-y peu à peu
une cuillère à soupe d'huile et une demi-cuillère à café
de cumin, de curcuma et de sel.
Ajoutez progressivement environ ¼ de litre d'eau,
et mélangez jusqu'à obtenir une pâte épaisse et crémeuse.
Faites chauffer une cuillère à soupe d'huile
dans une poêle, jetez-y quelques graines
de moutarde puis faites-y revenir un oignon haché
ainsi qu'une demi-cuillère à café d'ail écrasé.
Quand les oignons ont légèrement bruni,
versez doucement la pâte
et remuez sans cesse jusqu'à ce que la pâte épaississe
et se décolle des parois de la poêle.
Servez garni de coriandre fraîche.
Le *pithal*, encore appelé *pithel* ou *zonka*, peut être préparé
sous forme liquide ou sèche, selon les familles.
Quand il est sec, on peut le couper en petits morceaux.
Sec et assez épais, le plat se nomme zonka,
on le sert avec des *bajra bhakhra*[1] ou des chapatis.

---

1. Galettes épaisses de millet, croustillantes à l'extérieur et moelleuses à l'intérieur.

Facultatif : vous pouvez faire légèrement griller
la farine de pois chiches avant de l'intégrer au mélange.

Le « dal », préparation à base de légumineuses relevées
d'un mélange d'épices, constitue avec le riz
la nourriture de base de la plupart des Indiens,
y compris les Bné Israël. On en cuisine presque
tous les jours dans les foyers indiens.
Il existe une grande variété de lentilles et pois secs,
comme les pois d'Angole, les haricots mungo
ou les pois chiches.
Le dal de pois chiches et le *doudh*[1], servis avec du riz,
constituent souvent le plat principal.
On utilise la farine de pois chiches
pour élaborer du pithal.
Les pois chiches sont délicieux verts, crus, grillés,
cuits en dal ou encore utilisés en farine
pour la pâte à frire.
Les Indiens adorent grignoter des pois chiches,
grillés ou frits.
Il existe une variété infinie de dal.
La farine de pois chiches (également appelée *chana atta*,
gram ou *baisan*) permet aussi de concocter un masque
de beauté en y mélangeant du lait, du curcuma,
de l'eau de rose et des amandes en poudre.
Cela nettoie, rafraîchit la peau
et lui donne de l'éclat.

---

1. Calebasse ou gourde, plante herbacée de la famille des cucurbitacées.

Quand les fils de Rachel, Aviv et Jacob, venaient à Danda avec leurs familles, la maison se remplissait de rires. Parfois des parents plus éloignés, installés en Israël, à Bombay, Pune ou Ahmedabad, comme Malka et Esther, rendaient visite à Rachel.

Quand il y avait du monde autour d'elle, Rachel aimait cuisiner. Elle avait grandi dans une famille nombreuse, son mariage l'avait introduite dans une famille encore plus nombreuse et elle-même avait fondé une famille de taille respectable. Alors, quand ses invités s'en allaient, elle se sentait triste, esseulée, et une bonne semaine durant, apathique et perdue, avant de retrouver son train-train quotidien et ses tâches à la synagogue. C'était une journée ordinaire et Rachel n'attendait aucune visite. Elle était installée sur son transat et brossait le poil de Brownie, lorsqu'elle vit un autorickshaw s'immobiliser devant le portail et Mordekaï en sortir. Mordekaï faisait partie du conseil d'administration de la synagogue et Rachel le connaissait bien car c'était un ami d'enfance d'Aaron.

Il venait souvent voir Rachel, car elle était en quelque sorte la gardienne officieuse de la synagogue. Sa maison était la plus proche de l'édifice et il était donc logique d'y laisser les clés. Il avait bien remarqué qu'elle veillait à ce que le lieu de culte soit toujours impeccable, comme si elle pensait y recevoir une assemblée de fidèles à tout moment.

Mordekaï avait plus de soixante-dix ans et il marchait le dos voûté, les mains croisées dans le dos. Il avait la mâchoire carrée et le visage parsemé de verrues. Il habitait Bombay et portait toujours un ample pantalon blanc, une saharienne également blanche et des sandales noires.

À chaque fois qu'il venait la voir, Rachel fixait les ongles de ses pieds, crochus. Il avait beau se montrer toujours poli et respectueux à son égard, Rachel ne l'aimait guère. Elle n'aurait pas pu dire précisément ce qui la dérangeait chez lui, lui donnant à penser qu'il était mauvais. Aussi veillait-elle à ce que son visage affiche un air courtois lorsqu'elle lui parlait. Comme Mordekaï n'était pas particulièrement sensible, il ne remarqua jamais ce subtil changement d'expression.

Cette fois-ci, il avait un paquet à la main. Cela ressemblait à un cadeau. Rachel se méfiait de lui car elle savait qu'il avait plus d'un tour dans son sac. C'étaient surtout ses petits yeux fuyants qui l'inquiétaient. Elle vit que la boîte en plastique renfermait une fleur.

Cela la contraria. D'après la couleur et le parfum, c'était de la lavande, fleur qu'elle associait à son mari. Cela lui rappelait l'after-shave qu'il portait et, pour elle, c'était comme si Mordekaï avait violé l'intimité de ses souvenirs.

Elle regarda la boîte d'un air maussade.

« Tu as acheté ça à Alibaug ? lui demanda-t-elle. Il paraît qu'ils y font pousser ces fleurs typiquement anglaises. Depuis quand t'intéresses-tu aux fleurs ? »

Elle plissa les yeux et lui adressa un sourire cynique. Mais Mordekaï n'était pas du genre à se laisser impressionner par une femme ; surtout Rachel. Il la connaissait depuis si longtemps. Il savait qu'elle avait la langue bien pendue et il avait appris à s'en méfier. Il déposa la fleur aux pétales tachetés de mauve et de rouge sur le parapet et lui dit : « C'est un cadeau de M. Chinoy. Il a une pépinière à Alibaug.

— Une quoi ? demanda Rachel.

— Une sorte de ferme, où il cultive des fleurs exotiques. Des orchidées par exemple.

— C'est comme ça que s'appelle cette fleur ?

— Oui. N'est-elle pas magnifique ?

— Elle est extravagante.

— Elle te plaît ?

— Je n'en ai jamais vu auparavant, alors je n'ai pas d'opinion. Je ne sais même pas si je peux appeler ça une fleur.

— En tout cas, ce sont des fleurs particulières qui se vendent très bien. Il paraît que l'air d'Alibaug convient à merveille à cette culture. »

Rachel fixait la fleur des yeux.

« Et ça va bouleverser nos vies ? »

Il était clair que Rachel n'était pas impressionnée. Elle regardait l'orchidée comme si elle s'attendait à en voir surgir un démon.

Mordekaï sourit.

« C'est M. Chinoy qui t'envoie ce cadeau.

— Ah oui ! dit-elle. Et qu'est-ce que je peux bien faire d'un tel présent ? » Elle se mit à rire : « Vu mon âge, tu ne t'attends quand même pas à ce que je la pique dans mes cheveux, comme une gamine de seize ans. »

Elle lui lança un regard méfiant : « Je sais que tu n'es pas venu pour discuter fleurs, alors de quoi s'agit-il ? »

Rachel s'assit dans son fauteuil, la tête couverte du bout de son sari, les jambes croisées et les mains immobiles.

Mordekaï s'exprima d'une voix calme : « M. Chinoy a fait une offre très généreuse pour le terrain autour de la synagogue. Il s'agit d'une forte somme, alors nous devrions l'accepter et lui vendre ces terres. »

Elle l'interrogea d'un ton irrité : « Et qu'adviendra-t-il de la synagogue ?

— Eh bien, répondit-il sans sourciller, elle appartiendra à M. Chinoy. Il en fera peut-être une serre, il pourrait aussi la démolir. De toute façon, elle tombe en ruine et tu sais bien qu'elle ne nous servira plus, puisque la plupart des Juifs sont partis en Israël. »

Rachel lui lança un regard méfiant : « Ton M. Chinoy, il a vu le terrain ?

— Oui, il l'a vu brièvement, un jour qu'il passait en voiture. Enfin, pour un homme de son expérience, un rapide coup d'œil suffit. Il sait ce qu'il veut. Et comme son affaire est en pleine expansion, il aimerait l'agrandir par ici. C'est un homme très occupé, vois-tu, mais il viendra un de ces jours, pour faire ta connaissance. Je lui ai déjà parlé de toi. En fait, ton terrain l'intéresse aussi, parce qu'il fait face à la mer. Je crois bien qu'il prévoit d'ouvrir un genre de station balnéaire le long de la plage. Il pourrait même te donner un emploi et tu aurais la belle vie.

— Un emploi ! s'exclama-t-elle. À mon âge ? Tu me suggères de faire la bonniche pour M. Chinoy ? Figure-toi que mon mari et mes enfants ont veillé à ce que je puisse vivre confortablement ! Est-ce que ce monsieur s'imagine que je m'occupe de la synagogue parce que je suis pauvre et que j'ai besoin d'argent ? M'a-t-on déjà versé un salaire pour ça ? Ai-je un jour demandé de l'argent aux administrateurs ? Jamais ! Tu crois que je suis employée à la synagogue, que j'ai besoin d'un boulot ou quoi ? Sache que toutes ces années j'ai servi Dieu, et pas ton fichu conseil d'administration ! Comment oses-tu répandre ce genre d'histoires ? Et qu'est-ce qui te fait croire que je veux vendre mes terres ? » Très en colère, elle se leva, ramassa les tasses et déclara : « Je ne vends pas !

— Mais M. Chinoy est quelqu'un de bien. Il ne ferait pas de mal à une mouche. Même s'il achète ta maison, il te donnera un appartement à Alibaug en échange. Ce serait une très bonne affaire. »

Furieuse, Rachel rétorqua : « Qui t'a autorisé à négocier ma maison ? »

Mordekaï tenta de la calmer : « Mais je veux seulement t'aider.

— Je n'ai pas besoin de ton aide. »

Elle alla à la cuisine et s'affaira à laver les tasses, sans se presser, car elle espérait que Mordekaï perdrait patience et s'en irait. Mais quand elle vérifia par la fenêtre, elle vit qu'il était toujours là, assis, les mains posées sur les genoux.

Elle retourna le voir : « Quoi encore ? »

Mordekaï lui jeta un regard en biais. Il comprit qu'il ne serait pas aisé de convaincre Rachel. Il se demanda comment Aaron avait pu passer toute sa vie avec cette petite femme têtue. Il connaissait Aaron depuis l'enfance, et avait toujours perçu Rachel comme son épouse obéissante. Il ne s'était jamais douté qu'elle puisse être une femme aussi forte et déterminée, ni que la synagogue était devenue une véritable mission pour elle.

C'était déjà l'heure du déjeuner, la mer étincelait comme une nappe d'argent, mais Rachel ne pensait pas au repas. D'ordinaire, elle l'aurait invité à déjeuner en improvisant avec ce qu'il y avait à la maison, mais aujourd'hui elle ne dit rien. Mordekaï sentait bien qu'elle lui en voulait, mais il avait faim. Il lui demanda si elle pouvait lui indiquer un endroit où il trouverait un *thali*[1]. Il avait quitté Bombay tôt ce matin et il ne retrouverait pas son foyer avant le soir.

Rachel avait envie de lui dire d'appeler un autorickshaw et d'aller à Mouroud, où l'on servait des repas dans des cases installées le long de la route. Mais il lui était impossible de se montrer aussi grossière, alors elle lui dit : « Je suis désolée, je devrais t'inviter à déjeuner, mais tu m'as fichu un tel coup avec cette idée de vendre la synagogue que la nourriture est la dernière chose que j'ai à l'esprit.

---

1. Assortiment végétarien, servi dans un plat rond à rebords appelé également thali.

— Écoute Rachel, tu es vraiment trop sentimentale. Crois-tu sérieusement que la synagogue servira encore à qui que ce soit ? C'est une ruine, voyons », dit-il d'un air décidé.

Rachel ignora ses paroles et changea de sujet. « Depuis que mon mari est décédé, je cuisine rarement pour le déjeuner. C'est seulement le soir que je songe à manger. Mais je vais voir ce que j'ai à la cuisine. Je dois bien avoir quelques chapatis. Ou je pourrais peut-être te faire du pithal. »

Mordekaï sourit : « Je me souviens du bon vieux temps où Aaron insistait pour que je reste déjeuner avant de repartir à Bombay. Je me rappelle que tu faisais le meilleur pithal, aussi bon que celui de ma mère. Ma femme refuse de m'en préparer, elle dit que ça me donne des aigreurs d'estomac. En fait, comme c'est une fille de Bombay, elle trouve que le pithal, c'est bon pour les paysans. »

Rachel résistait rarement aux compliments. Elle finit par lâcher un sourire : « Eh oui, c'est de la nourriture de villageois. Je vais voir si j'ai de la farine. »

Elle inspecta le bocal de farine de pois chiches et vit qu'il lui en restait juste assez pour préparer du pithal. Elle hacha un oignon, éplucha une gousse d'ail et confectionna la pâte. Quand elle y ajouta le curcuma, la pâte prit une couleur jaune doré qui lui rappela les champs de moutarde en fleur de son enfance. Quand Rachel était petite, sa mère s'inquiétait parce qu'elle avait le teint plus foncé que les autres enfants.

Elle n'avait pas encore treize ans. Elle était grande et maigrichonne avec des genoux cagneux et elle semblait avoir neuf ans. À l'aube de la puberté, elle avait senti pointer des seins sous son corsage, petits et tendus comme des mangues encore vertes. Le jour où du sang avait coulé pour la première fois le long de ses cuisses, sa mère lui avait montré comment porter les bandes de tissu puis elle avait déclaré d'une voix sèche et cassante : « Tu es une femme maintenant, tu es prête à avoir un bébé. »

Rachel prit peur quand elle vit l'air sérieux de sa mère. C'est surtout pour ça qu'elle avait évité de lui dire que des poils avaient poussé entre ses jambes et que son corps avait une odeur délicieuse. Rachel avait pensé que tout ça venait du sang.

Elle avait bien essayé de parler à sa mère des transformations que subissait son corps, mais à chaque fois, cette dernière prenait un air dur et dégoûté. Alors, Rachel avait gardé pour elle les questions qui la taraudaient. Depuis qu'elle avait senti son propre sang lui mouiller les cuisses, il y avait comme une distance entre elles. Son instinct lui disait que le sujet était tabou.

Une fois que sa mère lui avait expliqué comment porter les bandes hygiéniques, la discussion était close. Ce genre de problèmes, on en parlait à ses sœurs, ses cousines ou ses amies.

Rachel se rappela à quel point elle était déprimée quand la date de ses noces avait été arrêtée. Elle se regardait dans la glace tous les matins et se trouvait trop foncée de peau pour se marier. Une mariée était censée avoir un teint de porcelaine. Sa mère la regardait d'un air désapprobateur et disait : « Il faut que tu arranges ta peau. »

Rachel éclatait en sanglots et sa mère se mettait alors à lui nettoyer le visage avec du savon, avant de le frotter vigoureusement avec une serviette, jusqu'à lui faire mal. Puis elle lui appliquait un masque à base de farine de pois chiches, de lait frais et de crème. Peut-être qu'elle finirait par avoir le teint plus clair. Quoi qu'il en soit, le jour de son mariage, Rachel était très belle.

Bien des années plus tard, elle avait testé le même remède sur Zephra. Sa mère lui avait appris à préparer une pâte avec la farine de pois chiches, du curcuma, de la crème, de l'eau de rose et des amandes pilées, et elle étalait ce masque sur le visage et le cou de Zephra pour éclaircir son teint. Zephra, à des milliers de kilomètres de là, chérissait le souvenir de ces moments de tendresse. Quant à Rachel, à chaque fois qu'elle délayait de la farine, sa fille lui manquait tellement qu'elle en ressentait presque une douleur physique.

La mère de Rachel lui avait appris très tôt que lorsqu'on n'a rien d'autre à la maison, on peut toujours préparer du pithal. Alors Rachel était devenue experte dans l'art d'obtenir la consistance parfaite de la pâte. C'était simple, rapide, nourrissant et lourd – un plat qui vous calait l'estomac pour un bon moment. En revanche, il était source de ballonnements et mieux valait faire une grande balade après en avoir mangé.

Elle lui avait également appris ceci : « Quand tu utilises ce masque, ne le laisse pas trop sécher, sinon ça va te tirer la peau et te faire mal. Il faut le rincer avec beaucoup d'eau ou le retirer à l'aide d'une éponge mouillée avant qu'il ne durcisse. Tu verras, si le masque ne l'éclaircit pas, il te fera quand même une peau aussi douce qu'un pétale de rose et ton mari sera conquis. »

Des années durant, avant chaque bain, Rachel s'était tartiné le visage de ce masque en se demandant si elle trouverait une mixture qui lui ferait la peau blanche.

Rachel avait aussi de jolis souvenirs de la veille de son mariage. Ses cousines et ses amies étaient toutes venues pour la cérémonie du *mehendi*[1], elles l'avaient enveloppée dans un demi-sari allant de la poitrine aux cuisses et elles l'avaient enduite d'une pâte de farine de pois chiches et de curcuma fraîchement préparée.

Les filles lançaient des blagues un peu grivoises, Rachel était aux anges et même sa mère était contente. Assise sur un tabouret de bois, Rachel avait remarqué que sa mère la regardait d'un air satisfait. Était-ce la magie du masque de beauté ?

Sa mère avait pris un peu de pâte, l'avait étalée sur son front et déclaré : « Ceci est l'épice de la vie. »

Rachel fouetta rageusement la pâte, puis apporta à Mordekaï un plat de pithal et des chapatis. Elle espérait qu'en arrivant à Bombay il aurait des remontées acides et que sa femme lui passerait un savon pour avoir mangé un plat de paysans.

Mais avant qu'il ne reparte, elle lui dirait de reprendre sa précieuse orchidée. Elle n'en voulait pas dans sa maison.

---

1. La fête réservée aux femmes, qui précède les noces.

Poulet kesari

Ingrédients

Poulet, huile, oignons, gingembre, ail, poudre de curcuma et de piment rouge, clous de girofle, graines de poivre, cardamome, cannelle, tomates, noix de coco, safran, sel.

Préparation

Coupez un poulet en dix morceaux. Lavez, salez et réservez.
Préparez ¼ de litre de lait de coco
à partir d'une demi-noix de coco.
Faites griller une cuillère à soupe de noix de coco râpée
dans une poêle lourde (en fonte, par exemple)
jusqu'à ce qu'elle prenne une couleur bien dorée.
Passez au mixer et réservez.
Faites tremper quatre à cinq filaments de safran
dans un bol d'eau chaude jusqu'à ce que l'eau prenne
une teinte orange.
Faites chauffer deux cuillères à soupe d'huile
dans un *karhaï*[1]. Ajoutez-y deux clous de girofle,
un bâtonnet de cannelle
et deux gousses de cardamome.
Faites-y brunir deux oignons finement hachés.
Ajoutez une cuillère à café de purée ail-gingembre,
une demi-cuillère à café de piment rouge, une pincée
de curcuma, deux tomates finement hachées,

---

[1]. Poêle en fonte dont la forme est incurvée comme un wok, avec deux poignées.

la noix de coco grillée que vous avez passée au mixer,
et faites revenir à feu doux
jusqu'à ce que l'huile ait été absorbée.
Mettez les morceaux de poulet dans la sauce, ajoutez
environ ¼ de litre d'eau et laissez mijoter
jusqu'à ce que le poulet soit cuit.
Ajoutez enfin le lait de coco et l'eau safranée.
Parsemez de feuilles de coriandre avant de fermer
avec un couvercle bien hermétique.
Faites cuire encore cinq minutes et retirez du feu.
N'enlevez le couvercle qu'à la dernière minute
afin de préserver l'arôme du safran. Servez avec du riz.

On peut également préparer ce plat
avec du mouton précuit.

Le « kesar », c'est-à-dire le safran, est le stigmate
d'un crocus mauve qui pousse au Cachemire. Chaque
fleur comporte trois stigmates de couleur rouge orangé
qu'on cueille à la main. Il faut une énorme
quantité de fleurs pour obtenir un tout petit peu
de safran. On le conserve
généralement dans des boîtes pas plus grandes
qu'une pièce de monnaie.
Le safran ressemble à de l'herbe séchée.
Il donne une merveilleuse teinte orange à l'eau
dans laquelle on le fait tremper. Il suffit
de quelques filaments pour procurer un parfum
et une couleur intense au riz,
aux currys ou aux desserts.
Le safran est le roi des épices.

Rachel était agitée. Elle faisait des allers et retours entre la synagogue et sa maison ; elle ne savait que faire. Elle voulait que la synagogue puisse renaître, qu'elle résonne des voix des fidèles et de chants liturgiques, comme au bon vieux temps. Elle essayait de se raisonner, la synagogue ne lui appartenait pas, elle était à la communauté. Mais aucun membre ne s'y rendait plus. Les rares Bné Israël qui habitaient encore sur la côte du Konkan préféraient prier dans des temples plus grands, à Thane, Alibaug, Pen ou Panvel. Plus personne ne venait à Danda.

La plupart des synagogues de la côte du Konkan étaient fermées, abandonnées. Les administrateurs qui en avaient la charge se perdaient en discussions aussi nombreuses qu'interminables quant à leur avenir, pendant que les bâtisses en question tombaient doucement en ruines. Rachel entendait régulièrement parler de larcins : des lustres, des ampoules et même des bancs disparaissaient. Elle était bien contente qu'aucun vol n'ait été commis dans sa synagogue – pour le moment.

« Ma synagogue ? s'interrogea-t-elle. Qui a dit que c'était *ma* synagogue ? Juste parce que je la nettoie, je la lave, je dépoussière ses bancs, bref, je la soigne comme si c'était mon chez-moi ? Jamais je ne dois oublier que c'est la maison de Dieu, qu'elle est sous la garde du conseil d'administration, un conseil composé d'hommes. Et moi, je ne suis qu'une femme, n'est-ce pas ? Il y a tant de règles pour les femmes. Par exemple, pourrais-je aller sur la *bima*[1] pour la nettoyer ?

— Bien sûr que non, répondit-elle pour elle-même, les femmes, c'est impur une fois par mois ! » On lui avait enseigné dès son plus jeune âge que la bima était le domaine réservé des hommes. Les femmes ne pouvaient y monter qu'avec leur permission. Elles n'y mettaient les pieds que lorsque le rituel l'exigeait, pour un mariage ou une bénédiction par exemple, mais surtout le jour de leurs propres noces où elles s'y tenaient aux côtés du marié. Certaines femmes qui venaient à la synagogue pour le shabbat ou des fêtes se prosternaient devant le siège du prophète Élie – à condition qu'elles ne soient pas dans un jour impur –, certaines montaient même sur la plateforme de l'arche pour toucher le rideau qui cachait les rouleaux de la Torah, afin de demander au Tout-Puissant d'accorder santé et bonheur à leur famille. Mais

---

1. Estrade située face à l'arche qui contient les rouleaux manuscrits de la Torah. Le rabbin et le chantre se tiennent sur la *bima* et appellent les fidèles à venir les y rejoindre pour certaines prières ou cérémonies. Outres quelques sièges, on y trouve la *téva*, un pupitre qui rappelle l'autel de l'Ancien Temple de Jérusalem, sur lequel on pose le rouleau de Torah pour en faire la lecture.

jamais, au grand jamais, elles ne montaient sur la bima. À chaque fois que Rachel la regardait, sa condition de femme lui revenait comme une gifle. Elle s'était toujours tenue loin de la bima.

Mais elle avait remarqué à quel point celle-ci était sale. Le bois avait perdu son lustre et les tissus étoilés disparaissaient sous une couche de poussière. Les livres sacrés étaient eux aussi couverts de poussière. Le velours des sièges avait perdu sa couleur, les lampes situées aux quatre coins de l'estrade étaient pleines d'insectes morts et le fer forgé était crasseux.

Cela faisait des années que Rachel veillait à ce que la synagogue soit toujours impeccable, à l'exception de la bima qui était abandonnée, négligée et voilée de poussière. Elle était certaine qu'un reste de vin oublié depuis le kiddoush du dernier shabbat célébré ici avait dû faire rouiller la timbale d'argent. Combien d'années s'étaient écoulées depuis ? À chaque fois que Rachel arrivait à la synagogue, la vision de la bima si sale lui faisait monter les larmes aux yeux.

Pourtant, quelques années plus tôt, le rabbin américain qui avait visité la synagogue avait fait souffler un vent de révolte. Rachel n'arrivait pas à se rappeler son nom. Elle croyait se souvenir que ça commençait par « Na » et finissait par « son ».

Les administrateurs de la synagogue l'accompagnaient alors qu'il visitait les synagogues de la côte du Konkan. Mordekaï avait prévenu Rachel de son arrivée prochaine. Elle avait nettoyé la synagogue de fond en comble et trouvé de l'aide pour débroussailler la cour. Elle avait même apporté de chez elle quelques pots de fleurs pour décorer la véranda et avait dissimulé les cicatrices du porche derrière une guirlande de feuilles de manguier.

Si le rabbin avait apprécié le travail de Rachel, il fut consterné de voir l'état de la bima. Les hommes se précipitèrent sur le pupitre pour l'essuyer, soulevant un nuage de poussière. Gênés, ils expliquèrent au voyageur qu'étant donné sa condition de femme, Rachel ne pouvait évidemment pas toucher à la bima, mais qu'ils s'empresseraient de contacter Hassaji Daniyal, le chantre, à Alibaug, pour qu'il la nettoie. Le rabbin se fâcha : « Il me paraît pour le moins improbable qu'une femme comme Rachel puisse être impure. De plus, son dévouement est remarquable. Mais vous, tenez-vous vraiment à cette synagogue ? Lequel d'entre vous viendra encore prier ici, même le shabbat ? Alors, que ce soit une femme ou un homme qui la nettoie, quelle importance ? Franchement, tout cela est ridicule. »

Tout le monde, y compris Rachel, avait parfaitement compris ce que le rabbin sous-entendait. Il estimait que Rachel pouvait parfaitement toucher l'autel, car elle avait dépassé l'âge de la ménopause. Et quand bien même elle aurait encore eu ses règles, le dévouement dont elle faisait preuve l'y aurait autorisée malgré tout. Pour Rachel, ce fut un moment clé : la rupture avec des siècles de traditions et de tabous.

Elle se tenait sur le seuil de la synagogue et regardait partir le rabbin et ces messieurs du Conseil. Sur le point de monter en voiture, le rabbin s'arrêta soudain, revint vers elle et lui tendit la main en la remerciant chaleureusement. Rachel était confuse. Toute gênée, elle regardait ses pieds et finit par lui tendre la main d'un geste mal assuré. Le rabbin s'en alla, plein d'admiration pour cette femme dévouée. Du coup, le Conseil au grand complet l'imita et revint vers Rachel pour la remercier.

Le président du Conseil déclara : « Rachel, ma sœur, désormais tu as le droit de toucher la téva. »

Plus tard, le vieux chantre, Hassaji Daniyal, raconta à Rachel que le rabbin avait blâmé le Conseil en ces termes : « Vous avez de la chance d'avoir une femme comme Rachel Dandekar. Une vraie sainte. Elle s'occupe tellement bien de la synagogue. Je ne comprends pas pourquoi vous n'y priez plus. »

Dans sa jeunesse, la vie de Rachel tournait autour de sa maison et de la synagogue. Il y avait tant d'occasions de se rendre au temple : l'office hebdomadaire du shabbat, la fête de Eliyahou Hannavi, un mariage, une circoncision de nouveau-né ou encore une Bar Mitsva[1].

Quand elle était enfant, aller à la synagogue était synonyme d'un bon bain et d'habits neufs et propres. Les fillettes portaient des corsages à manches ballon avec des jupes longues de couleur vive. Les femmes huilaient leur chevelure et piquaient des fleurs dans leurs nattes. Elles se couvraient la tête d'une sorte de petit mouchoir brodé, elles mettaient leurs plus beaux saris et leurs bijoux en or. Quelquefois les jeunes filles étaient autorisées à porter une

---

1. Cérémonie religieuse qui marque la majorité religieuse du garçon juif.

nouvelle paire de boucles d'oreilles, un bijou pour le nez, des bracelets en verre ou encore des bracelets de cheville. Les garçons revêtaient des chemises neuves sur des pantalons amples et se couvraient la tête d'une kippa[1] brodée.

Une fois les prières terminées, les enfants avaient le droit de s'amuser dans la cour et même dans la synagogue. Lorsqu'ils jouaient à cache-cache autour de la bima, on les laissait faire, et les filles savaient qu'elles n'étaient pas censées y monter. C'était une loi d'airain.

Rachel se tenait toujours à hauteur de la porte, à regarder la bima d'un air envoûté. Toute seule dans la synagogue redevenue silencieuse, elle éprouvait une étrange euphorie. Dans son esprit, l'autel poussiéreux devenait l'éthéré mont Sion. Il s'en dégageait une lueur qu'elle n'avait encore jamais remarquée. Ce n'était plus simplement un pupitre posé sur une estrade en marbre et tourné vers Jérusalem ; c'était une montagne qui témoignait de la gloire du Tout-Puissant. Elle sentait la présence de quelque chose qui dépassait la condition humaine.

Rachel s'avança vers la bima d'un pas hésitant. Le rabbin lui avait fait un cadeau divin. Mais une main mystérieuse semblait la freiner : l'usage de toute une vie s'interposait entre Rachel et la bima.

Arrivée près de la première marche de l'estrade, elle eut envie de partir en courant. Elle murmura pour elle-même : « Ces étrangers, ils ne comprennent rien à rien. Le président a dû se laisser emporter par les paroles du

---

1. Calotte portée par les Juifs pratiquants.

rabbin américain ; il n'était probablement pas sérieux. » Elle recula vers la porte ; elle se sentait terriblement vulnérable et se mit à trembler.

Puis, d'un pas de somnambule, elle s'avança de nouveau vers l'estrade, comme entourée d'une aura qui semblait lui faire signe. Les secondes paraissaient des siècles. Elle avait l'impression d'avoir des semelles de plomb et chaque pas lui faisait monter davantage de larmes aux yeux. Mais une fois sur la bima, son corps lui parut aussi léger qu'une plume. Elle en eut le souffle coupé. C'était comme si elle avait couru des années et des années et qu'elle était enfin arrivée à bon port. Le marbre sous ses pieds était frais et rassurant. Rachel pleura jusqu'à ne plus rien ressentir.

Elle se tint là, immobile, puis baissa la tête en direction de la Torah et demanda pardon à l'Éternel d'aller à l'encontre de la Loi. Elle ramassa les livres, le plat et le verre du kiddoush ainsi qu'un petit cadre en argent avec les Dix Commandements en hébreu, et les déposa respectueusement sur le siège du prophète Élie.

Elle retira la nappe du pupitre. Elle sortit le tapis sur la véranda pour le secouer. Des volutes de poussière tournoyaient autour d'elle. Elle étala le tapis au soleil et rentra chargée d'un seau d'eau pour nettoyer les tables et le sol en marbre de l'estrade. Elle frotta jusqu'à ce que ses mains soient endolories et que le marbre retrouve la teinte de l'ivoire. Elle était satisfaite du résultat mais ne voulait pas remettre la vieille nappe poussiéreuse.

Elle alla dans la remise où l'on conservait les objets rituels. Elle se souvenait avoir vu dans les placards de vieux draps et tapis pliés, entre des couches de mousseline et de feuilles de tabac. Il y avait une forte odeur de boules antimites, mais le contenu du placard était impeccable, comme si quelqu'un venait d'y ranger le linge. Rachel inspecta délicatement les tissus et trouva une nappe bleue avec des étoiles imprimées, ainsi qu'un tapis rouge, aux bords effilochés, mais propre. Elle les emporta avec elle.

Elle étala la nappe et posa le tapis. C'était la première fois depuis longtemps que la bima était nette et belle. Enfin, elle lava le plat du shabbat, le verre pour le vin du kiddoush et la petite salière avant de les reposer sur la table.

Du bout de son sari, elle épousseta les livres et le cadre des Dix Commandements. Elle les porta à son front avant de les remettre à leur place.

Tout semblait parfait, et pourtant, il manquait quelque chose : de la lumière. Il fallait une lumière pour éclairer la maison de Dieu.

Rachel hésita ; elle ne savait pas si elle avait le droit d'allumer une lampe à huile. Elle se dit qu'elle n'avait qu'à écouter son cœur. Elle prit une petite lampe d'argile, y versa l'huile du bidon qu'elle avait dissimulé derrière le siège du prophète et alluma la mèche qu'elle y avait mis à tremper. Elle posa sa petite lampe au bas des marches, car elle n'avait pas envie de trop jouer avec les lois religieuses.

La lampe avait beau être toute petite, elle donnait à la synagogue un rayonnement que Rachel n'avait plus vu depuis fort longtemps.

Le simple fait de l'allumer cette lampe lui avait donné le sentiment d'avoir accompli une prouesse. C'était la première fois depuis des années qu'une lumière brillait à la synagogue.

Elle apprécia tant ce moment de victoire personnelle et cette sensation de parfaite communion avec Dieu qu'elle laissa la petite lampe brûler jusqu'au bout. Ensuite, elle sortit, referma la porte et vit que le soleil couchant embrasait le ciel d'une lueur safran.

Rachel marcha lentement pour rentrer. Les couleurs du ciel se réfléchissaient dans les douces vagues de la mer et elle avait envie d'en profiter. D'ailleurs, elle allait fêter le merveilleux cadeau que le rabbin lui avait fait en se préparant un vrai dîner. Un dîner de la couleur du ciel. Heureusement qu'elle avait acheté du poulet le matin. Elle le ferait cuire dans une sauce au safran.

Pour Rachel, sa boîte à safran était aussi précieuse que celle où elle gardait ses bijoux en or. Une boîte minuscule, bien remplie, dont elle prélevait de petites quantités pour les repas de fête. Rachel décida à ce moment précis que le safran serait désormais le symbole de sa liberté.

Avant de commencer à préparer le dîner, elle mit le chauffe-eau en route et prit un bain. Il lui fallait se débarrasser des couches de poussière qui s'étaient déposées sur son corps et son esprit. Une fois lavée, elle s'enroula dans un sari blanc parsemé de fleurs jaunes. Toute à sa bonne humeur, elle humecta même ses tempes de quelques gouttes d'eau de Cologne et se poudra le visage. Ainsi rafraîchie et heureuse, elle se mit à la recherche de sa boîte à safran.

En principe, Rachel rangeait toutes les épices précieuses dans le garde-manger. Mais elle évitait de poser le safran près des épices fortes, de peur que ces dernières n'en tuent la saveur florale si subtile.

Elle eut beau chercher partout, elle ne trouva pas la boîte à safran. Elle crut se souvenir qu'elle avait mis la petite boîte dans une autre boîte en plastique. Elle chercha sur toutes les étagères de la cuisine : en vain. Quelle calamité ! Pas de safran, alors qu'elle avait décidé de préparer du poulet *kesari*. Elle n'en avait plus fait depuis que son premier petit-enfant était né, en Israël.

Elle se souvenait de ce jour comme si c'était hier. Son fils Aviv lui avait téléphoné. Il était tout excité et lui avait annoncé qu'elle était grand-mère. Par-delà les sept mers, Rachel entendait l'écho de sa propre voix qui félicitait son fils. Entre deux sanglots, elle lui avait demandé : « Est-ce un fils ou une fille ?

— Une fille », avait répondu son fils.

Dès qu'elle eut raccroché, Rachel s'effondra sur le sol, en pleurs. Mais que faisait-elle toute seule à Danda, loin de sa famille, alors que sa première petite-fille venait de naître ? C'est en Terre promise que sa famille grandissait.

Ses pleurs avaient fait accourir Kirti, la voisine. Elle n'arrivait pas à comprendre pourquoi Rachel était dans cet état. Puis elle remarqua que l'écouteur du téléphone était mal raccroché et elle en conclut que Rachel avait eu de mauvaises nouvelles d'Israël.

Elle remit l'écouteur en place, prit Rachel dans ses bras, essuya ses larmes et lui demanda ce qui se passait.

Rachel sanglota : « Je suis grand-mère et je ne peux même pas tenir la petite dans mes bras. »

Kirti ne put s'empêcher de rire. Elle alla lui chercher un verre d'eau et lui dit : « Tu sais, vu comment tu pleurais, j'ai cru que tu avais eu des nouvelles terribles. »

Rachel posa un doigt sur les lèvres de Kirti et dit : « Non, non, la naissance d'un bébé, c'est une très bonne nouvelle. »

Kirti souriait. « Rachel ma chérie, dit-elle, nous devrions fêter l'arrivée de cette petite avec des *péda*[1], non ? »

Elle interpella les femmes du voisinage et envoya l'une d'entre elles acheter ces douceurs. Quand elle rapporta les péda, Kirti les distribua et chanta un *kirtan*[2] à la gloire du bébé Krishna.

Rayonnante, Rachel se demandait à quoi ressemblait l'enfant. À Krishna, tout en rondeurs et en sourires ? Était-elle aussi foncée de peau que Krishna ?

Les jeunes femmes du voisinage avaient envahi la maison. Elles s'étaient installées sur la balancelle et dans le tamarinier. Il y avait des rires partout, comme jadis, quand toute la famille était réunie sous le même toit.

L'une des femmes aperçut le lecteur de cassettes et demanda à Rachel de leur passer quelques chansons de films. En examinant

---

1. Petits gâteaux que l'on distribue pour un heureux événement.
2. Musique dévotionnelle du sikhisme.

les cassettes, elles constatèrent qu'il s'agissait d'une collection de vieilles chansons marathi, sur lesquelles elles ne savaient pas danser. Elles allèrent donc chercher les leurs et se mirent à virevolter sur les tubes de Bollywood. Grâce à l'ambiance de fête à la maison, Rachel allait mieux. Elle avait envie que toutes ces femmes et ces enfants restent encore un peu et elle invita tout le monde à déjeuner.

Kirti rit : « Ma chère amie, comment vas-tu nourrir toutes ces bouches ? Ces filles ressemblent peut-être à des fourmis, mais elles mangent comme des éléphants. Voyons voir ce que tu as dans ta cuisine... Trois patates, deux oignons, une tomate, du gingembre, de l'ail, des piments, une poignée de feuilles de coriandre, quatre-cinq noix de coco et un sac de bombil. Tu vas peut-être nous préparer un chaudron de ton sown kadhi spécial ?

— Non », rétorqua Rachel. Elle se leva, coinça le bout de son sari au niveau de la taille et déclara : « Ce sera du poulet kesari. Je vais le cuisiner exactement comme je le faisais quand j'étais enceinte de mon aîné. »

Rachel envoya quelqu'un acheter du poulet et se mit au travail, tandis que les femmes allaient chez elles récupérer des condiments et les plats qu'elles avaient préparés dans la matinée. « On devrait peut-être inviter tout le village pour fêter le premier petit-enfant de notre amie », dit Kirti en riant.

Ces mots firent monter des larmes aux yeux de Rachel qui était occupée à hacher des oignons. Elle les essuya de son bras et chargea les plus jeunes du groupe de préparer le mélange d'épices. Elle sourit en se rappelant l'année où cinq des femmes présentes tombèrent enceintes.

Elle fit tremper un peu de safran dans un bol d'eau chaude. Quand le poulet fut tendre, Rachel y ajouta la précieuse épice et couvrit la marmite. Dans une autre casserole, le riz avait presque fini de cuire. Les jeunes femmes avaient posé des assiettes sur le sol du salon. Quand Rachel souleva le couvercle de la marmite, un parfum délicat emplit la maison.

Rachel observa les femmes les plus jeunes et fut surprise de voir que leur peau avait pris la teinte chatoyante du safran. Elle était convaincue que certaines d'entre elles tomberaient enceintes cette nuit même. Leurs époux seraient irrésistiblement attirés par leurs corps parfumés.

Anashi dhakacha san, Pessah

« Alah ani olah chi pez »
Boisson à base de gingembre broyé et de *lili chaï*[1]
que l'on fait bouillir jusqu'à ce qu'elle prenne
une teinte vert-marron. Une fois passée, on la sert
dans des bols ou des verres, souvent accompagnée
d'une datte en guise d'édulcorant.

« Matsa indienne »
ou « bin-khameer-chi-bhakhri »
Prenez 125 g de farine de blé et tamisez-la.
N'y mettez pas de sel.
Ajoutez-y de l'eau par petites doses jusqu'à obtenir
une pâte lisse, divisez en quatre boules et étalez
comme des chapatis.
Mettez une plaque ou une poêle lourde sur le feu.
Quand elle est bien chaude, faites-y dorer chaque galette
sur les deux faces.
La matsa est symbole de pauvreté, car les Juifs
s'en nourrissaient lorsqu'ils étaient esclaves en Égypte.
Elle rappelle le pain non levé qu'ils consommèrent
lors de la sortie d'Égypte.
Elle leur rappelle qu'ils doivent œuvrer
pour la liberté, la justice et la paix.

---

1. *Lili* : herbe dont le goût rappelle la citronnelle et qui sert à faire une infusion. Certains en ajoutent au chaï, thé indien aux épices.

Pour préparer les bin-khameer-chi-bhakhri
qui seront posés sur le plat du Séder[1],
confectionnez une galette selon la recette ci-dessus,
puis imprimez la marque de votre pouce
sur une seule face, avant de la faire rôtir.
Cette empreinte de doigt symbolise les Cohen,
c'est-à-dire les prêtres qui étaient autorisés à pénétrer
le sanctuaire du Temple.
Étalez la deuxième galette et formez deux « m »,
en souvenir des Lévi, les soldats.
Enfin, étalez la troisième galette et faites-y une marque
avec trois doigts, en souvenir des Israël, les paysans.
Ces galettes devront être conservées sous un napperon
à matsa, sur le plat du Séder.

« SHEERA » APPELÉ « HALECH » OU ENCORE « KHAROSET »
Faites tremper un kilo de dattes toute la nuit,
puis lavez-les et égouttez-les. Retirez les noyaux et faites
cuire à feu doux jusqu'à ce qu'elles soient tendres.
Laissez refroidir et écrasez jusqu'à obtenir une pulpe,
égouttez et refaites cuire à feu doux,
jusqu'à ce que le sheera s'épaississe,
en remuant sans cesse
afin que la préparation n'attache pas.
Mettez dans un bol que vous placerez sur le plat du Séder.
Les restes peuvent se conserver au frigo,
dans une boîte hermétique.
Le kharoset symbolise le mortier que les Juifs utilisèrent
dans la construction des pyramides d'Égypte.

« JEROVA »
Prenez le fémur gauche d'une chèvre ou d'un mouton,
faites griller directement sur un feu et posez
sur le plat du Séder.
Cet os symbolise l'agneau offert en sacrifice à Dieu,
pour le remercier d'avoir donné aux Juifs une terre

---

1. Repas traditionnel du soir de Pessah accompagné du récit de la sortie d'Égypte et de chants.

après des années d'errance.
On peut également utiliser une cuisse de poulet rôti.

« KARPAS-MAROR[1] »
Les herbes amères, ou *kadu bhaaji*, comme le persil
ou certaines feuilles de salade, sont lavées et séchées
avant d'être posées sur le plat du Séder,
avec un bol de jus de citron ou de *limbu cha ras*.
Les herbes amères symbolisent les épreuves endurées
par les Juifs lorsqu'ils furent esclaves en Égypte.

« LIMBU CHA RAS »
Pressez des citrons bien frais, passez leur jus
et ajoutez une demi-cuillère de sel et de l'eau.
Posez-en un bol devant chaque convive
afin qu'il puisse y tremper l'œuf dur
et l'herbe amère. Ce rituel évoque le printemps
ainsi que les larmes versées par les esclaves.

ŒUF DUR
Pour le plat du Séder, il faut un œuf dur,
grillé directement sur le feu. Prévoyez aussi un œuf dur
pour chaque convive.
L'œuf est un autre symbole de l'agneau sacrificiel.

« KIDDOUSH »
En Inde, le vin généralement utilisé pendant le Séder
est souvent remplacé par un jus de cassis fait maison.
Pour le préparer, faites bouillir quatre kilos de cassis
pendant cinq minutes, puis passez le jus.
Une telle quantité est nécessaire,
car on boit ce jus plusieurs fois au cours du Séder.

---

1. Herbes amères.

Le premier jour de Pessah, généralement à la mi-avril[1], la lune d'été toute pâle ressemble à la matsa faite maison, en souvenir de l'exode des Juifs. La traversée de la mer Morte et le partage des eaux, ainsi que la fin de l'esclavage, sont source d'inspiration pour tous les Juifs qui prient alors pour la fin de toute tyrannie, oppression et injustice. La table du Séder est décorée d'une belle nappe, de fleurs, de bougies et d'un plat spécial, recouvert d'un napperon brodé, qui comporte les ingrédients qui seront évoqués lors de la lecture de la Haggada[2]. On sort les meilleurs services de table pour un repas festif. Les matins de Pessah, les Juifs Bné Israël pratiquants consomment un breuvage appelé *tandla chi pez*. L'habituel thé au lait sucré qu'on boit d'ordinaire le matin est interdit durant cette période. Le tandla chi pez se prépare avec une poignée de riz brisé que l'on fait bouillir dans 2 dl d'eau, avec une pincée de sel et 1 dl de lait de coco, jusqu'à ce que la préparation épaississe. On le sert soit dans des bols, soit dans des verres, et on l'accompagne souvent d'une datte pour remplacer le sucre.

---

1. Les dates des fêtes juives sont calculées selon le calendrier lunaire.
2. Recueil de textes relatant la sortie d'Égypte et qui contient aussi toutes les directives nécessaires au bon déroulement du Séder.

C'était la veille de Pessah.

Rachel était assise sur la véranda et observait la lune, pleine et ronde comme un plat doré, qui reposait sur l'horizon derrière la mer bleue, aussi bleue que les chemises qu'Aaron portait toujours pour l'office de Pessah.

Le doux murmure des vagues évoquait pour Rachel les prières qu'Aaron récitait à la maison. Ils fêtaient généralement le premier Séder avec toute la communauté à la synagogue, juste après l'office, mais le deuxième Séder avait lieu à la maison.

C'étaient des jours infiniment heureux. Une semaine avant le début de Pessah, la maison était nettoyée de fond en comble et tous les plats et couverts étaient lavés, séchés puis mis de côté le temps de la fête. La veille, des femmes Bné Israël arrivaient des villages alentours et l'on se réunissait dans la cour de la synagogue pour préparer les matsot. Les matsot indiennes ressemblaient à des chapatis secs et non aux galettes carrées et croustillantes qu'on leur envoyait d'Israël par cartons entiers.

Cela faisait des années que Rachel n'avait pas préparé de table pour cette fête. Pour elle-même, elle n'arrangeait qu'un petit plat de Séder, allumait une bougie et remplissait un verre de jus de cassis pour le prophète Élie, auquel elle ouvrait grande la porte. Ensuite, elle grignotait la matsa qu'elle s'était préparée.

Elle était souvent invitée pour le premier soir de Pessah par l'une des familles juives d'Alibaug. Ruby, son amie d'enfance, veillait à ce qu'elle ne soit jamais seule ce jour-là.

Mais cette année, Rachel n'avait accepté aucune invitation. Elle s'était excusée en expliquant qu'elle se faisait vieille et qu'elle n'avait plus le courage d'assister à des repas de fête qui s'étiraient au-delà de minuit.

Tandis qu'elle regardait la lueur de la lune, Rachel se dit qu'elle allait préparer un plat de Séder avec un os de poulet, une matsa fait maison, un œuf dur, un brin de fenugrec amer ramassé dans l'arrière-cour et un bol de sheera. Ensuite, elle allumerait une lampe, ouvrirait la porte et remplirait un verre pour le prophète Élie ; elle savait qu'il serait là, assis à sa table, même s'il restait invisible. Bien calée dans sa chaise longue, les yeux toujours levés vers la lune et un bol de alah ani olah chi pez chaud à la main, Rachel se rappela les temps anciens où les femmes se retrouvaient à la synagogue pour fabriquer des matsot pour toute la communauté.

C'étaient des jours heureux et joyeux. Parées de saris chatoyants et de bijoux, les cheveux ornés de fleurs, les femmes arrivaient tôt le matin et se retrouvaient dans la cour de Rachel. Elles apportaient leurs propres ustensiles.

Rachel les accueillait avec du *pez* bien chaud, puis elles faisaient une promenade au bord de la mer, avant de se rendre à la synagogue pour fabriquer les matsot.

Une fois à la synagogue, elles passaient d'abord un coup de balai partout puis elles humidifiaient le sol de la cour. Ensuite, elles étalaient des petits tapis, se lavaient les mains et s'installaient pour façonner les matsot qu'elles faisaient cuire sur des plaques en terre. Parfois Aaron allumait le *tandour*[1] et passait la journée entière à y faire rôtir les matsot. Les femmes les façonnaient, les lui tendaient et Aaron les collait aux parois du four. Une fois cuites, il les retirait du tandour à l'aide d'une spatule de bois et les lançait sur un drap blanc immaculé posé au sol. Puis les femmes les ramassaient et les empilaient soigneusement dans la réserve de la synagogue.

Lorsqu'elles accomplissaient cette tâche, l'une d'entre elles se mettait généralement à fredonner un chant à la gloire de Moïse, sur l'air d'un kirtan marathi populaire évoquant la naissance de Krishna. Bientôt les autres femmes se mirent à chanter aussi : elles louaient le partage des eaux et l'exode, tandis que les matsot étaient étalées, rôties, empilées, puis préparées à être distribuées équitablement. Chaque famille juive recevait trois matsot spéciales pour le plat du Séder et quelques autres pour le repas de fête.

Rachel n'était pas certaine de vouloir fêter Pessah cette année. Comment fêter Pessah toute seule ?

---

[1]. Four en terre cuite en forme de jarre.

Soudain elle entendit le téléphone sonner dans la maison. Elle devina que c'était un appel d'Israël.

Toute la famille s'était retrouvée chez Aviv pour fêter Pessah. Il y avait là Irène, la femme d'Aviv, et leurs enfants Tamar et Michaël, le second fils de Rachel, Jacob, avec Ilana son épouse, et enfin Zephra. Tout le monde voulait parler à Rachel. Zephra fut la dernière à prendre l'appareil. Elle souhaitait que Rachel lui donne la recette de la matsa indienne.

Rachel s'empressa de la lui donner : « Prends de la farine de blé. Tu en as ? »

Elle entendit Zephra demander à Irène si elle avait de la farine.

Puis elle dit à Rachel : « Oui, nous en avons. Ensuite ?

— C'est très simple, mais dis-moi, depuis quand tu t'intéresses à la cuisine ? En Inde tu ne faisais même pas cuire un œuf ! »

Rachel entendit le rire cristallin de sa fille et elle ressentit un manque déchirant.

« Les gens changent, maman, dit Zephra, mais ne t'emballe surtout pas. C'est juste pour Pessah. J'en ai marre des matsot industrielles. J'ai envie de manger tes petits plats. »

Rachel était touchée par la chaleur qui émanait des paroles de sa fille et poursuivit : « Prends de la farine de blé et mélange-la rapidement à de l'eau. La pâte doit être ferme, il faut l'étaler sans attendre et faire griller les galettes. Ne jamais faire attendre la pâte et surtout, ne pas la saler, car c'est ainsi que nos ancêtres l'ont emportée en sortant d'Égypte.

— Bien, dit Zephra, ensuite, on a du kharoset tout préparé...

— C'est quoi ça ?

— Ne t'inquiète pas maman, je viens juste de me souvenir que tu préparais quelque chose à base de dattes. On le mangeait en sandwich dans la matsa. Ça avait un nom indien... c'était comment déjà ?

— Sheera.

— Oui c'est ça ! s'écria Zephra joyeusement.

— Ça ne se fait pas à la dernière minute.

— Et pourquoi ?

— Oh ma Zephra, tu n'as pas changé. Toujours pressée, pressée.

— Ben oui maman, je veux en faire tout de suite.

— Impossible.

— Pourquoi ?

— Parce que tu dois faire tremper les dattes toute une nuit.

— Alors je ne peux pas en faire maintenant ?

— Bon, tu peux quand même tenter un truc.

— Quoi ?

— Prends des dattes, enlève les noyaux, lave-les et puis fais-les cuire dans un peu d'eau, à feu doux, et écrase-les en purée.

— Génial ! En plus, Irène a un paquet de dattes déjà dénoyautées, les meilleures d'Israël ! »

Sa voix se fit plus douce : « Et que fais-tu pour Pessah, maman ? Est-ce que tu vas à Alibaug chez tante Ruby[1] ? »

Rachel s'efforça de garder un ton neutre : « Non, je ne vais nulle part.

---

[1]. En Inde, les amis proches de la famille sont considérés par les enfants comme des tantes et des oncles. Cette appellation exprime le respect à l'égard d'une personne plus âgée.

— Oh maman, j'aimerais vraiment que tu viennes en Israël.

— Zephra, dit Rachel sévèrement, nous en avons parlé mille fois. C'est non. Alors ne t'inquiète pas pour moi et passe de bonnes fêtes de Pessah. Tu connais toujours les prières et les chants, *da-da-yenou*... »

Elle chantait et les larmes coulèrent sur ses joues.

« Je t'aime maman », dit Zephra d'une voix douce, puis elle passa le téléphone à Jacob. Rachel sentait bien qu'ils pensaient tous à elle et qu'ils étaient inquiets de la savoir seule en Inde.

Dès que Jacob prit le téléphone, elle lui dit : « Dis-leur à tous de ne pas s'inquiéter pour moi. Je vais bien. Dis-leur aussi que je suis très occupée. Tu sais bien – la synagogue. Les administrateurs veulent vendre le terrain et j'aurais besoin de conseils juridiques. Tu avais un ami ici, il était étudiant en droit. Il venait à Danda avec toi, pour les vacances d'été. Comment il s'appelait déjà ? Un grand garçon maigre, avec des yeux verts, qui était athée...

— Je crois que c'est de Judah que tu parles.

— Tu as son numéro de téléphone ?

— Là, tout de suite ?

— Oui, tout de suite !

— Je ne l'ai pas sur moi. Oh, mais je sais où tu peux le trouver : dans notre maison.

— Notre maison ? Quelle maison ?

— Ben la tienne voyons, la maison quoi ! dit Jacob en riant.

— Où dois-je chercher ?

— Dans le vieux répertoire noir. Celui qui est toujours sous le téléphone. J'y ai inscrit tous les numéros de mes amis en Inde. Ouvre-le et regarde à "J".

— D'accord.

— Ne me dis pas que tu vas l'appeler là, maintenant ?

— Et pourquoi pas ?

— Bon, alors cherche à "J", comme Judah, et compose le préfixe de Bombay d'abord. Tu vas certainement le trouver chez lui, parce que ça m'étonnerait qu'il fête Pessah comme tout le monde.

— Eh bien je vais l'appeler et je vais l'inviter demain, pour le deuxième soir de Pessah. Comme ça j'aurai une bonne raison de cuisiner.

— Alors évite de faire trop religieux, il est un peu bizarre là-dessus.

— Je tâcherai de m'en souvenir. Allez, bon appétit et bonne nuit. »

Sans attendre une éventuelle réplique de Jacob, Rachel avait raccroché et attrapé le vieux répertoire pour y chercher le numéro de Judah.

Le téléphone sonna très longtemps avant que Judah ne réponde. Il avait l'air pressé. Rachel parla sans détour : « Allô ? dit-elle, c'est moi Rachel. Tu te souviens de moi ?

— Non, dit-il assez sèchement.

— En fait, je suis la mère de Jacob, de Danda. Il vit en Israël maintenant. »

La voix de Judah se fit plus chaleureuse : « Mais oui, tante Rachel, je me souviens de vous. »

Rachel était soulagée. « Judah, il faut que je te voie, dit-elle, le plus vite possible ! »

On entendait un sourire dans sa voix : « En quoi puis-je vous aider, tante Rachel ?

— J'ai un problème.
— Quel genre de problème ?
— Un problème juridique. Tu es avocat, n'est-ce pas ?
— Oui, en effet.
— Parfait. J'ai besoin de tes conseils.
— Mais à quel sujet ?
— Tu te souviens que nous avons une synagogue à Danda ? Elle est juste derrière chez nous.
— Oui, je me souviens l'avoir vue de l'extérieur.
— Bien, c'est moi qui m'en occupe et j'y suis très attachée. Mais le conseil d'administration veut vendre la synagogue et le terrain qui l'entoure à un M. Chinoy-Finoy-je-ne-sais-quoi, qui veut en faire un club de vacances et y cultiver des fleurs.
— Oui...
— Mais moi je ne veux pas qu'ils vendent la synagogue. Ni la synagogue, ni le terrain. Alors j'ai besoin de ton aide. On peut se voir ?
— Vous venez parfois à Bombay ?
— Oui, de temps en temps.
— Alors pourquoi ne viendriez-vous pas à Bombay lundi prochain, par le bateau de dix heures ? Je pourrais vous chercher au débarcadère de la Porte de l'Inde.
— Non, mon fils, je veux que tu viennes ici, comme ça tu verras la synagogue.
— Bon d'accord, je peux me rendre à Danda. Je n'y suis pas allé depuis des années. Quand voulez-vous que je vienne ?
— Demain. »

Rachel l'entendit feuilleter son agenda, puis il reprit : « Mmm. J'ai un rendez-vous demain après-midi. Mais bon, il n'est pas très important. Je peux le déplacer.

— Viens donc vers midi et reste pour le dîner.

— Je vous remercie, tante Rachel, mais j'aimerais retourner à Bombay pour la soirée.

— Pour le soir de Pessah ? Tu es invité ?

— Je n'ai pas... je ne suis pas... J'aimerais venir, mais je vis seul. Je ne connais pas les prières. Pas de famille. Rien.

— Nous allons simplement dîner ensemble. »

Cela le rassura.

« Bien, tante Rachel, je serai chez vous demain vers trois, quatre heures.

— Merci mon fils. Je t'attendrai. »

Rachel raccrocha, alla directement à la cuisine pour faire tremper une poignée de dattes dans un bol, une poignée de cassis dans un autre, puis elle lâcha un gros soupir de soulagement.

Le lendemain, Judah vint et Rachel vit qu'il n'était plus le garçon qu'elle avait connu. Il paraissait encore plus grand et plus fin dans son jean et son tee-shirt blanc. Derrière les montures noires de ses lunettes, ses yeux paraissaient plus verts qu'avant. Il lui serra la main chaleureusement, avant de la prendre dans ses bras. Il n'était absolument pas froid ou distant, contrairement à ce que Rachel avait craint. Il demanda aussitôt des nouvelles de son ami Jacob et de toute la famille. Mais quand Rachel en fit autant, il resta silencieux. Elle n'insista guère, d'autant qu'elle croyait se souvenir que son grand-père avait exigé de se faire incinérer, ce qui avait terriblement choqué la communauté juive. Depuis cet incident, sa famille ne se montrait plus. Un Juif doit se faire enterrer, pour pouvoir se relever d'entre les morts quand le Messie viendra.

À la synagogue, Judah prit des tas de notes et posa des questions précises. Son visage demeura impassible et il ne donna à Rachel aucune raison d'espérer. Le soir venu, elle était vraiment contrariée par son silence. Elle ne vit son visage changer qu'une seule fois, lorsqu'elle ouvrit la porte de la synagogue : Rachel embrassa la mézouza et Judah hésita. Ses mains restèrent finalement collées le long de son corps et Rachel vit qu'il n'était pas un Juif pratiquant.

Il regarda la mézouza attentivement, inspira profondément et entra dans la synagogue. Il resta là, à fixer le haut plafond et les lustres. Visiblement, il n'avait pas souvent mis les pieds dans une synagogue. S'il était impressionné, il n'en montra rien. Cela surprit Rachel, mais elle ne fit aucun commentaire.

De retour à la maison, elle lui apporta un bol de *pez* bien fort, à base de gingembre et de menthe, puis alla à la cuisine pour préparer le repas de Pessah. Judah aurait préféré du thé, mais, par respect pour Rachel, il n'en dit rien et avala le pez. Plus tard, alors qu'elle l'observait de la cuisine, elle fut surprise de le voir assis en tailleur, par terre, occupé à prendre des notes. C'est à partir de cet instant que Rachel ressentit de l'affection pour ce garçon.

Elle s'assit à côté de lui et se mit à dénoyauter les dattes.

Judah lui demanda les noms des membres du Conseil et des autres dignitaires de la communauté. Rachel remarqua qu'il écrivait à l'aide d'un gros feutre, d'une écriture généreuse. Une fois les dattes prêtes, Rachel retourna en cuisine pour préparer le sheera.

Judah la suivit et lui demanda si elle savait quand la synagogue avait été utilisée pour la dernière fois. « Bien entendu, dit-elle, comment pourrais-je oublier ce jour ? C'était après que le père de Jacob ait rendu l'âme pour rejoindre un monde meilleur. Nous avons fait la cérémonie du septième jour[1] à la synagogue. » Rachel retenait ses larmes et faisait semblant de se concentrer sur son sheera. Elle sentit une main réconfortante sur son épaule : « Tante Rachel, pouvez-vous m'expliquer pourquoi on fait du kharoset le soir de Pessah ? »

Les yeux encore embués, elle le regarda en souriant. « Je suis contente que tu connaisses le mot hébreu pour sheera et que tu m'aies posé cette question. »

Judah rangea son carnet dans sa poche et écouta attentivement. Rachel versa la préparation dans un bol en cristal et lui dit : « Je n'ai pas étudié comme toi, mais je peux te dire ce que j'ai toujours dit à mes enfants. Le sheera est préparé en souvenir du mortier que nous utilisions quand nous étions esclaves en Égypte et que nous y construisions les pyramides. »

Il la regarda attentivement et déclara : « Mes parents n'étaient pas des Juifs pratiquants, mais nous avons toujours fait le Séder. »

---

1. Le deuil commence par une période de sept jours où la famille proche s'assoit par terre, ne cuisine pas, etc. Famille et amis viennent voir les endeuillés, prient avec eux et leur apportent à manger.

Par discrétion, Rachel ne lui posa pas de questions sur sa mère. Elle était convaincue que d'ici la fin de la soirée, il déroulerait de lui-même le récit de sa vie. En tant que mère, elle savait que, pour gagner sa confiance, elle devait éviter de lui poser trop de questions. Quand les enfants avaient quelque chose à dire, dès qu'on les interrogeait, ils se fermaient comme des huîtres.

Elle ressentit une grande affection pour ce jeune homme qui était comme un fils pour elle, bien qu'un peu différent. « Bizarre », avait dit Jacob.

Le matin, Rachel avait confectionné les matsot qu'elle avait recouvertes d'un tissu de soie. Il y en avait aussi pour le dîner. Rachel prenait rarement ses repas dans la salle à manger. La véranda lui tenait lieu à la fois de salon et de salle à manger. Mais comme Judah était là, elle décida de servir le dîner dans la salle à manger. Elle étala une nappe brodée, y posa le plat du Séder, la vaisselle de Pessah, des verres en cristal et la bouteille de vin que Judah avait apportée.

Lorsqu'elle alluma la bougie, elle décela un air inquiet sur le visage de Judah et elle lui dit en souriant : « C'est pour se souvenir du prophète Élie. »

Judah déboucha la bouteille de vin et demanda le verre du prophète. Rachel lui tendit un verre d'un rouge profond qu'elle réservait au prophète. Elle savait qu'il se joindrait à eux ce soir.

Judah remplit le verre de vin et ouvrit la porte au prophète. Puis il se rassit, leva son verre tout comme Rachel et dit « *lekhaïm*[1] ». Rachel était ravie. Ils burent le vin, mangèrent de la matsa, du sheera et les herbes amères, et trempèrent un œuf dans de l'eau salée.

Rachel était bercée d'une sensation de chaleur et d'allégresse et elle lui parla longuement de ses enfants, de sa vie à Danda, de ses voisins et de la synagogue qui était le pivot de sa vie. Judah lui parla de son travail, de cas qu'il avait eu à défendre et d'anecdotes s'y rapportant.

Pas une seule fois il n'évoqua sa famille.

Alors qu'ils avaient déjà bu plus d'une demi-bouteille de vin, Rachel servit le dîner, un copieux pilaf de mouton. Après le repas, Judah insista pour aider Rachel à débarrasser. Elle lui assura que la bonne allait venir le lendemain et ferait la vaisselle, mais il ne voulut rien entendre et lava tout lui-même en expliquant que sa mère ne laissait jamais personne toucher à sa précieuse vaisselle de Pessah. Rachel lui prépara un lit dans la chambre de Jacob pendant que Judah regardait la mer, assis sur la véranda. Il entendait Rachel fredonner en marathi un kirtan qui évoquait Moïse traversant la mer. C'était comme s'il était rentré à la maison.

Une fois le lit fait, Rachel retourna voir Judah. Il lui dit alors d'un air rassurant : « Ne vous en faites pas, tante Rachel, nous allons réussir, ensemble. »

Un rayon argenté semblait couper la mer en deux. Peut-être était-ce Moïse qui divisait les eaux, peut-être feraient-ils la traversée ensemble.

---

1. À la vie, en hébreu.

Bombay duck

Ingrédients
Poisson *bombil* également appelé *Bombay duck*,
huile, piment en poudre, curcuma,
sel, farine de riz ou de pois chiches.

Préparation
Le bombil a une arête centrale et il faut le vider
avec précaution. Il faut retirer ses fines écailles blanches.
La tête peut être retirée ou non.
Il faut ensuite le couper en deux et le saler.
Pour enlever l'excédent d'eau et de sel,
il suffit de l'alourdir d'un poids, par exemple un mortier
en pierre ; ainsi le poisson sera aplati et dégorgé.
Une fois sec, on nettoie le poisson en le frottant de sel
et de citron. On le trempe ensuite dans de la farine de
riz mélangée à du sel, du curcuma et un peu de piment.
Enfin, on le fait frire jusqu'à ce qu'il prenne une belle
couleur dorée et soit bien croustillant.

Les Juifs Bné Israël aiment beaucoup le bombil.
C'est un poisson de forme oblongue, à la chair tendre.
Sa tête est rouge et c'est cette couleur qui vous indique
s'il est frais. On le fait sécher au soleil et on le sale
pour le conserver. On le sert souvent avec un *khichdi*[1],
le samedi soir, à la fin du shabbat.

---

1. Plat à base de riz, de lentilles et quelquefois de légumes que l'on cuit ensemble.

Rachel se sentait écrasée comme un bombil sous une grosse pierre.

M. Chinoy et les membres du Conseil avaient pris l'habitude de faire le tour de la synagogue en voiture. Pour Rachel, c'était une source d'angoisse permanente. Le Conseil ne prenait même plus la peine de lui téléphoner pour dire qu'ils allaient passer. Ils ne lui avaient même pas demandé la clé de la synagogue. Ils ne voulaient pas voir la synagogue ; seul le terrain les intéressait. Une fois, elle les avait même vus étaler un plan, pendant que l'ingénieur de M. Chinoy faisait des croquis et prenait des mesures.

À présent, dès qu'elle apercevait la voiture de Chinoy, son moral s'écroulait. En plus, elle était furieuse que Mordekaï et les autres membres du Conseil ne viennent pas la saluer. À en juger par toute cette agitation, ils préparaient un coup en douce. Ils lui manifestaient une indifférence totale ; en fait, ils faisaient comme si elle n'était pas là. À coup sûr, Chinoy devait les régaler de repas fins, avant de les faire reconduire à Bombay dans sa belle voiture.

Quand elle voyait M. Chinoy sortir de la voiture dans son costume blanc, les yeux cachés derrière des lunettes noires, la moutarde lui montait au nez.

Quand il repartait, elle suivait la voiture des yeux et une expression douloureuse se dessinait sur son visage.

Un matin, deux mois après le début de cet étrange ballet, on frappa à la porte de Rachel. D'instinct, elle sut que c'était Mordekaï, le Conseil au grand complet et M. Chinoy. Mordekaï arborait un large sourire et Rachel vit qu'à l'exception d'une seule dent du côté droit, il était devenu complètement édenté.

M. Chinoy était accompagné d'une femme. Mme Chinoy peut-être ? Rachel comprit qu'ils s'apprêtaient à déployer des trésors d'ingéniosité pour l'inciter à vendre sa propriété. Elle les salua courtoisement et les invita à s'asseoir dans les fauteuils disposés sur la véranda. Elle-même s'installa dans son fauteuil habituel.

Rachel remarqua que Mme Chinoy était sophistiquée, mais elle paraissait gentille. Elle portait des chaussures de sport, un survêtement gris, un foulard rayé aux tons magenta sur les épaules et des lunettes noires qu'elle avait remontées sur ses longs cheveux noirs. À la grande surprise de Rachel, elle lui parla en marathi, l'appela tante Rachel, et lui fit des compliments tant sur sa maison que sur son allure juvénile.

Mais Rachel était contrariée. Elle se demandait pourquoi ils étaient là, à parler poliment de la pluie et du beau temps, plutôt que d'aborder les sujets fâcheux. Il n'était quand même pas venu pour une promenade de santé. M. Chinoy, l'air songeur, ne disait mot. Finalement, Mordekaï, tout penaud, lui annonça que si elle souhaitait – un jour – vendre sa propriété, M. Chinoy se ferait un plaisir de l'acquérir pour son projet de station balnéaire, puisqu'ils étaient sur le point de signer un accord concernant la synagogue.

« Pas question », dit Rachel d'un ton abrupt.

Elle se redressa dans son fauteuil, fixant le vide. Mme Chinoy remarqua sa réaction et tenta de changer de sujet en l'invitant dans leur ferme à Alibaug.

Immobile, Rachel ne répondit pas et leur demanda si elle pouvait leur offrir une limonade.

M. Chinoy vit son air résolu et accepta poliment. Elle lui rappelait sa mère et il se dit qu'il valait mieux ne pas la brusquer.

Mme Chinoy l'aida à servir. Quand ils eurent fini leurs verres, M. Chinoy la salua et la remercia respectueusement pour son accueil. Mme Chinoy prit ses mains dans les siennes et lui dit qu'elle reviendrait la voir. En partant, elle remarqua les sacs de bombil séché que Rachel gardait sur la véranda et lui dit : « Je crois que les Bné Israël font de l'excellent Bombay duck. »

Ayant entendu sa remarque, Mordekaï revint sur ses pas en courant et déclara d'une voix enthousiaste : « C'est exact madame, les bombil de notre chère Rachel sont délicieux. Quand son mari était... » Rachel le fit taire d'un seul regard.

Mme Chinoy s'adressa à Rachel : « Auriez-vous la gentillesse de m'apprendre à les préparer ? J'adore les bombil frits, mais je n'arrive jamais à les faire comme il faut. J'avais une amie à l'école qui m'en apportait toujours. Peut-être pourriez-vous me montrer un jour. Je pourrais venir regarder comment vous les cuisinez. »

Rachel lui adressa un petit sourire retenu. « Je pourrai vous prévenir quand j'aurai des bombil frais, mais je n'ai pas votre numéro de téléphone. »

Mme Chinoy sortit une carte de visite de son sac et la tendit à Rachel. Elle cacha ses beaux yeux gris derrière ses lunettes et disparut derrière les vitres fumées de la voiture climatisée.

Rachel resta debout à regarder la voiture s'éloigner et la sympathie qu'elle avait brièvement éprouvée laissa la place à de l'anxiété. À présent, elle mourait d'envie de faire remarquer à Mme Chinoy que toutes les flatteries du monde ne pourraient la pousser à vendre la maison et qu'elle ferait tout ce qui est humainement possible pour arracher la synagogue des dents de son requin de mari.

Elle était si bouleversée qu'elle devait parler à Judah, tout de suite. Elle lui téléphona et se sentit frustrée et fâchée lorsqu'il lui répondit qu'il était avec un client et qu'il allait la rappeler dans une heure.

« Qu'est-ce que je vais faire pendant une heure ? » se demanda-t-elle, et elle se mit à arpenter la véranda de long en large. Finalement, elle s'affala dans son fauteuil, molle et amorphe comme un bombil pendouillant au bout d'une ligne de pêche.

Quand l'appel de Judah arriva enfin, elle ne savait plus que faire. Elle lui raconta la visite du matin dans les moindres détails. Judah ne dit rien et Rachel crut alors qu'il ne l'écoutait pas : « Judah, allô, tu es là ? J'ai besoin de tes conseils ! lui dit-elle.

— Oui tante Rachel, je vous écoute.

— Ce Chinoy, Finoy, il est venu ici avec cet hypocrite de Mordekaï. Il veut acheter ma maison.

— Vous voulez la vendre ?

— Non.

— L'ont-ils bien compris ?

— Oui.

— Donc le message est clair.

— Ce n'est pas ça qui m'inquiète.

— Quel est le problème alors ? C'est votre maison, ils ne peuvent pas vous la prendre.

— C'est vrai, mais pour la synagogue ?

— Tante Rachel, je n'en suis pas certain, peut-être risquez-vous de la perdre.

— Pourquoi tu dis ça ?

— Parce que je me suis renseigné et il se trouve que le Conseil a tout pouvoir pour louer le terrain qui entoure la synagogue.

— Qu'est-ce qu'on peut faire ?

— Avez-vous des documents ?

— Quels documents ?

— Des papiers concernant la synagogue.

— Non, mais il y a un tas de registres à la synagogue, emballés dans du tissu, dans le placard. Personne n'y touche jamais et ils sont sûrement infestés de poissons d'argent et de termites.

— Quelqu'un du Conseil a-t-il déjà réclamé ces registres ?

— Non, je pense qu'ils les ont oubliés.

— Pourriez-vous les ramener chez vous ?

— Bien sûr. Tu les veux pour quand ?

— Samedi prochain. Je viendrai chez vous et j'y jetterai un œil.

— Tu ne pourrais pas venir un peu plus tôt, avant samedi ?

— Je peux essayer, mais ce n'est pas évident.

— Essaie.

— D'accord. J'ai une dernière question.

— Laquelle ?

— Vous ont-ils demandé les clés de la synagogue ?

— Non.

— Où sont-elles ?

— Je les ai sur moi, attachées à mon sari. »

Rachel perçut un petit bruit curieux au bout du fil. C'était le rire de Judah.

D'une voix enjouée, Rachel lui dit : « Tu devrais rire plus souvent. Je me sens déjà mieux. Mais dis-moi, pourquoi tu ris, au juste ?

— Parce que vous portez les clés de la synagogue attachées à votre sari.

— Ah, mais je dors même avec ! »

Judah reprit un ton sérieux : « Vous devez vraiment l'aimer, votre synagogue. »

Rachel sentit un sanglot monter dans sa gorge : « Oui », dit-elle d'une petite voix.

Judah arriva le samedi et Rachel le laissa seul sur la véranda, au milieu des registres qu'elle avait rapportés de la synagogue. Les pages étaient en piteux état, déchirées, fragiles et effectivement pleines de poissons d'argent. Judah les feuilleta soigneusement tout en avalant d'innombrables tasses de thé, jusqu'à ce qu'il finisse par tomber sur une vieille résolution qui avait été adoptée par l'un des précédents

Conseils et qui stipulait que la synagogue ne pouvait être vendue.

Tout en agitant le papier d'un air jubilatoire, il appela Rachel qui était en train de nourrir ses poules dans la cour.

« Tante Rachel, regardez ce que je viens de trouver. On va peut-être pouvoir la sauver, votre chère synagogue ! »

Rachel sourit : « Si c'est vrai, je finis de nourrir ces oiseaux stupides et ensuite je vais te chercher une boîte de friandises. »

Elle appela le fils du poissonnier et lui demanda d'aller lui acheter des douceurs en bas de la rue, chez Somou, où on trouvait de délicieux *chikki*[1] de noix de coco. Le garçon partit en courant et revint une boîte à la main. Rachel donna quelques chikki au garçonnet, en offrit à Judah et en grignota un elle-même avec un plaisir évident.

Cependant, son plaisir fut bientôt gâché par Judah qui prit un air sérieux et l'interrogea : « Avant d'aller plus loin, si vous gagnez cette affaire, quels seront mes honoraires ?

— Honoraires ? »

Rachel était sidérée ; elle n'y avait pas du tout pensé et, en plus, elle ne savait pas trop s'il était sérieux ou s'il la faisait marcher.

Aussi elle répondit sans réfléchir : « Je n'ai pas d'argent, mais mes enfants pourront peut-être payer tes honoraires. Moi, la seule chose que j'ai, c'est une fille. Je peux toujours t'offrir sa main. »

---

1. Friandise à base de sucre de palme, cacahuètes, graines de sésame ou noix de coco. La consistance est semblable au praliné.

Elle avait à peine fini sa phrase que Judah se rembrunit et sortit de la maison à toute allure. Elle courut après lui, se confondant en excuses, mais avant même qu'elle ait atteint le portail, il avait grimpé dans un rickshaw et disparu.

Le cœur lourd, Rachel ramassa registres et papiers, les emballa dans une vieille nappe et les mit de côté. Elle se demanda ce qu'elle avait bien pu dire de si terrible. Dans le temps, si elle disait ce genre de choses, personne ne s'en offusquait.

C'était une plaisanterie inoffensive. Mais quand même, peut-être était-elle allée un peu trop loin. D'ailleurs, sa fille n'aimait pas ce genre de blagues non plus. Et comme Judah ne parlait jamais vraiment ni de lui-même, ni de sa famille, il avait peut-être trouvé cela trop personnel. Rachel ne savait pas s'il avait rencontré sa fille, ni quel âge Zephra pouvait avoir au moment où il venait voir Jacob à la maison. Elle s'en voulait d'avoir commis un impair, mais s'étonna en même temps de son manque d'humour. Quoique… Il fallait bien reconnaître qu'elle-même était parfois peu sûre d'elle en la matière. Peut-être que lui aussi plaisantait avec son histoire d'honoraires.

Quant à Judah, en chemin vers le port d'Alibaug d'où partait la navette pour Bombay, il eut lui aussi des regrets. Il n'aurait pas dû s'enfuir comme ça. Après tout, Rachel était de la vieille école et ne se rendait pas compte que le mariage était un sujet délicat pour lui. Comment aurait-elle pu deviner qu'il était allergique à toute discussion s'y rapportant ? Il était sur le point de rebrousser chemin, mais finalement, la colère reprit le dessus et il repartit à Bombay.

Rachel attrapa une poignée de bombil qu'elle mit à tremper dans l'eau. Puis elle se changea et se vêtit d'un sari ordinaire, avec des motifs marron et une bordure noire. Elle retourna à la cuisine préparer des bombil frits, pour Judah. Elle était certaine qu'un tel plat – fait spécialement pour lui – allait le toucher. Et Rachel ressentait pour lui une grande affection, comme s'il était son propre fils.

Les bombil s'étaient suffisamment ramollis dans l'eau. Elle les roula dans la farine de riz puis les fit frire jusqu'à ce qu'ils aient pris une belle couleur dorée. Elle les posa sur du papier essuie-tout pour absorber l'excédent d'huile. Elle se poudra le visage, déposa quelques gouttes d'eau de Cologne sur ses tempes, mit les poissons frits dans un récipient en fer-blanc et attrapa quelques *karanjia*[1] qu'elle gardait toujours dans une boîte à la cuisine. En sortant, elle emporta le petit carnet d'adresses, ferma la porte à clé, héla un autorickshaw et demanda au chauffeur de la conduire très vite au port d'Alibaug. Elle devait absolument attraper la dernière navette pour Bombay.

Pendant toute la traversée elle se tint au bord de son siège, inquiète et tendue. Et s'il n'était pas chez lui ? Et si elle ne le trouvait pas ? Elle serait obligée d'appeler ses cousins qui habitaient le quartier de Santa Cruz. La nuit tombait sur la mer et son moral s'effondrait ; elle enveloppa ses épaules dans son sari. Mais

---
1. Pouri avec une farce sucrée à base de noix de coco que les Bné Israël préparent pour rompre le jeûne de Kippour.

la chaleur dégagée par le plat de Bombay duck posé sur ses genoux la rassura : les poissons la mèneraient bien à Judah.

Elle mit à profit les quarante-cinq minutes de la traversée pour répéter mentalement ce qu'elle lui dirait. Il lui fallait une bonne introduction. Elle était même disposée à lui présenter ses excuses.

Au bout d'un moment, ses pensées s'évadèrent et elle se demanda d'où l'appellation « Bombay duck » pouvait bien venir. Et puis comment était-ce devenu un des plats préférés des Bné Israël ? Les ancêtres avaient-ils découvert que ce poisson était aussi doux que celui qu'ils mangeaient en Terre sainte ? Ou était-ce l'ingrédient parfait pour préparer un dîner sur le pouce, le samedi soir, à la fin du shabbat quand la nouvelle semaine commençait ?

À son arrivée à Bombay, il faisait déjà nuit. Aussitôt descendue du bateau, elle trouva une cabine téléphonique, ouvrit son répertoire et composa le numéro de Judah. Il ne répondit pas tout de suite.

Elle fut prise de panique. Peut-être n'était-il pas chez lui. Voilà qu'elle se sentait ridicule, avec son plat de bombil à la main. Elle allait raccrocher quand Judah décrocha enfin. À bout de nerfs, Rachel n'arrivait pas à sortir un mot et Judah répétait « allô ? » encore et encore d'une voix de plus en plus impatiente.

Elle finit par sortir un faible : « Judah, c'est moi, Rachel. »

Il ne reconnut pas immédiatement la voix de Rachel, qui d'habitude était plus affirmée. Elle était soulagée qu'il ne semble pas fâché contre elle. Au contraire, il était inquiet et confus :

« Tante Rachel, je suis tellement désolé d'être parti de cette façon. Vous n'auriez pas dû faire tout ce trajet. Surtout ne bougez pas, je viens vous chercher, je serai là dans trente minutes... »

Rachel s'installa sur un banc et observa un vendeur de ballons de baudruche. Elle se demanda pourquoi il était désolé ; c'était plutôt à elle de s'excuser.

Judah arriva bientôt au volant de sa petite Fiat. Il courut vers elle les bras ouverts. Elle le serra dans ses bras et essuya ses larmes avec son sari. Judah la conduisit à son appartement, près de Bombay Central. Il habitait un lotissement ancien, dans une ruelle bordée d'arbres. Judah ouvrit la porte et Rachel lui tendit la boîte de bombil d'un geste hésitant : « Tiens, j'ai préparé ça pour toi.

— Aussi vite ? Vous avez pourtant dû prendre la navette juste après la mienne. Quand avez-vous eu le temps de cuisiner ? Heureusement que je suis repassé chez moi pour me rafraîchir, sinon vous ne m'auriez pas trouvé. Qu'auriez-vous fait au milieu de la nuit, dans cette ville de fous ? J'étais sur le point de sortir pour manger un morceau. »

Il ouvrit le récipient et dit : « Des bombil ! »

Comme il s'excusait du désordre qui régnait chez lui, Rachel lui fit un sourire indulgent.

« C'est comme ça que je vis, un vrai nid de célibataire. L'entrée me sert de bureau, d'où ce tas de papiers. Ceci me sert de salon, de salle à manger et de cuisine, mais de toute façon je ne me fais que du thé ou des sandwichs. Et voici ma chambre. Pandou vient le matin pour faire le ménage et laver mon linge. Parfois, quand je suis malade, il me prépare du khidchi. Ça se marierait bien avec des bombil et des patates, non ?

— Oui, dit Rachel en se posant sur une chaise. Pourrais-je dire quelque chose à présent ?

— Non, non, tante Rachel, ne me dites pas que vous voudriez vous excuser. Parce que je sais que vous plaisantiez, mais c'est que je réagis bizarrement quand on me parle de mariage.

— Mais pourquoi ?

— Je vous raconterai ça une autre fois ; allons, mangeons.

— Si tu as des lentilles et du riz je peux faire du khichdi.

— Non, non, vous devez être fatiguée. Vous avez fait tout ce chemin juste pour calmer ma stupide crise de colère. Restez là, je vais chercher quelque chose au restaurant d'en bas. »

Quand Judah revint avec deux plats de légumes, Rachel était en train de regarder les photos accrochées aux murs. Elle vit qu'il avait hérité ses yeux verts de sa mère et que son père était un bel homme à la mâchoire carrée. Son grand-père semblait un peu trapu et la grand-mère semblait bien plus grande que lui.

Judah lui expliqua qui était qui sur les photos et finalement il dit : « Ils sont tous morts.

— Des frères et sœurs ?

— Une sœur. Elle vit au Canada avec sa famille. Ça fait des années que je ne l'ai pas vue. »

Ils prirent le dîner sur le balcon et ce fut très agréable. Judah était rassasié et calme. Il emporta les plats vides puis resta à fumer dans le noir. « Tante Rachel, demanda-t-il, elle fait quoi votre fille ? »

Loin de Danda et plus encore d'Israël, Rachel sourit en pensant à sa fille. « Elle s'appelle Zephra et c'est une vraie Israélienne. Elle vit dans un kibboutz. Je m'inquiète pour elle. Mais qu'est-ce que je peux faire ? À part m'inquiéter. Elle prépare des examens pour faire des études d'archéologie.

— Je me rappelle d'elle avec des couettes. Elle était plutôt grande pour son âge, je crois. »

Craignant un autre malentendu, Rachel changea de sujet et demanda : « Dis-moi, crois-tu que nous allons pouvoir sauver la synagogue ?

— Nous allons essayer, d'accord ? » dit-il en souriant.

Cette nuit-là, tandis que Rachel se pelotonnait dans le lit de Judah, ce dernier resta assis auprès d'elle et lui raconta enfin pourquoi il était aussi mal à l'aise avec la religion. En fait, depuis que son grand-père avait choisi de se faire incinérer, la communauté juive avait frappé sa famille d'ostracisme.

Pourtant sa mère lui avait donné une éducation traditionnelle, et on célébrait les fêtes juives à la maison. Leurs rares visites à la synagogue lui avaient laissé un souvenir amer. Sa mère était décédée alors qu'il avait une trentaine d'années et depuis il se sentait en marge, à la fois de la société indienne et de la communauté juive.

Judah éteignit les lumières. Il ne voulait pas qu'elle puisse voir l'expression de son visage. Tout ce qu'il voulait, c'est qu'elle l'écoute.

Ensuite, il emporta un matelas pour dormir dans l'autre pièce et sortit en fermant la porte derrière lui. Rachel se sentait rassurée par sa présence. Elle n'était pas seule avec les bruits nocturnes de Danda.

Le lendemain matin, lavée, habillée et prête à partir, Rachel réveilla Judah avec une tasse de thé. Il sourit : « Exactement comme ma mère ! »

Judah la conduisit au bateau et une fois que Rachel eut grimpé à bord de la navette qui allait la ramener à Danda, elle se retourna vers lui : « Et tes honoraires, alors ?

— *Bombil-batata*[1] et khichdi de haricots mungo ! »

---

1. Pommes de terre.

Tandlya chi bhakhri

Ingrédients
Farine de riz, eau, huile, sel.

Préparation
Portez à ébullition deux verres d'eau
avec une demi-cuillère à café de sel.
Baissez le feu et incorporez peu à peu
deux verres de farine en remuant en permanence
pour éviter les grumeaux.
Versez le contenu de la casserole sur un grand plat
et malaxez pendant que c'est encore chaud
jusqu'à obtenir une pâte.
Divisez cette pâte en petites boules,
étalez pour faire des galettes que vous ferez griller
légèrement. Servez chaud avec du chutney de menthe,
des légumes confits ou cuits,
ou encore un curry, vert de préférence.

Le riz est symbole de fertilité. Après le mariage,
on lance du riz et des confettis sur la mariée,
afin qu'elle ait de nombreux enfants.
Le riz est un aliment de base
pour la plupart des Bné Israël.
Un repas sans riz serait incomplet.

Sur le chemin du retour, Rachel était heureuse.

Les rizières autour de la maison étaient d'un vert frais, comme le sari qu'elle portait au cours de la cérémonie du mehendi, la veille de son mariage.

Arrivée à la maison, Rachel avait faim. Elle savait exactement ce qu'elle voulait manger : *Tandlya chi bhakhri,* des galettes de riz. Mais d'abord il lui fallait nourrir Brownie, ainsi que le chat, la chèvre et les volailles. Normalement, elle les nourrissait tôt le matin. Aujourd'hui, exceptionnellement, elle n'avait pas été là pour s'occuper d'eux.

Elle sortit du lait du réfrigérateur pour Brownie et pour le chat, lança un peu de fourrage à la chèvre et du millet aux oiseaux.

Elle fit ensuite sa toilette rapidement et s'habilla d'un vieux sari blanc aux liserés verts. Les vieux saris avaient un côté doux et rassurant.

Il y avait des chutneys et un bol de *kheer*[1] qu'elle avait préparé la veille, mais elle avait

---

1. Riz au lait indien.

envie d'autre chose. Elle se prépara des galettes de riz et choisit un chutney de coriandre pour les accompagner.

Elle s'assit sur la véranda, le plat sur ses genoux, et dégusta son déjeuner frugal. Tout concordait : son humeur, son sari, tout. Même la mer avait une teinte verte. Comme le curry de poisson qu'elle avait l'habitude de préparer pour ses enfants. Zephra en raffolait, elle était capable de boire la sauce comme si c'était du potage.

Ces derniers temps, Zephra s'était mise à lui demander toutes sortes de recettes au téléphone. Rachel était étonnée : était-elle amoureuse de l'un de ces garçons israéliens que l'on voyait sur les photos que Zephra lui envoyait ? Elle savait bien que lorsque les filles se mettent à réclamer des recettes, il y a toujours une raison ; mais peut-être se languissait-elle, tout simplement.

Sa fille lui manquait tellement. Rachel ne put résister à l'envie d'entendre sa voix et elle l'appela. Zephra était dans tous ses états : « Maman, tu me fais peur. Tu es malade, tu vas bien ? Tu appelles rarement.

— J'avais juste envie de te parler.

— Très bien, tant que tu ne me parles pas de mariage, dit-elle en riant.

— Ah vous les jeunes, vous en faites des histoires pour pas grand-chose. De mon temps, c'était tout naturel de parler de ça et personne ne se froissait.

— Le mariage, tu appelles ça une chose toute simple ?

— Non.

— Bon d'accord, je suis tellement contente de t'entendre que je t'autorise même à me donner quelques conseils matrimoniaux.

— Mais non, il ne s'agit pas de ça. Il s'agit de notre synagogue.

— C'est là que tu voudrais que je me marie, c'est ça ?

— Non.

— Alors quoi ? Tu te rappelles, la dernière fois que j'y étais, à la synagogue, nous l'avons nettoyée ensemble. Elle doit être en ruines maintenant.

— Elle est effectivement en mauvais état. Mais moi je vais la sauver.

— La sauver de quoi ?

— De gens mal intentionnés.

— Qui ça ?

— Le conseil d'administration de la synagogue.

— Ah, tu veux dire oncle Mordekaï et sa bande, c'est ça ? demanda Zephra en riant.

— C'est ça, tu as bonne mémoire, ma fille. Ils se sont acoquinés avec un certain Chinoy-Finoy, je sais pas quoi.

— Qui est-ce ?

— Un requin, qui veut racheter tous les terrains par ici, pour y construire des hôtels.

— Ce n'est pas le monsieur qui a une pépinière près d'Alibaug ? La dernière fois que j'étais à la maison, j'ai vu un panneau avec son nom et une pub pour les fleurs exotiques et des vacances au bord de la mer...

— C'est ça, c'est bien lui, un businessman. Qu'est-ce qu'il y connaît aux synagogues, à la tradition, aux sentiments et à la fidélité, hein ? Pour lui, c'est juste un bon terrain, pas un lieu saint. Enfin, je dois avouer qu'il n'a pas l'air de trop s'imposer. Il a laissé la décision au Conseil, s'ils veulent vendre ou louer. Mais quelle honte ! La plupart d'entre eux y ont été circoncis, ils y ont fêté leur Bar Mitsva et célébré leur mariage. Et voilà qu'ils veulent vendre la maison de l'Éternel. La dernière fois que je les ai vus, ils ont essayé de me faire croire qu'ils voulaient consacrer l'argent de la vente au développement de la communauté. Tu parles ! Je suis écœurée.

— Mais maman, j'imagine que le Conseil a parfaitement le droit de prendre ce genre de décisions. Pourquoi es-tu si contrariée ?

— Contrariée ? C'est bien plus que cela. Je souffre, ça me fait mal de voir qu'ils ont le culot de faire des affaires avec la religion.

— Mais maman, on ne s'en sert plus. À quand remonte le dernier office dans cette synagogue ?

— C'est parce qu'ils ne veulent rien faire. Avant que ce Chinoy-Finoy ait fait son offre, ils avaient l'habitude de venir me parler pour voir comment nous pouvions préserver notre patrimoine culturel. Mais maintenant que Monsieur l'Industriel de l'Orchidée leur propose un gros pactole, ils ne pensent plus qu'à l'argent. Je me demande bien ce qu'ils vont en faire de tout cet argent, puisque tout le monde est parti en Israël, on n'est plus qu'une poignée à être restés ici, en Inde.

— Comment tu l'as appelé ?

— Industriel de l'Orchidée.

— Tu es drôle, maman.

— Non, je suis en colère, et j'ai de quoi. Figure-toi que l'autre jour ils ont tous débarqué ici pour me demander si je voulais vendre notre maison ! Le Chinoy-Finoy était prêt à l'acheter sur-le-champ.

— Mais comment ont-ils osé faire ça à Rachel Dandekar ?

— Eh oui, ils ont osé. J'étais absolument furieuse. Je n'ai pas bougé de mon fauteuil. Seulement quand ils étaient sur le point de partir, je me suis dit que j'étais un peu malpolie, alors je leur ai servi de la limonade.

— T'es vraiment trop, maman. » Zephra riait. « Bon, tu leur as dit quoi ?

— Attends, c'est pas tout. Ils ont même fait venir cette femme, pour m'énerver.

— Quelle femme ?

— Mme Chinoy-Finoy, qui d'autre ?

— Qu'est-ce qu'elle a fait pour t'irriter à ce point ?

— C'est une vraie Bombaiya, habillée en vêtements de sport et tout ça.

— Ça veut dire quoi, Bombaiya ?

— Tu sais, une fille typique de Bombay. Elle a même essayé de jouer sur la corde sentimentale.

— Je ne peux pas le croire. Qui oserait se comporter ainsi avec toi ?

— Elle se croyait maligne, elle essayait de me manifester de l'affection, elle me donnait du tante Rachel à tout bout de champ... Tante Rachel, vous voulez bien m'apprendre à préparer le bombil ? Tante Rachel, vous êtes tellement belle, votre peau est si lisse, on ne pourrait jamais deviner votre âge... Non mais ! Comme si je ne savais pas que je ressemble à un bombil séché... Ensuite, elle a continué dans la même veine, à me faire des compliments sur la maison et tout ça. Elle me prend pour une gamine qui va se laisser embobiner par ses douces paroles ou quoi ? Alors je lui ai dit : "Revenez donc une autre fois, je vous apprendrai à préparer les bombil".

— Et tu vas le faire ?
— Lui apprendre ? Jamais de la vie !
— Tu fais quoi alors, tu vas vendre la maison ?
— Non, je ne vends pas la maison. Et je ne leur permettrai pas de vendre la synagogue non plus !
— Comment pourrais-tu les en empêcher ?
— Attends, tu verras bien. J'y arriverai.
— Est-ce que tu as du soutien ?
— Oui, Judah.
— Judah qui ?
— Tu te souviens, le soir de Pessah, quand tu m'as appelée pour que je te donne la recette du sheera ? C'est là que j'ai demandé un numéro de téléphone à Jacob.
— Alors c'est qui ce Judah ?
— Un copain de Jacob qui venait passer les vacances chez nous. Tu n'étais qu'une adolescente à l'époque. Je me demande si tu te souviens de lui – un grand garçon, avec des lunettes et des yeux verts. Il était étudiant en droit.
— Le monstre aux yeux verts ?
— Oui, c'est l'un des meilleurs avocats de Bombay maintenant. Mais pourquoi tu l'appelles le monstre ?
— Mais enfin, tu ne te souviens pas comme il était grossier ? Si on lui offrait quelque chose à boire ou à manger, il refusait en grognant.

Un jour il m'a dit "ne me sers pas". Depuis ce jour-là, je refusais même de le regarder.

— Il est encore un peu ours, un peu rugueux.

— Mais comment tu arrives à travailler avec lui ?

— Il est très affectueux, à sa façon.

— Alors ça, je ne peux pas le croire. Dis maman, tu as besoin de moi ?

— Non, non. Je te le dirais.

— Je ne te connaissais pas ce côté militant. Pourquoi tu ne quitterais pas l'Inde pour venir ici ? » La voix de Zephra se fit cajoleuse.

« Non, dit Rachel. Quand je mourrai, enterrez-moi aux côtés de ton père.

— Oh maman, là tu me fais de la peine.

— Désolée, chérie.

— Comment pourrais-je t'aider ?

— En fait, Judah a pris l'affaire en main et il veut impliquer les Juifs indiens d'Israël pour alerter l'opinion publique. Tu pourrais faire quelque chose ?

— Bien sûr. Rappelle-moi dans une semaine. Je vais parler à quelques personnes ici et je te tiendrai au courant.

— Une semaine ! s'exclama Rachel.

— Quoi ?

— Je n'ai pas le temps.

— Ça ira, maman. Même les Chinoy-Finoy, il leur faut du temps pour acheter un terrain. »

Rachel se sentit mieux après avoir parlé à sa fille. Elle lui avait tout raconté, sauf l'épisode où elle avait pratiquement offert sa main à Judah, sans sa permission.

Le soir même, elle reçut un appel de Judah. Il lui demanda d'abord comment s'était passé son voyage de retour à Danda. Elle était ravie d'entendre sa voix chaleureuse – on sentait qu'il se faisait du souci pour elle.

« J'ai pensé à vous et à la synagogue, lui dit-il. J'ai même compulsé quelques livres de droit et je suis arrivé à la conclusion que la première chose à faire, c'est d'alerter l'opinion publique.

— Est-ce que tu m'en avais parlé quand j'étais à Bombay ?

— De quoi ?

— Il me semblait que tu avais dit quelque chose concernant l'opinion publique. Je ne sais pas, ces mots me trottaient dans la tête...

— Non, je n'en avais pas parlé du tout.

— J'avais cru, parce que je viens de parler à ma fille et je lui ai dit que nous devions alerter le public israélien.

— Je ne vous en avais pas parlé, mais c'est une excellente idée. Comment y avez-vous pensé ?

— Mais non, mais non, ce n'est pas mon idée. Je ne fais que répéter tes paroles.

— Dites-moi, tante Rachel, croyez-vous que votre famille pourrait effectivement arriver à remuer l'opinion en Israël ?

— Je ne peux rien promettre. Je ne peux que leur en parler. Il faut essayer.

— Alors faites-le, dès que possible. »

Elle apprécia la note d'espoir qu'elle détectait dans sa voix. Peut-être que, ensemble, ils arriveraient à sauver la synagogue.

Cette nuit-là, avant de s'endormir, Rachel tenta de se souvenir où elle avait bien pu entendre l'expression « opinion publique ». Qui la lui avait glissée à l'oreille ? Était-ce le prophète Élie qui s'était assis à ses côtés sur la navette de retour à Danda ?

OMELETTE INDIENNE

Ingrédients
Œufs, oignon, piments verts, gingembre,
ail, tomate, sel, feuilles de coriandre,
huile, ghee[1] ou beurre.

Préparation
Cassez deux œufs dans un bol et battez-les
jusqu'à ce qu'ils deviennent mousseux.
Hachez un petit oignon, une tomate, un petit morceau
de gingembre, une lamelle d'ail, un piment vert
et quelques feuilles de coriandre.
Faites chauffer une cuillère à soupe d'huile
dans une poêle normale ou anti-adhésive.
Faites-y dorer l'oignon haché.
Ajoutez la tomate, le gingembre, l'ail,
le piment, la coriandre et salez.
Retirez du feu et ajoutez ces ingrédients aux œufs.
Mélangez bien.
Remettez la poêle sur le feu, versez-y les œufs
et remuez la poêle pour y étaler l'omelette.
Faites-la cuire sur une face, puis sur l'autre.
Quand l'omelette est dorée, servez-la bien chaude
avec du pain ou des chapatis.

Variante : vous pouvez ajouter une demi-cuillère
à café de farine de pois chiches à la mixture
avant de la poêler.

---

1. Beurre clarifié.

Vous pouvez plier l'omelette en triangle
pour servir.

L'œuf symbolise la vie, le ventre maternel,
la fertilité et la Création.

Lorsque Judah revint à Danda, il entra dans la maison de Rachel d'un pas énergique. À présent, Brownie, la chèvre et le chat le reconnaissaient. Les deux derniers l'accueillirent d'un petit mouvement de l'oreille, tandis que Brownie courut vers lui en aboyant et en remuant la queue.

Judah ramena le chien à l'intérieur. Rachel souriait : « Je t'ai vu arriver, comment savais-tu que je préparais des *besan laddou*[1] ?

— Mais tante Rachel, ces arômes me suivent partout. Il me suffit de fermer les yeux et de penser à vous et hop, je sais ce que vous cuisinez. Donc, aujourd'hui, je savais que vous alliez préparer des besan laddou !

— Ça veut dire que tu restes pour déjeuner ? demanda Rachel d'un air taquin.

— Bien entendu. Avant, j'étais timide, c'est pour ça que je demandais tout le temps du thé. Mais maintenant c'est fini ! »

---

[1]. Petits gâteaux ronds à base de farine de pois chiches et de noix.

Judah avait rédigé un rapport détaillé sur la synagogue qui allait aider à remuer l'opinion publique parmi les Juifs d'Inde et d'Israël. Il avait également contacté Mordekaï pour lui demander les statuts du Conseil. Il avait une liste de tous les administrateurs et autres membres du Conseil et il avait commencé à les contacter un à un. Rachel apprit avec une certaine satisfaction que tous n'étaient pas favorables aux projets de Mordekaï. Et à en croire les statuts, le Conseil n'avait pas pouvoir de vendre le terrain.

Judah s'installa dans un fauteuil austère, au dossier bien droit et doté d'accoudoirs. Il ne s'asseyait jamais sur le siège de Rachel. Elle avait toute une collection de chaises et de fauteuils mal assortis, qui lui venaient de ses ancêtres, Abraham, Salomon, Bathsheva, Menashe, Enoch, Shlomith, Joseph et Simkha. Elle avait fait réparer tous les fauteuils cassés qui avaient été remisés des années durant sur la mezzanine, par le menuisier du village.

Maintenant qu'ils étaient réparés, peints, polis, capitonnés de plastique ou de tissu ou encore cannés, et que Rachel y avait disposé des coussins chatoyants qu'elle avait elle-même brodés de fleurs ou de paroles comme « Bienvenue », « Bonjour », « Shalom » et « Bonne Nuit », ces fauteuils avaient l'air d'antiquités très coûteuses. Rachel et Judah allaient passer bien des après-midi paisibles sur la véranda, à évoquer les nombreux problèmes liés à la synagogue. Rachel était convaincue que ses ancêtres assistaient à toutes ces réunions, chacun installé sur son propre siège pour les écouter.

L'après-midi, Rachel se reposait sous l'auvent de la véranda et tous les animaux de la maison se retiraient aussi, comme sur commande. Le chat se pelotonnait sur son coussin. Le chien s'asseyait sous le siège de Rachel. La chèvre reposait sur un bout de gazon. Les canards somnolaient sous les lantanas près de la mare et les poules se réfugiaient au poulailler.

Rachel se demandait souvent pourquoi et comment un parfait inconnu devenait un jour quelqu'un de proche, comme un membre de la famille. Quelquefois des liens se tissaient sans le moindre effort. Quand Judah était venu chez Rachel la première fois, il paraissait solitaire et distant et jamais elle n'aurait pu imaginer qu'ils seraient un jour aussi complices.

Elle façonnait les besan laddou dans ses paumes quand elle se rendit compte qu'elle n'avait pas de pain à la maison. Elle n'avait pas envie de préparer des chapatis. Elle avait prévu de confectionner une omelette pour le déjeuner, et des laddou pour le dessert. Les petits gâteaux étaient déjà prêts, elle les avait rangés dans une boîte posée sur la table. Elle retourna à la cuisine pour battre l'omelette.

Debout devant la fenêtre de la cuisine, elle se demanda si elle devait faire des chapatis pour Judah ou si elle pouvait simplement lui servir l'omelette avec des boulettes en sauce qu'elle avait au congélateur. Mais Judah sortit la solution de son attaché-case : une miche de pain qu'il avait achetée pour elle. Le visage de Rachel s'illumina ; elle se demanda s'il savait lire dans ses pensées.

Pendant le déjeuner, Judah lui expliqua ce que « opinion publique » signifiait au juste et quelles pouvaient être les conséquences juridiques de leur action. Rachel passa mentalement en revue les gens qu'elle pourrait impliquer dans ce projet.

Tout en mangeant un laddou, elle dit en inspirant profondément : « Moi je sais comment remuer l'opinion publique. On va appeler Aviv, Jacob et Zephra et on va leur demander de lancer une campagne de pétitions en Israël. Tu pourrais leur envoyer un courrier pour leur expliquer précisément notre problème et ce dont nous avons besoin. Une fois qu'ils auront tous ces détails, ils pourront s'adresser aux Juifs indiens en Israël. S'ils arrivent à les convaincre, ils pourront leur demander des dons et alors... Nous pourrons racheter la synagogue au Conseil. »

Judah se mit à rire et il la reprit : « La louer. »

La candeur et l'enthousiasme de Rachel l'amusait. Elle parlait de tout cela comme s'il s'agissait d'un jeu d'enfant. Lui seul savait à quel point les choses allaient être compliquées, car leurs arguments étaient plus que minces.

Son carnet sur les genoux, Judah se mit à prendre des notes et il demanda à Rachel :
« Qui est le *moukadam* de la synagogue ?

— D'où connais-tu ce mot ? Tu sais ce qu'il signifie, au moins ? »

Rachel était étonnée.

« Oui, c'est le chef ou le président du conseil d'administration de la synagogue.

— Je suis très impressionnée, dit Rachel en dodelinant de la tête.

— Alors c'est qui ?

— Un vieux marsouin qui s'appelle Jhirad. Il a un rôle purement décoratif. Il ne dit jamais rien, sauf pour répondre "oui" à toutes les propositions de Mordekaï.

— Il semblerait donc que Mordekaï soit le trésorier. Un personnage clé.

— Il est le *gabbaï* depuis toujours, pour autant que je me souvienne.

— Et que pouvez-vous me dire au sujet des autres membres du Conseil ? Quel est leur rôle dans le fonctionnement de la synagogue ?

— Nous en avions cinq, dont mon défunt mari. Quelquefois, quand le *hazzan*[1] était malade, c'est lui qui conduisait l'office. Il avait très bonne mémoire et connaissait par cœur les prières en hébreu.

— Et le hazzan justement ? Y avait-il un chantre à plein temps ?

— Nous avions Hassaji Daniyal. Il vit à Alibaug maintenant et c'est lui qui nous fait la viande casher. Je lui en achète toujours un peu le vendredi. Il connaît les rituels et toutes les prières. En hébreu et en marathi, ce qui permettait aux gens comme moi de les comprendre. Mais il gagnait très peu comme hazzan et, du coup, il dépendait de la charité communautaire. Depuis que nous n'avons plus d'offices réguliers dans les synagogues du coin, il vit au jour le jour. Tu sais ce qu'il fait ? Il a un vieux cheval et pour quelques sous, il promène les enfants sur la plage d'Alibaug.

— Vous vous rappelez combien de personnes assistaient aux offices, en général ?

— Nous étions environ deux cents Juifs qui venions de six ou sept villages autour de Danda. On passait beaucoup de temps à la synagogue.

---

1. Chantre de la synagogue.

Que pouvions-nous faire d'autre ? Aller voir des spectacles, du *lavni*[1] ou le *Ramlila*[2] ? Non, juste une sortie au cinéma d'Alibaug de temps à autre. Nos vies tournaient autour de la synagogue.

— Aviez-vous un *chamach*[3] ?

— Oui, nous en avions un et c'était aussi l'homme à tout faire de la synagogue.

— Quel était son nom ?

— Isaac. Il était maigre et petit avec de grands yeux de chouette. Il portait toujours un pantalon et une chemise trop grands pour lui et une énorme calotte sur la tête. Tout le monde le connaissait et il connaissait tout le monde. C'était en quelque sorte la gazette vivante de la communauté. Il connaissait toutes les familles juives du district d'Alibaug, nos noms de famille actuels, nos noms de village[4] et nos problèmes. C'était une source de potins intarissable. Il arrivait à heure fixe. Quand il venait apporter un message, on lui servait une boisson fraîche et un petit quelque chose à manger. Certaines personnes lui donnaient des plats pour lui et sa famille. Et pour chaque message apporté, il recevait un pourboire.

---

1. Forme de théâtre populaire du Maharashtra avec des danses suggestives et un langage obscène.
2. Spectacle religieux qui relate la bataille entre le dieu Rama et Ravana, et qui s'étale sur plusieurs jours.
3. Le *chamach* traversait le village pour rappeler aux Juifs qu'une fête religieuse était sur le point de commencer et qu'ils étaient attendus à la synagogue pour la prière. Il délivrait aussi d'autres messages communautaires et s'occupait de l'entretien de la synagogue.
4. Dans le Konkan, les patronymes se composaient du nom du village d'origine auquel on ajoutait le suffixe « kar ». Ainsi, Dandekar, qui vient du village de Danda.

— Qu'est-il devenu ?

— Il est parti en Israël.

— Savez-vous combien il était payé en tant que chamach ?

— Pas grand-chose. Lui et le hazzan recevaient peu d'argent mais la communauté les prenait en charge. Je suis sûre qu'il était très difficile pour Isaac de s'en sortir, car il avait neuf enfants. Sa femme gagnait un peu d'argent aussi, en préparant des snacks pour les familles juives. Pour Kippour, elle faisait du kippour chi puri et pour le nouvel an de la chik cha halva. Elle fait la même chose en Israël, avec l'aide de sa belle-fille.

— Et Isaac ?

— Il est mort il y a quelques années.

— Croyez-vous que je pourrais rencontrer Hassaji Daniyal ?

— Bien sûr. Quand tu rentreras, avant d'aller au port, tu n'as qu'à passer à la plage et tu le demandes. Mais pourquoi tu veux le voir ?

— J'aimerais juste lui poser quelques questions, parce que je pense qu'il sait comment le Conseil fonctionne et quelle est la répartition des tâches.

— Tu peux toujours essayer. Mais tu sais, il est très aigri.

— Pourquoi ça ?

— C'est bien normal. »

Judah resta plongé dans ses pensées un petit moment. Puis il demanda : « A-t-il toujours eu un cheval ?

— Oui, nous avions tous une carriole tirée par un cheval ou un bœuf. C'est comme ça qu'il se rendait à la synagogue. Mais il gagnait tellement peu comme chantre qu'il n'arrivait pas à subvenir aux besoins de sa famille. C'est pour cette raison qu'il avait décidé de mettre son cheval à contribution. Il a loué sa carriole un temps, mais depuis que les gens se déplacent en autorickshaw, plus personne n'a besoin de ses services. La carriole et le cheval ne lui étaient plus utiles. Il voulait vendre le cheval, mais je le lui ai déconseillé et c'est moi qui lui ai suggéré de proposer des balades sur la plage pour les enfants. J'ai acheté tout ce qu'il fallait pour embellir son cheval, une nouvelle selle, des œillères et toutes sortes d'ornements. Ça a marché. Il a de quoi tenir. Mais il est amer et si tu le rencontrais un vendredi soir, à la synagogue d'Alibaug, il te raconterait son histoire. Il lui arrive de présider à l'office du shabbat là-bas, les rares fois où il y a un miniane ou un groupe de touristes juifs.

— Est-ce quelqu'un de réservé ou est-il facile de le faire parler ?

— Tu peux toujours lui dire que tu es mon invité et un ami de Jacob. Mais ça va t'apporter quoi de le rencontrer ?

— De l'opinion publique ! dit-il en riant.

— Et ça, c'était une idée du prophète Élie ! affirma Rachel.

— Le prophète ? Et votre dernière conversation avec lui, elle remonte à quand ?

— Tu te souviens le soir où je suis venue chez toi ? Tu n'avais pas parlé d'opinion publique et pourtant je croyais que si. Ces deux mots me trottaient dans la tête. Je suis persuadée que c'est le prophète qui m'a soufflé ces paroles sur le chemin du retour. »

Elle marqua une pause, se frotta les yeux et demanda : « Quels sont tes projets ?

— D'abord, je vais parler à Hassaji Daniyal. Puis je vais contacter quelques anciens de la communauté juive de Bombay qui pourraient peut-être nous soutenir.

— Je croyais que tu n'aimais pas fréquenter les gens de la communauté.

— C'est le prophète Élie qui m'a demandé de le faire, dit-il, s'esclaffant. En attendant, ce serait bien que vous parliez à vos enfants en Israël, pour qu'ils nous aident. Mais d'abord, il faut que je rencontre le hazzan.

— Si tu vas le voir aujourd'hui, je te donne quelque chose pour lui.

— Quoi donc ?

— Des besan laddou ! »

Methi bhaaji

Ingrédients
Feuilles de fenugrec (*methi*), pommes de terre,
oignons, ail, huile, piment rouge en poudre,
noix de coco, sel.

Préparation
Prenez deux bouquets de methi frais
et détachez les feuilles.
Lavez-les bien puis faites-les tremper dans un saladier.
Changez l'eau plusieurs fois
pour vous débarrasser de tout résidu.
Une fois lavées, égouttez les feuilles et réservez.
Émincez trois oignons, hachez six gousses d'ail
et faites dorer dans deux cuillères à soupe d'huile.
Ajoutez une grande pomme de terre que vous aurez
au préalable épluchée et coupée en cubes.
Quand les pommes de terre sont presque à point,
ajoutez vos feuilles de methi, du piment, du sel,
et mélangez bien.
Couvrez la poêle et faites cuire à feu doux
jusqu'à ce que les pommes de terre aient fini de cuire.
Saupoudrez d'une cuillère à soupe bombée de noix
de coco (fraîchement râpée de préférence).
Les feuilles de fenugrec sont assez amères
et la noix de coco adoucira un peu cette amertume.
La cuisson sera terminée lorsque les légumes auront
absorbé l'huile. Servez avec des chapatis chauds.
Vous pouvez remplacer la noix de coco par du *jaggery*[1].

---
1. Sucre de palme non raffiné, vendu en blocs solides.

Variantes : vous pourrez préparer de la même manière d'autres légumes comme les *gavar* (haricots de Guar) ou des haricots verts, des *padval* (courges serpents) ou tout autre sorte de courge.

Lorsqu'on n'a pas de persil, on peut poser un brin de fenugrec sur le plat du Séder, pour Pessah, en guise d'herbes amères.
C'est également une plante médicinale, utilisée notamment pour faciliter le transit intestinal : on prépare une soupe avec les feuilles de methi, à boire le matin à jeun.
Les graines ont également des vertus médicinales.

À chaque fois que Rachel préparait du methi, elle se languissait de Jacob. Il adorait ça et quand il venait en Inde, il en mangeait pratiquement tous les jours. Rachel disait de lui qu'il était « fénu-dingue ». Elle en avait planté dans son potager exprès pour lui. Elle ignorait comment il en était venu à adorer ce légume amer, alors que le reste de la famille détestait ça. Elle se demandait si cela avait quelque chose à voir avec le fait qu'il ait longtemps sucé son pouce.

Peu après que Rachel l'eut sevré, il s'était mis à sucer son pouce et quand il eut quatre ans, Rachel s'inquiéta sérieusement. En plus, elle avait honte, surtout quand ils allaient à la synagogue. Elle avait l'impression – fausse, du reste – que tous les regards se tournaient vers Jacob. Même si elles ne disaient rien, elle avait le sentiment que les femmes se moquaient d'elle. Aussi Rachel lui faisait-elle constamment des remarques, lui soufflant des menaces à l'oreille, le grondant et ou lui bandant même la main. Dès qu'ils se dirigeaient vers la synagogue,

Jacob se mettait à bouder et à regarder sa mère avec de grands yeux embués, prêt à fondre en larmes.

À la synagogue, Jacob se blottissait contre sa mère, dissimulant sa main bandée dans les plis de son sari. Il se sentait humilié, mais il souffrait en silence. Les prières duraient très longtemps et sa mère l'ignorait. En plus, elle ne lui avait pas fait un seul câlin. Les sanglots s'entassaient dans sa petite gorge et il sentait qu'il avait vraiment besoin de son pouce.

Rachel sourit en se rappelant le jour où, en plein milieu d'une prière, Jacob avait lâché un sanglot si long et déchirant que les hommes avaient levé les yeux vers la mezzanine où étaient installées les femmes. Quant à Aaron, il était visiblement furieux que l'un de ses enfants ait fait une scène en pleine prière.

Les femmes s'étaient agglutinées autour de Jacob et faisaient l'impossible pour l'apaiser. Mais Jacob ne cessait de pleurer, car sa mère restait assise à ses côtés, aussi immobile qu'une statue ; elle l'ignorait complètement. C'est alors que Ruby, qui était assise à côté de Rachel, aperçut la main bandée de l'enfant. Rachel lui avait confié combien cette fâcheuse habitude la contrariait. Ruby s'accroupit et prit Jacob dans ses bras. Elle demanda à Rachel si elle pouvait retirer le bandage puisque l'enfant, de toute évidence, souffrait.

Rachel était prise au piège et agacée ; à voir toutes les femmes cajoler le petit, elle éprouvait un mélange de colère et de ressentiment. Dès que Ruby lui eut retiré le bandage, les larmes de Jacob laissèrent la place à un large sourire et aussitôt, son pouce retrouva le chemin de sa bouche. Il s'installa confortablement sur les genoux de Ruby et s'endormit avec un air béat.

Les hommes avaient repris la prière et les femmes discutaient en chuchotant du problème des enfants trop grands pour sucer leur pouce. Rachel avait honte d'être incapable de régler un problème aussi anodin. Les femmes lui indiquaient toutes sortes de recettes de grand-mère pour guérir Jacob et Rachel finit par avoir la larme à l'œil à son tour. De tous les conseils qu'on lui avait prodigués, elle décida de tester une mixture d'huile de castor et de poudre de fenugrec.

Le lendemain matin, alors que Jacob avait bu son biberon et allait s'endormir le pouce dans la bouche, elle lui appliqua une couche de ce mélange. Il vomit aussitôt puis regarda son pouce avec suspicion, retroussa les lèvres, avala un peu d'air et se demanda s'il aimait ça ou pas. À sa grande surprise, Rachel vit qu'au lieu de sucer son pouce, il joua avec quelque temps, avant de s'endormir en observant sa main.

À compter de ce jour, le fenugrec devint une sorte de lien invisible entre la mère et le fils. Tant et si bien qu'à chaque fois que Rachel cuisinait du methi, Jacob l'appelait au téléphone. Cela la fascinait : comment pouvait-il le deviner ?

Un après-midi, après un déjeuner fait de restes de viande froide préparée la veille, de methi et de chapatis, Rachel somnolait sur la véranda lorsque le téléphone sonna. D'instinct, elle sut que c'était Jacob.

« Comment tu savais que c'était moi ?
— Je le savais. Est-ce que tu as fait du methi ?

— Oui maman. Je t'appelais justement pour te raconter que j'en ai trouvé aujourd'hui à l'épicerie indienne de Beer Sheva.
— Du frais ?
— Non, séché en petits sachets.
— Très bien. Dis à Ilana de bien le faire tremper dans l'eau, puis de l'égoutter et de le faire cuire avec plein d'oignons et de la noix de coco.
— D'accord. Qu'est-ce que tu étais en train de faire ?
— Je m'inquiétais.
— À quel sujet ?
— La synagogue.
— Que comptes-tu faire ?
— Ah ça ! dit-elle en riant, je compte faire bouger l'opinion publique.
— Et comment vas-tu t'y prendre ?
— C'est justement le problème.
— Est-ce que Judah t'aide un peu ?
— Pourquoi cette question ?
— Parce que je sais à quel point il peut être têtu. Il ne s'occupe que des affaires qui l'intéressent. Qu'en dit-il, alors ?
— Judah fait vraiment tout son possible.
— Ah ! Enfin quelqu'un qui l'apprécie à sa juste valeur.
— Comment ça ?
— En Inde, j'étais l'un de ses rares amis. La plupart des gens le trouvaient grossier et bourru.
— C'est pas faux, mais on s'entend très bien. Il m'aide vraiment.
— En fait, Zephra m'en a touché un mot.
— Qu'est-ce qu'elle t'a raconté ?

— Elle m'a dit que tu étais devenue une militante. On va essayer de t'aider.
— Comment ?
— J'ai pris contact avec l'association des Juifs indiens ici et nous allons lancer une pétition.
— Ça va nous aider ?
— Ce genre de campagne, ça remue l'opinion. Comme ça, les Juifs d'Israël vont savoir ce qui arrive à notre synagogue. Pour commencer, on va envoyer un courrier au Conseil de la synagogue, et là ils vont se rendre compte qu'ils ne peuvent pas prendre ce genre de décisions tout seuls.
— Et ensuite ?
— Quand on aura plus de détails, Aviv va se mettre à collecter des dons.
— Aviv ? demanda Rachel, surprise.
— Oui, il a déjà envoyé une circulaire aux membres de l'association des Juifs indiens en Israël.
— Je croyais qu'il était toujours très, très occupé.
— Aviv prépare une liste de donateurs potentiels.
— Mais pour quoi faire, de l'argent ?
— Si tu veux sauver la synagogue, il va t'en falloir.
— Mais je ne suis pas douée pour l'organisation.
— Bien sûr que si ; il n'y a qu'à voir comment tu as réussi à embarquer Judah dans tes histoires.
— On s'entend très bien.
— Ça tient du miracle, parce qu'il s'est toujours tenu à l'écart de la communauté juive. Il doit vraiment t'apprécier.

— Je crois que oui, et moi aussi je l'aime beaucoup.

— Je devrais peut-être le mettre au courant pour la pétition.

— Tu as son numéro ? »

Rachel lui donna le numéro de téléphone de Judah, et après avoir raccroché, elle retourna à son fauteuil et se mit à penser à la famille. Un sentiment de solitude s'empara d'elle et elle décida de faire une petite promenade autour de la synagogue.

Elle mit un autre sari, se poudra le nez, se couvrit la tête et alla tout droit à la synagogue. Elle embrassa la mézouza, ouvrit la porte et vit un rayon de lumière tomber du vitrail cassé sur la téva. Rachel remercia l'Éternel de lui faire don de tant de beauté.

Bientôt, il y aurait un garde à l'entrée qui aurait le pouvoir de l'empêcher de pénétrer dans la maison de Dieu. Elle imagina le sol de la synagogue transformé en parterre de bouquets de carte postale : propre, net, plein de fleurs dégageant une senteur de talc. Quelle horreur !

Rachel nettoya la poussière de la téva, des sièges et des bancs. Elle laissa la porte grande ouverte et alla dans le jardin pour remplir un seau d'eau. En rentrant dans la synagogue, elle y vit Mordekaï qui arborait un air sombre. Il ne la salua pas et ne fit pas le moindre sourire. Du coup, Rachel ne le salua pas non plus, mais lui demanda courtoisement ce qui l'amenait là, à pareille heure.

Il la toisa d'un air sévère : « Qui est ce Judah Abraham ?

— Qu'est-ce que vous lui voulez ?

— Il pose trop de questions.
— Quel mal à ça ?
— Il n'y a aucun mal à poser des questions, mais là je pense que tu as engagé ce type pour nous harceler.
— Comment ça ? s'indigna Rachel.
— Tu sais très bien de quoi je parle.
— Si tu es venu pour déclencher une dispute, tu es à la mauvaise adresse.
— Tu sais, je pourrais très bien t'interdire l'accès à la synagogue. »

Rachel lui jeta un regard de défi : « Essaie pour voir », rétorqua-t-elle tout en lui agitant le trousseau de clés de la synagogue sous le nez.

Mordekaï était sidéré : il n'avait pas du tout imaginé qu'elle puisse réagir de cette façon. Il avait cru qu'elle prendrait un air soumis et qu'elle le supplierait de lui pardonner d'avoir eu l'impudence de mêler Judah Abraham à leurs affaires. Il changea immédiatement de ton et déclara : « Allons, allons ma sœur, je plaisantais. »

Rachel se montra intransigeante : « Ça ne me fait pas rire.
— Rachel, ma sœur, pourquoi tant de colère ? Tu pourrais m'offrir une tasse de thé plutôt.
— Mordekaï, mon frère, tu ne sais pas qu'il n'y a pas de thé dans la maison du Seigneur ?
— Très bien, pourquoi tu ne m'inviterais pas chez toi alors ?
— Mais si tu étais venu chez moi, plutôt qu'à la synagogue, j'aurais pu te proposer un plat ; du pithal bien lourd par exemple.
— Je te prie de m'excuser. J'ai été si perturbé par ce Judah que je ne savais plus quoi faire. D'ailleurs, en arrivant, je suis d'abord allé chez

toi, mais ta porte était fermée. J'ai donc pensé que tu serais ici. »

Rachel ne laissa plus paraître son hostilité et lui dit d'aller l'attendre sur la véranda de sa maison. Elle ferma la synagogue à clé, retourna chez elle et trouva Mordekaï majestueusement installé dans son fauteuil à elle. « Mais comment ose-t-il s'asseoir dans mon fauteuil ? » se dit-elle en allant préparer un thé pour cet hôte si malvenu.

Une fois que le thé fut servi avec quelques biscuits, Rachel se détendit. Mordekaï lui expliqua qu'il trouvait fâcheux qu'un monsieur juif du nom de Judah Abraham se soit longuement entretenu avec le vieux chantre, Hassaji Daniyal.

En reposant sa tasse sur la table, il la sermonna : « Nous nous connaissons depuis tant d'années. Tu aurais pu me téléphoner et j'aurais répondu à toutes tes questions. Qu'est-ce que tu avais besoin de demander à ce Judah de mettre son nez dans les décisions du Conseil à propos de la location du terrain ?

— Judah n'est pas un étranger, il est comme un fils pour moi.

— C'est bien possible, mais nous, on ne le connaît pas.

— Comment ça ? Il fait pourtant partie de la communauté.

— Certes, mais on ne l'a jamais vu parmi nous.

— Ça, ce sont ses affaires.

— Enfin tout de même, il s'est toujours tenu à l'écart.

— Alors tu crois que parce que quelqu'un ne va pas à la synagogue ou n'assiste pas aux

Malida, tu as le droit de déclarer qu'il ne fait pas partie de la communauté juive ? C'est inacceptable.

— Depuis quand es-tu tellement moderne ?

— J'ai toujours été moderne.

— Ça veut dire quoi alors, être juif, si ce Judah n'a jamais assisté à un seul office à la synagogue ?

— C'est une affaire de cœur, pas de logique.

— Comment le sais-tu ? Tu le connais si bien que ça, ce Judah ?

— Je te le redis, ce n'est pas "ce Judah". C'est un jeune homme très bien, et il est aussi juif que toi et moi.

— Mais comment peux-tu en être aussi sûre ?

— J'ai un jugement assez fiable en général. Il est aussi inquiet que moi pour la synagogue.

— Qu'est-ce qu'elle a, la synagogue ? » Mordekaï l'observa d'un œil d'aigle.

Rachel se redressa et répondit : « Tu sais bien de quoi je parle.

— Tu veux parler de la visite de M. Chinoy ?

— Parfaitement. J'ai compris que tu voulais la vendre.

— Tu n'as rien compris du tout.

— J'ai très bien compris, au contraire.

— Laisse-moi t'expliquer. Comme tu le sais, nous n'avons pas d'argent pour faire tourner la synagogue. La communauté se meurt. Tout le monde est parti en Israël, tes enfants aussi, d'ailleurs. On n'a même plus de miniane pour faire les prières du shabbat. Nous avons donc décidé de louer les terres qui entourent la synagogue pour quelques années, et après nous verrons ce que nous pourrons faire de la synagogue.

— C'est pas sûr qu'on soit toujours là, toi et moi. D'ici-là, M. Chinoy trouvera bien un moyen de mettre la main sur ce terrain et la synagogue disparaîtra.

— Ce n'est pas son genre.

— Tu verras.

— Mais qu'est-ce que tu as besoin de t'en mêler et de nous mettre ce Judah dans les pattes ? On sait ce qu'on fait, nous, les anciens du Conseil.

— Judah est un avocat réputé et il m'aide à sauver la synagogue.

— Mais de quoi tu te mêles ?

— C'est moi qui m'occupe de la synagogue et je fais partie de la communauté Bné Israël de ce pays. »

Mordekaï se redressa dans le fauteuil de Rachel et déclara d'un air provocateur : « Pour nous, tu n'es que la gardienne de la synagogue. » Sa phrase à peine achevée, il se leva et quitta la maison sans se retourner.

Piquée au vif, Rachel tremblait de rage et resta sans voix. Brusquement, elle sentit une sorte de grondement monter en elle. « Stop ! » hurla-t-elle.

Mordekaï se retourna et, de surprise, laissa tomber sa mallette. Comme il se baissait pour la ramasser, il vit Rachel au-dessus de lui, les mains sur les hanches et le sourcil froncé.

« Alors comme ça, je suis juste la gardienne, un genre de servante que tu crois pouvoir renvoyer comme une malpropre quand ça te chante ? Eh bien non. Tu sembles avoir oublié qui je suis : c'est moi, Rachel Dandekar ! J'appartiens à une vieille famille. Abraham, Salomon, Ménashé, Enoch, Joseph et Josué, ces noms te disent quelque chose ? Ce sont ceux de mes ancêtres. Je ne te permettrai pas de me traiter comme une bonniche. Tu ne perds rien pour attendre, je vais te faire ravaler tes paroles, tu vas voir. » Puis elle ouvrit le portillon et lui fit signe de partir en ajoutant : « Ne remets plus jamais les pieds chez moi. »

Chaï

Ingrédients
Thé, eau, sucre, lait.

Préparation
Pour deux tasses de thé, il vous faut une tasse
et demie d'eau et une demi-tasse de lait, une cuillère
à café de votre thé favori – un thé assez fort en goût
est indiqué – et trois cuillerées de sucre.
Faites bouillir l'eau, ajoutez le sucre, faites bouillir
encore une minute, ajoutez le thé et laissez infuser
jusqu'à obtenir une belle teinte brune. Ajoutez le lait
et donnez un autre bouillon. Retirez du feu, couvrez
et laissez reposer une ou deux minutes avant de servir.
Si vous souhaitez parfumer votre chaï à la cardamome,
à la menthe, à l'herbe lili ou au gingembre,
ajoutez ces épices en même temps que le sucre.
Les jours de pluie, on a l'habitude de servir
du thé brûlant avec des bhajji[1] également bien chauds.

Selon la tradition des Juifs Bné Israël, il ne faut pas
utiliser le récipient qui sert à faire du thé
pour d'autres préparations, afin de ne pas compromettre
le parfum du chaï.

---

1. Beignets.

Rachel avait beau s'occuper, elle ne parvenait pas à chasser l'insulte de Mordekaï de son esprit. Le Comité avait cru qu'elle était à leur merci parce qu'elle était seule. Son dévouement ne comptait pour rien.

Elle était fâchée de savoir ses enfants si loin. Elle vit leurs photos posées sur une étagère et les retourna face en bas. Elle aurait voulu être avec eux. Elle avait toujours pensé que l'esprit de famille s'entretenait en partageant les repas. Elle aurait dû partir pour Israël avec ses enfants, mais elle ne pouvait pas se faire à l'idée de changer de vêtements, de nourriture, d'habitudes, de vie. Et pourtant, si des gens comme Mordekaï devaient la traiter comme une moins que rien, elle n'avait plus qu'à faire ses valises.

Rachel décrocha le téléphone pour appeler Aviv et lui annoncer qu'elle avait décidé d'émigrer en Israël. Il n'en croirait pas ses oreilles mais voilà, elle les rejoindrait là-bas, même si ça devait l'obliger à porter des jeans et à manger des *falafel*. Au moins, elle ne serait plus rongée par ce sentiment d'abandon.

Mais Aviv n'était pas là et Rachel laissa un message un peu confus sur son répondeur. Puis elle téléphona à Judah et, le visage ruisselant de larmes, lui raconta comment Mordekaï avait osé lui parler. Il promit de venir à Danda aussi vite que possible, ce qui la réconforta un peu. Judah allait la protéger – mais elle se sentait quand même très seule et perdue.

Rachel regarda par la fenêtre et vit de gros nuages sombres se rassembler au-dessus la mer ; ils risquaient de lâcher des trombes d'eau et cela n'était pas fait pour lui remonter le moral.

C'était le genre de journée qu'il valait mieux passer chez Kirti. Comme elle sentait venir une migraine, elle prit un cachet d'aspirine et camoufla ses larmes avec un peu de poudre, appliqua de l'eau de Cologne sur ses tempes, s'habilla d'un sari bleu pâle et peigna ses cheveux. Elle se sentait comme une veuve, et une veuve sans enfants de surcroît.

Rachel ferma sa porte à clé et alla chez Kirti, dont la maison était pleine de femmes, d'enfants et de petits-enfants. Elle se sentait déjà mieux. Les femmes âgées bavardaient sur le canapé et les plus jeunes allaient et venaient à la cuisine pour leur servir du thé et des snacks.

Kirti prit la main de Rachel dans la sienne : « Dis-moi ce qui ne va pas. Tu as beau essayer, tu ne peux rien me cacher. Tu peux toujours rire et plaisanter avec les enfants, mais je vois bien que tes yeux sont tristes.

— Comment te dire ? Les enfants sont en Israël, alors je me sens seule. Je n'ai personne ici.

— Comment ça ? Et nous alors ? On est ta famille, non ? »

Rachel regarda par la fenêtre. « Mes enfants, ils sont si loin.

— Je comprends, mais tu as décidé de ne pas aller en Israël. Ce n'est pas nouveau. Je crois que ce n'est pas ça le problème, il y a autre chose. »

En racontant à Kirti ce qui s'était passé ces derniers jours, Rachel commença déjà à se sentir un peu mieux. Dehors, les éclairs et les coups de tonnerre prenaient de l'ampleur. Rachel frissonna. Son parapluie à la main, elle se prépara à rentrer mais, à l'idée de passer la soirée toute seule, la tristesse lui revint.

Kirti l'invita à rester. Rachel était sur le point d'accepter son invitation lorsque le fils du poissonnier vint la prévenir qu'un homme l'attendait devant la porte de sa maison. Il l'informa qu'il s'agissait du grand jeune homme à lunettes et d'ailleurs, si elle souhaitait lui préparer à dîner, il avait justement un gros pomfret pour elle.

« Judah », murmura Rachel et elle se leva pour partir, en ignorant le poisson que lui tendait le garçon.

Kirti était tout sourire : « Ah, ton fils spirituel est arrivé. Comment pourrait-il te laisser seule à un moment pareil ? Tu vois, ton Dieu a entendu tes prières. Il est là pour te protéger. » Elle appela sa belle-fille et lui demanda d'emballer quelques beignets et du *patrel*[1] pour Rachel, qui prit la boîte, serra Kirti dans ses bras et ouvrit son énorme parapluie noir. Elle descendit les marches à toute allure, sauta

---

1. Feuilles de taro.

par-dessus la flaque de boue et courut vers sa maison, tandis que Kirti criait : « Attention, doucement, ne va pas te casser une jambe ! »

Rachel lui fit un dernier signe de la main et disparut dans la ruelle qui menait à sa maison.

Elle arriva chez elle essoufflée mais heureuse de voir Judah, debout sur la véranda, qui recueillait la pluie au creux de ses mains, exactement comme Aviv avait l'habitude de le faire.

Elle referma son parapluie et s'essuya le visage en tremblant de froid. Judah la serra dans ses bras et elle se mit à pleurer encore. Il la fit asseoir et lui tendit un verre d'eau. Puis il se dirigea vers la cuisine : « Je vais préparer du thé, ça va nous détendre. »

Judah revint avec deux tasses fumantes et lui demanda si elle avait des biscuits.

« Est-ce que tu as faim ? l'interrogea-t-elle. Je n'ai pas envie de cuisiner, mais j'ai des chapatis et Kirti m'a donné des beignets et du *patrel*. C'est bon avec du thé. Tiens, prends. Oh, puisque tu es là, je vais quand même préparer un petit curry de légumes.

— Lequel ?

— Quelque chose de facile à faire, des *karela*[1] par exemple. Ils vont adoucir l'amertume de mon cœur.

— Parfait. »

---

1. La margose, concombre africain ou melon amer, est une plante grimpante cultivée dans les pays chauds pour son fruit comestible, bien que très amer.

POISSON ALBERAS

INGRÉDIENTS
Pomfret, huile, ail, oignons, gingembre,
piments verts, pommes de terre, noix de coco,
coriandre fraîche, menthe fraîche, feuilles de curry,
tomate, cumin, curcuma, cocum, sel.

PRÉPARATION
Prenez un grand pomfret, retirez-lui les dents
mais pas les yeux, coupez les extrémités de la queue,
découpez en six ou sept morceaux, salez et réservez.
Faites un mélange aromatique (*masala*[1])
avec six gousses d'ail, un morceau de gingembre
d'environ dix centimètres,
un bouquet de coriandre, quelques feuilles de menthe,
deux piments verts et une tomate pelée.
Passez au mixer avec un tout petit peu d'eau.
Préparez un lait de coco ou ouvrez une boîte.
Faites chauffer deux cuillères à soupe d'huile
dans une cocotte
et faites-y rissoler quelques feuilles de curry.
Ajoutez un oignon finement haché
et faites-le revenir sans le colorer.
Ajoutez le mélange aromatique
et faites cuire à feu doux
jusqu'à ce que ce masala ait absorbé l'huile.
Ajoutez 2 dl de lait de coco et 1 dl d'eau, une pincée
de curcuma et une demi-cuillère à café de cumin moulu.

---

1. Le terme de *masala* (mélange) s'applique aux mixtures d'épices, en poudre ou avec des ingrédients frais.

Ajoutez le poisson ainsi qu'une pomme de terre épluchée
et coupée en six. Faites cuire à feu doux.
Quand le poisson est presque cuit,
ajoutez quatre feuilles de cocum ou de mangoustan frais
et finissez de cuire à feu très doux jusqu'à ce que
la sauce épaississe et prenne une belle couleur verte.
Servez avec du riz à la noix de coco.

Variante : remplacez les piments verts
par du piment rouge en poudre
et le cocum par une giclée de citron.

Aviv téléphona, furieux que Mordekaï ait osé insulter sa mère. Du coup, lui aussi s'était avancé sur le sentier de la guerre et avait parlé aux responsables de la communauté indienne en Israël.

Rachel avait meilleur moral. Elle pensait que Zephra allait l'appeler aussi, mais ce ne fut pas le cas. Elle avait très envie de parler à sa fille. Le lendemain, Rachel appela son kibboutz et on lui répondit en hébreu. C'était bien embêtant de ne pas parler la même langue.

Zephra n'appela que deux jours plus tard. À minuit. Rachel était si heureuse d'entendre la voix de sa fille. Elle se mit aussitôt à lui raconter l'incident avec Mordekaï. Zephra la consola. « Attends maman, nous en parlerons quand j'arriverai à la maison.

— Comment ça, à la maison ?
— Je ne suis pas très loin.
— Quoi ? Tu es en Israël, n'est-ce pas ?
— Non, je ne suis pas en Israël.
— Mais alors tu es où ?
— Devine.
— Mais je n'en sais rien.

— Bon d'accord, tu ne vas pas le croire, je suis à l'aéroport de Bombay. »

Rachel n'en revenait pas et tout ce que Zephra parvint à prononcer d'une voix étranglée fut : « J'attends ici jusqu'à l'aube. Ensuite je prendrai un taxi pour Gateway et puis la première navette pour Alibaug. »

Cette nuit-là, Rachel ne put trouver le sommeil. Se retournant d'un côté puis de l'autre, elle repensa à Zephra enfant. Elle voulait absolument accueillir sa petite fille sur le pas de la porte. Finalement, elle s'endormit malgré elle et ce fut Zephra qui la réveilla en l'appelant depuis le portillon.

Elles tombèrent dans les bras l'une de l'autre et Rachel chuchota : « C'est bien toi, ça, toujours pleine de surprises. »

Rachel regarda sa fille de près : vêtue d'un jean et d'un tee-shirt blanc, comme d'habitude. Ses cheveux étaient plus courts et elle semblait plus grande, plus femme et plus belle que jamais.

Rachel se rinça le visage et se brossa les dents, tout en se disant qu'elle n'avait pas de café à la maison pour Zephra. En fait, il en restait bien un peu dans un bocal, mais en l'ouvrant elle vit qu'il avait pris l'aspect d'un petit caillou marron. Zephra la rassura aussitôt : elle prendrait le thé que Rachel avait coutume de préparer avec des gousses de cardamome écrasées. Et dans le sac en plastique que Zephra lui avait donné en arrivant, il y avait du pain et du beurre qu'elle avait achetés à la boulangerie d'Alibaug.

Installées sur la véranda avec leur thé, Zephra raconta son voyage-éclair et comment Aviv s'était précipité à l'aéroport de Tel-Aviv pour lui donner du nettoyant à vitres, celui que Rachel aimait bien parce qu'il sentait la lavande.

Un sourire aux lèvres, Rachel alla à la cuisine pour préparer des œufs brouillés et des toasts. Zephra prit un copieux petit déjeuner, puis une bonne douche avant d'enfiler un vieux *salwar kamiz*[1] tout élimé. Petite, c'était ce qu'elle mettait pour aller à l'école et à présent, quand elle venait en Inde, elle s'en servait comme pyjama. Ainsi rafraîchie, elle écouta le récit des aventures de Rachel. Mais au bout d'un moment, Rachel vit que sa fille était à moitié assoupie dans son fauteuil ; elle la conduisit à son lit et la borda, comme lorsqu'elle était petite fille.

Zephra se réveilla en reniflant le parfum du fameux curry vert de sa mère. Une sensation de chaleur l'enveloppa, un peu comme quand elle faisait la grasse matinée en hiver, sous une bonne couverture. Elle adorait le poisson *albless*, ou n'était-ce pas plutôt *alberas* ? Curieusement, en Israël, elle n'arrivait jamais à se souvenir du nom de ce plat, mais maintenant qu'elle était enveloppée de ces effluves, il lui était revenu aussitôt.

Zephra entendit des voix. Il y avait quelqu'un d'autre à la maison. Ils parlaient doucement, mais elle parvint tout de même à distinguer une voix d'homme et cela la contraria. Son premier soir en Inde, elle aurait voulu le passer seule avec sa mère. Elle n'avait aucune envie de rencontrer des amis ou des parents.

---

1. Ensemble composé d'une tunique longue portée sur un pantalon, généralement bouffant, quelquefois serré au mollet et d'un long foulard que l'on drape sur la poitrine.

Elle n'arrivait pas à reconnaître la voix masculine mais elle se dit que s'il était à la maison à cette heure-ci, elle pouvait le considérer d'office comme un ennemi.

Elle se leva, alluma la lumière et s'assura d'être décemment habillée – du moins selon les critères de sa mère – c'est-à-dire couverte de la tête aux pieds. Il avait fallu quelques années à Rachel pour s'habituer à voir sa fille en short. Pour faire plaisir à sa mère, Zephra posa même un foulard sur ses épaules.

Zephra émergea de sa chambre mal réveillée et les yeux gonflés. Elle fut surprise de trouver Rachel assise en tailleur dans son fauteuil, en pleine discussion avec un jeune homme qu'elle ne reconnut guère.

Rachel leva ses yeux vers elle : « Ah ! te voilà. Je te présente mon avocat, Judah. »

Il lui serra la main. Par expérience, Rachel savait que là tout de suite, Zephra n'était pas d'humeur à rencontrer qui que ce soit. Aussi se comportait-elle comme si la présence du jeune homme était parfaitement naturelle : « Tu te souviens de Judah, n'est-ce pas, l'ami de Jacob ? »

Courtois, Judah se leva, salua Zephra d'un « Shalom » cordial et lui tendit un siège. Elle le salua en retour mais refusa de s'asseoir et resta debout contre le montant de la porte, d'où elle le dévisageait avec curiosité.

Judah perçut son hostilité et, mal à l'aise, il s'expliqua : « Je suis confus, si j'avais su que vous étiez ici, je ne serais pas passé. C'est que tante Rachel ne m'a pas prévenu de votre arrivée. Je prends souvent la navette pour lui rendre visite le soir, mais avec toute cette agitation, elle n'a pas dû y penser. »

Zephra ne répondit pas.

Il continua : « Je me doute que ce soir vous aimeriez être seule avec votre mère, alors je vais très rapidement discuter de quelques affaires urgentes avec elle, puis je retournerai à Alibaug. »

La sollicitude que Judah témoignait à Rachel était touchante et Zephra accepta finalement le siège qu'il lui avait offert. « Croyez-vous sérieusement que ma mère vous laissera repartir à Bombay sans avoir goûté son fameux poisson alberas ? demanda-t-elle en soupirant. Ce qui veut dire qu'il va falloir que je le partage avec vous, alors qu'elle l'a préparé rien que pour moi ! »

Judah risqua un petit sourire. « C'est vrai que d'habitude je reste dîner et je retourne à Bombay le matin. Mais si vous ne le souhaitez pas…

— Pourquoi je m'y opposerais ? Vous me faites passer pour une vraie mégère.

— Franchement, j'ai un peu peur de vous. Je me souviens que quand vous étiez petite, si jamais j'avais le malheur de refuser de reprendre du riz, vous m'arrachiez presque les yeux.

— Je vous trouvais grossier et têtu.

— Je le suis toujours.

— Je vous avais donné un surnom à l'époque. Vous voulez savoir lequel ?

— Et comment, dit-il en souriant.

— Le monstre aux yeux verts. »

Rachel était en train de dresser la table et, à son grand soulagement, elle entendait rire Judah et sa fille. Elle avait redouté cette rencontre. Ils continuèrent d'échanger des plaisanteries tout au long du dîner. Rachel ne put s'empêcher de rire en voyant Zephra se servir un grand bol de curry et le boire comme si c'était de la soupe. C'était la première fois que Judah voyait Rachel rire de si bon cœur.

Il ne se doutait pas que si Rachel était aussi heureuse, c'était surtout de voir Zephra manifester un peu d'intérêt pour le jeune homme de Bombay. Son âme de marieuse avait pris le dessus. Elle trouvait qu'ils feraient un très joli couple. Mais elle savait bien qu'elle n'avait pas intérêt à intervenir dans la vie privée de sa fille. Si jamais Zephra se rendait compte que sa mère manigançait quelque chose, elle lui en voudrait à mort.

Rachel leva les yeux au ciel et décida de laisser le Tout-Puissant arranger ce mariage. Après tout, c'est Lui qui avait envoyé le fiancé ; c'était donc à Lui de convaincre la fiancée. Ce n'était pas gagné...

Rachel faisait de gros efforts pour ne pas se montrer envahissante. Elle s'affairait à la cuisine et à la salle à manger, apportant ceci, ramenant cela, histoire de les laisser seuls tous les deux ; on ne sait jamais, peut-être tisseraient-ils quelques liens...

Cette nuit-là, Rachel dormit d'un sommeil profond, apaisée par la senteur délicieuse de sa fille qui flottait sur la maison.

Le lendemain, Rachel et Judah lui exposèrent le problème de la synagogue en détail. C'est son cœur plutôt que sa tête qui l'avait poussée à faire le voyage et elle ne savait pas bien quel serait son rôle dans cette affaire. « Maman, demanda-t-elle, qu'as-tu fait de tout cet argent ?

— Mais quel argent ? Je n'ai pas d'argent ! »

Zephra se leva, étreignit Rachel et posa sa joue sur la sienne en lui chuchotant à l'oreille : « Ma chère petite maman tête en l'air. »

À regarder les joues bronzées et lumineuses de Zephra, Judah eut la chair de poule et fut pris du désir de les toucher. Sa voix de fumeuse, légèrement rauque, le rendait tout chose. Voilà des années qu'aucune femme ne lui avait fait cet effet. Il détourna le regard, de peur qu'elle n'y lise ses pensées. Ils commençaient à peine à tisser des liens amicaux et il ne voulait pas compromettre cela. D'autant qu'il lui semblait primordial que Rachel soit soutenue par un membre de sa famille dans sa lutte contre les notables du Conseil.

Judah s'était toujours tenu à l'écart des femmes, surtout des femmes juives. Certes, il avait été amoureux de Sujata, quand ils étaient en fac de droit. En fermant les yeux, son visage rond et ses yeux vert émeraude lui revenaient encore en mémoire. C'est d'ailleurs ce qui l'avait attiré... quoique... après toutes ces années, Judah ne se souvenait plus vraiment de ce qui les avait rapprochés, ni de ce qui les avait finalement séparés.

Une voix vint interrompre ses rêveries. Il ouvrit les yeux et les plongea dans le regard sombre de Zephra, aussi sombre que l'océan à minuit. Elle lui souriait : « Vous étiez perdu dans vos pensées. Nous venons de découvrir que ma mère est une femme riche.

— Je vous demande pardon ? dit-il, se redressant pour mieux rassembler ses esprits.

— Voilà l'histoire : cela fait des années que des membres de notre famille et d'autres ont pris l'habitude d'envoyer de l'argent à maman, pour elle et pour la synagogue. Et comme elle l'a toujours mis à la banque sans jamais y toucher, elle devrait avoir de quoi investir dans la synagogue, ou peut-être même l'acheter. »

Rachel gloussait comme une gamine : « J'ai vraiment cru que je n'avais pas grand-chose à la banque, en tout cas pas de quoi tenir tête au Conseil. Heureusement que Zephra m'en a parlé. Quand je pense que ce Mordekaï m'a traitée comme une mendiante. » Sa voix s'étrangla : « Comme si j'étais à sa merci, une simple bonne. » Elle passa du rire aux larmes et Zephra la laissa s'épancher sur son épaule, tandis que Judah s'affairait à la cuisine. Tout en consolant sa mère, Zephra regardait autour d'elle pour voir ce qu'il faisait. « Quel type étrange », dit-elle à voix basse. Rachel essuya ses larmes, leva les yeux vers sa fille et lui demanda ce qu'elle avait dit.

« Rien », répondit Zephra.

Elle savait bien comment sa mère fonctionnait. Il suffisait d'un mot pour déclencher son instinct de marieuse.

Judah sortit de la cuisine avec trois tasses de thé noir. Il l'avait préparé exactement comme Rachel l'aimait. Dès la première gorgée, elle se sentit mieux. Zephra sourit : « Vous faites un excellent thé.

— Merci du compliment. C'est la seule chose que je sache préparer.

— Il est vraiment bon. Regardez, il redonne même le sourire à maman.

— Il y a de quoi, c'est une femme riche.

— Mais comment je vais l'utiliser, cet argent ? s'écria Rachel. Je ne sais plus où j'en suis.

— Il faut qu'on réfléchisse à ce qu'on va faire », dit Zephra et, voyant Judah allumer une cigarette, elle lui en prit une.

Ils fumèrent en silence. Judah essayait de se souvenir de quelque chose que Rachel lui avait dit. « Tante Rachel, vous rappelez-vous du nom de la femme de votre ami Chinoy-Finoy ?

— Oh, elle s'est présentée en arrivant, mais je ne me souviens plus de son nom parce qu'elle me faisait tellement penser à Zephra. Seulement elle, elle est maligne, ce n'est pas une fille innocente comme ma Zephra. Elle a bien vu que je me sentais seule et elle a essayé de me flatter. » Rachel se mit à l'imiter : « "Tante Rachel, apprenez-moi à préparer les bombil", comme si j'allais me laisser attraper par ses belles paroles. Je connais bien ce genre de fille. Elle avait compris que j'étais opposée à leur business. Un jour, Mordekaï m'a apporté une fleur bizarre, pour m'impressionner. J'étais hors de moi et je l'ai envoyé promener. D'ailleurs sa fleur, elle ressemblait plutôt à une grosse araignée !

— C'est amusant, maman, dit Zephra, mais ce serait bien si tu pouvais retrouver son nom.

— Quel nom ?

— Voyons maman, le nom de la femme de M. Chinoy.

— Mme Chinoy.

— Allons, tu exagères, je sais bien que tu n'oublies jamais un nom. Il n'y a qu'à voir comment tu as réussi à retrouver Judah.

— C'est différent, j'avais besoin de lui.

— Si ça se trouve, tu auras besoin de cette Mme Chinoy aussi. Tu sembles quand même dire qu'elle s'est montrée gentille.

— C'est vrai.

— Et je suis certaine que tu n'as pas pu résister quand elle t'a demandé de lui apprendre à faire des bombil. D'ailleurs, si son mari n'avait pas été là, tu lui aurais cuisiné des bombil sur-le-champ, tu l'aurais servie, tu lui en aurais empaqueté quelques-uns à emporter et tu lui aurais même noté la recette de ta plus belle écriture marathi.

— Oui, mais je ne l'ai pas fait parce que je pensais qu'elle cherchait à m'amadouer. »

Judah éclata de rire : « Bon, dites-nous son nom alors. »

Rachel changea de sujet : « J'aime bien ton rire, tu devrais rire plus souvent.

— Le vôtre est charmant aussi, mais avant qu'on se mette à rire ensemble, dites-nous donc son nom. »

Zephra et Judah se penchèrent vers Rachel qui murmurait : « Voyons... c'était un joli nom... Kavita ou quelque chose comme ça. Son mari l'a appelée par son prénom, à un moment. Lui il était pressé, mais elle, elle m'a parlé longtemps... »

Zephra se redressa : « Kavita comment ?

— Chinoy évidemment !

— Non, non, je veux dire son nom de jeune fille.

— Mais je n'en sais rien. Cette femme, elle débarque là avec son mari, je la vois pour la première fois de ma vie, je ne vais quand même pas lui demander son nom de jeune fille ! En plus, Mordekaï n'arrêtait pas de parler, pendant que M. Chinoy, derrière ses lunettes noires, il observait tout, sans perdre une miette de la conversation. Pauvre femme, c'est tout juste si elle pouvait placer un mot. Si j'avais pu passer plus de temps avec elle, je lui aurais posé plus de questions. J'avoue qu'elle semblait avoir bon cœur.

— Pourrais-tu me la décrire ? demanda Zephra, l'air songeuse.

— Elle était de taille et de poids moyens, un peu comme toi. Visage long, peau très claire, de grands yeux gris et un énorme grain de beauté sur le menton.

— Tu sais maman, je crois que je la connais, cette fille.

— Mais comment ça ?

— Ça ne peut être que Kavita Shahni, elle était à la fac avec moi.

— Tu la connais ?

— Oui.

— Tu ne peux pas être certaine qu'il s'agit bien de cette Kavita-là.

— Il ne peut quand même pas y avoir des centaines de filles qui s'appellent Kavita, qui ont les yeux gris et un grain de beauté sur le menton.

— Oui, c'est vrai. Mais ça change quoi, que tu la connaisses ?

— Ça change tout ; on pourra lui parler, à elle.

— Mais lui parler de quoi ?

— De son mari.

— On lui dira quoi ?

— On va lui expliquer la situation, lui parler de la synagogue.

— Ça va nous avancer à quoi ?

— Je pense qu'elle comprendra et qu'elle va nous aider.

— Comme s'ils allaient l'écouter ! » dit Rachel.

Cela amusa Zephra : « Ma chère maman, il me semble que tu es assez bien placée pour savoir que les épouses ont plus d'un tour dans leur sac. Tu te rappelles comment tu faisais avec papa ? Et pourtant, parfois il était complètement buté, têtu comme une mule, mais tu te débrouillais toujours pour obtenir ce que tu voulais de lui.

— Ça, admit Rachel, c'est pas faux.

— Bon, alors rencontrons Kavita, proposa Zephra. Je n'en reviens pas qu'elle soit devenue Mme Chinoy. C'était une jolie fille, mais pas pimbêche. Je me souviens que chacune apportait son plat pour le déjeuner, parce que manger dehors tous les jours, ça revenait cher. On était un groupe de six filles et on partageait nos repas. D'ailleurs Kavita me chipait toujours les bombil et moi je me régalais de ses *paratha*[1]. Alors si c'est bien la même Kavita, il est clair qu'elle ne te racontait pas d'histoires quand elle t'a dit qu'elle voulait apprendre à préparer les bombil. Elle adore ça. Donnons-lui une chance, ne serait-ce que parce que, dans le temps, c'était une fille simple et modeste et que je l'aimais bien. Je me demande comment elle se débrouille dans le rôle de Mme Chinoy ?

— Avec ce que tu racontes là, je me dis que ça ne doit pas être la même fille, parce que celle-ci est rusée. »

---

1. Pain indien feuilleté sans levain, que l'on enduit de beurre clarifié. On le fait soit frire, soit cuire sur une plaque métallique.

Judah remarqua sèchement : « Les femmes changent, une fois mariées. Quoi qu'il en soit, comment allons-nous la contacter ? »

Rachel fit la grimace : « Mordekaï a forcément le numéro de téléphone de M. Chinoy. Mais je n'ai aucune envie de lui parler.

— Tu ne m'as pas dit que les Chinoy avaient une pépinière ? demanda Zephra.

— C'est ça.

— Alors il nous suffit de chercher dans l'annuaire et de l'appeler. » Zephra décrocha le téléphone.

Rachel lui fit signe de raccrocher : « En fait, je dois avoir son numéro. Elle m'avait remis sa carte de visite et je l'ai glissée sous le téléphone. » Elle mit ses lunettes, souleva l'appareil, trouva la carte et la tendit à Zephra qui composa aussitôt le numéro.

Kavita n'était pas à Alibaug, mais le gardien lui donna un numéro à Bombay, où on lui indiqua que Madame était sortie, mais qu'il était possible de laisser un numéro et que Madame rappellerait.

Le lendemain matin, Zephra fut réveillée par la sonnerie du téléphone. Rachel était dans le jardin où elle nourrissait les oiseaux et Judah était on ne sait où. C'était Kavita au bout du fil et elle était très heureuse que Zephra l'ait contactée après tant d'années. Elle lui demanda si elle était venue passer des vacances en Inde et si toute sa famille était partie en Israël.

Zephra répondit que sa mère vivait toujours à Danda. « Tu te rappelles les bombil que j'apportais pour le déjeuner et que tu me chipais toujours ? C'est ma mère qui les préparait.

— Je m'en souviens très bien. Je n'en ai plus mangé d'aussi bons depuis.

— Ma mère est une cuisinière hors pair. Au fait, tu l'as rencontrée, il y a un peu plus d'un mois.

— Ta mère ? Comment ça ?

— Eh bien, je crois que tu es venue avec ton époux, pour voir le terrain autour de notre maison, près de la synagogue de Danda.

— Ah oui, tante Rachel. D'ailleurs, l'ami de mon mari qui nous a amenés chez elle m'avait dit que sa cuisine était réputée.

— Tu parles d'oncle Mordekaï ?

— Oui, c'est ça. Mais quelle surprise ! Je ne savais pas du tout que tante Rachel était ta maman. Et j'avais oublié que tu faisais tout le chemin depuis Alibaug pour aller à la fac.

— Je suis ravie que tu aies rencontré ma mère.

— J'avais accompagné mon mari pour un rendez-vous d'affaires. Chose que je ne fais jamais d'habitude. Je suis une vraie femme au foyer. Tu sais, nous avons un domaine à Alibaug, où l'on cultive des fleurs, et deux complexes hôteliers en bord de mer. Je ne savais pas que ta mère vivait toujours ici, sinon je lui aurais rendu visite depuis longtemps. »

La voix de Zephra chancela : « Oui, elle a décidé de rester ici.

— Elle n'aime pas Israël ?

— Ce n'est pas ça, c'est juste qu'elle ne veut pas quitter Danda. Ici, elle a une mission, elle prend soin de notre synagogue.

— Oui, je me souviens : quand ils se sont mis à parler de la synagogue, son visage s'est fermé et elle faisait visiblement de gros efforts pour rester polie. Il m'a même semblé qu'elle aurait voulu me parler, mais qu'elle hésitait... Comme si elle craignait que je profite d'elle.

— Ce n'est pas totalement faux... Tu voulais bien lui arracher sa recette de bombil, non ? Elle t'en aurait volontiers préparé, mais elle était tellement en colère...

— Je sais, elle était très fâchée.

— Enfin, toute cette histoire m'aura au moins permis de te retrouver. Elle m'a parlé de votre conversation et quand elle t'a décrite physiquement, j'ai su que ça ne pouvait être que toi. Tu sais, Kavita, nous avons besoin de ton aide.

— Pas de problème. Il faut absolument qu'on se voie.

— Tu vas rentrer à Alibaug ?

— Oui, dans trois jours.

— Mardi alors. On se retrouve où ?

— Viens déjeuner à la maison. Je vais demander à la cuisinière de préparer ton plat préféré : *alou*[1] *parathas* et *raïta*[2].

— J'adorerais venir, mais je veux passer un maximum de temps avec maman. Viens chez nous plutôt. Tu connais déjà la maison. Maman va te faire des bombil et si tu viens assez tôt, tu auras même un cours de cuisine en prime.

— J'ai hâte d'y être. Je serai là avant midi.

— Ciao. »

Zephra raccrocha et se mit à chercher Judah pour lui raconter la conversation qu'elle venait d'avoir. Elle ne le trouva pas et alla voir Rachel :

---

1. Pommes de terre, en hindi.
2. Préparation à base de yaourt.

« Il est où, ton monstre aux yeux verts ? Il n'est jamais là quand on a besoin de lui. Il est reparti à Bombay ou quoi ? »

Un sourire discret ourla les lèvres de Rachel.

Saat padar

Ingrédients
Farine de riz, noix de coco, sucre, farine de blé,
cardamome, huile, œufs, sel et safran.

Préparation
Dans un saladier, mélangez 200 g de farine de riz,
50 g de farine de blé, 80 g de sucre et une pincée de sel.
Ajoutez 2 dl de lait de coco : vous obtiendrez
une pâte épaisse. Battez quatre œufs et incorporez-les
délicatement à la pâte.
Ajoutez quelques graines de cardamome écrasées
et deux ou trois filaments de safran
ou, à défaut, du colorant alimentaire.
Faites chauffer de l'huile dans une poêle,
versez-y l'équivalent d'une cuillère à soupe de pâte
et étalez bien pour obtenir une crêpe fine.
Quand vous aurez fait cuire la crêpe sur les deux faces,
placez-la sur du papier absorbant.
Préparez toutes les crêpes et réservez au fur et à mesure.
Empilez sept crêpes les unes sur les autres,
puis roulez-les avant de les couper en ronds et servez.

« Saat padar » signifie « les sept voiles ».

Kavita et Zephra tombèrent dans les bras l'une de l'autre. Elles ne s'étaient pas vues depuis près de dix ans. Et, contrairement à leur première rencontre, Rachel accueillit Kavita avec un grand sourire, avant de la serrer contre elle. Elle l'emmena à la cuisine.

Kavita remonta ses cheveux et regarda attentivement Rachel préparer les bombil. Zephra trouvait très amusant de les voir s'affairer à la cuisine ensemble et de les entendre bavarder en marathi, comme de vieilles copines. Pendant que Rachel finissait de préparer des crêpes, les deux jeunes femmes échangèrent des nouvelles au sujet d'amis communs.

Après le déjeuner, Rachel alla piquer un somme dans son fauteuil préféré sur la véranda et Zephra emmena Kavita faire une balade sur la plage.

Tandis que Zephra racontait les déboires de sa mère à Kavita, le visage de cette dernière s'assombrissait – à tel point que Zephra lui demanda d'un air inquiet : « Es-tu heureuse ? »

Kavita fit un sourire désabusé et dit : « Ce n'est pas que je sois malheureuse, mais je vais être franche avec toi. Dans la famille Chinoy, les belles-filles n'ont pas grand-chose à dire. Dès le départ, on nous a fait comprendre que nous n'avions pas à nous mêler des affaires familiales. En même temps, j'imagine qu'on a un statut d'associées dans les affaires, parce qu'on nous fait régulièrement signer des chèques en blanc, mais ça s'arrête là. Je ne suis malheureusement au courant de rien, puisqu'on ne me raconte rien. Et si d'aventure je pose des questions, on me répond que dans la famille Chinoy, le rôle des femmes c'est de s'occuper de leurs nombreuses maisons et d'assumer leurs obligations sociales.

— Tu fais quoi de tes journées, alors ?

— En fait, je suis très occupée, je n'ai jamais une minute à moi. J'organise des déjeuners, des grands dîners et je veille à ce que toutes ces maisons tournent correctement. J'inaugure des vernissages et je préside des associations de femmes. Je vais régulièrement chez l'esthéticienne et à la salle de gym, pour pouvoir représenter dignement la famille Chinoy. À part ça, je travaille avec une ONG. » Elle ajouta en riant : « Ne t'en fais pas, ce n'est quand même pas le bagne, il y a aussi de bons moments. Deux fois par an, avec mon mari, nous partons en voyage en Inde et à l'étranger. C'est l'occasion de passer du temps ensemble à visiter les musées ou faire du shopping ; il faut bien décorer toutes ces maisons.

— As-tu des enfants ?

— J'ai un garçon, Vikram. Il a dix ans et il est à l'internat. C'est quand il rentre pour les vacances que je suis vraiment heureuse.

— Il y a un truc que je ne comprends pas : puisque tu n'es pas impliquée dans les affaires de ton mari, comment se fait-il que tu l'aies accompagné quand il est venu voir ma mère ?

— C'est que ce matin-là, pour une fois, je n'avais rien de prévu. Après le petit déjeuner, quand Satish m'a vue traîner à la maison, il m'a demandé si je voulais l'accompagner... Il devait rencontrer une vieille dame têtue, pour une histoire de terrain. Évidemment, à ce moment-là, je ne savais pas qu'il parlait de tante Rachel, ta maman. Il m'a raconté qu'il projetait de construire un hôtel en bord de mer. En général, je déteste les rendez-vous d'affaires, mais là j'ai accepté.

— Ma mère avait donc raison, elle m'a dit qu'ils t'avaient fait venir juste pour l'amadouer.

— J'ai un peu honte de l'admettre, mais tante Rachel a probablement raison. Elle a bien essayé d'être désagréable, mais dès que l'ai vue, je suis tombée sous le charme. Mon mari essayait constamment d'accrocher mon regard, pour me rappeler à l'ordre, mais moi j'avais complètement oublié le rôle que j'étais censée jouer. J'étais fascinée par tante Rachel, je la trouvais tellement charmante et astucieuse. Au début, je m'ennuyais, mais quand j'ai vu comment elle se débrouillait face à tous ces hommes, ça m'a intriguée et j'ai eu envie de mieux la connaître. Je n'avais pas vraiment suivi la conversation, mais quand oncle Mordekaï l'a offensée, ça m'a vraiment contrariée, surtout que je ne pouvais rien faire pour l'en empêcher. J'avais pourtant très envie de lui dire que ce n'était pas une façon de parler à une dame âgée, mais j'ai dû me taire parce que je savais qu'à la moindre remarque, mon mari me remettrait à ma place devant tout le monde. Alors j'ai tenté de créer un lien avec elle en lui parlant cuisine. Mais je suis vraiment idiote, en fait.

— Pourquoi tu dis ça ?

— En entrant, j'avais bien vu la plaque avec le nom de ton père, mais je n'ai pas fait le rapprochement. Et puis tante Rachel s'est montrée tellement butée. Elle n'a laissé personne entrer dans la maison. On n'est pas allés plus loin que la véranda. Si j'avais pu aller au salon, j'aurais vu ta photo et là j'aurais compris que j'étais chez toi.

— C'est ton mari qui aurait été surpris !

— Oui, ça n'aurait pas arrangé ses affaires.

— Dis-moi Kavita, tu crois que tu pourrais nous aider ? Tu pourrais peut-être parler à ton mari. On veut vraiment sauver la synagogue. Pour maman. »

Kavita avait une mine triste et découragée. « Zephra, j'ai peut-être l'air d'une femme d'influence, mais je ne peux rien pour toi. »

Zephra fit à voix basse : « Ça aussi, maman l'avait dit. »

Kavita s'expliqua : « Comprends-moi bien, c'est juste que je ne veux pas faire de promesses en l'air. »

Zephra regarda la mer. Elles se tenaient la main comme au bon vieux temps.

Kavita voulait changer de sujet : « Bon, parle-moi de toi. Es-tu mariée ? »

Zephra éclata de rire : « Sûrement pas ! Est-ce que tu vois une bague à mon doigt ?

— De nos jours, c'est pas facile de voir si une femme est mariée ou pas.

— Pourquoi ?

— On se connaît depuis si longtemps et pourtant j'ai le sentiment que tu ne veux pas te dévoiler. Bon, d'accord, tu n'as pas l'air mariée, mais tu dois avoir un copain ?

— J'en avais un. » Une ombre douloureuse voila le regard de Zephra. « Nous avons vécu cinq ans dans le même kibboutz. Nous étions bons amis au début et puis nous sommes tombés amoureux. Grosse erreur !

— Pourquoi tu ne l'as pas épousé ? Cinq ans, c'est quand même long.

— Moi je voulais l'épouser.

— Qu'est-ce qui s'est passé ?

— Pressions familiales.

— De quel côté ?

— Des deux.

— Ça me surprend, parce qu'il est évident que ta famille aimerait bien te voir mariée. Rien que cette après-midi, tante Rachel a essayé au moins cinq fois d'aborder le sujet, mais tu as toujours éludé la question. Tu sembles championne dans l'art de l'esquiver.

— En fait, elle n'est pas au courant pour Zvi.

— Pourquoi tu ne lui en as pas parlé ?

— Elle n'aurait pas compris. Mes frères savaient et on se disputait tout le temps à ce sujet.

— Pourquoi ?

— Eux, ils disaient qu'ils voulaient juste me protéger, parce qu'à chaque fois qu'ils le rencontraient, ils avaient le sentiment qu'il n'était pas vraiment décidé à m'épouser.

— C'est parce qu'il était blanc ?

— Il y a parfois des problèmes entre les Juifs d'Europe de l'Est, les ashkénazes, et les Juifs orientaux ou d'Asie, les séfarades. Nous, nous avons toujours peur que les garçons ashkénazes ne sortent avec les filles indiennes que pour prendre du bon temps, pas pour leur passer la bague au doigt. Mais là, ce n'était pas justifié, je pense que Zvi m'aurait épousée, s'il n'avait pas eu de doutes de son côté. Ce qui s'est passé entre nous aurait pu se passer entre n'importe qui, ce n'était pas une question d'origines.

— C'est pour ça que tu disais qu'il y avait des pressions des deux côtés ?

— Au début, quand il m'a présentée à ses parents, ils étaient très gentils. Mais à la fin, il subissait une forte pression de leur part, pour qu'il ne m'épouse pas. Ce n'est pas toujours étalé au grand jour, ce genre de choses, mais de temps à autre, ça refait surface.

— Zvi n'a pas pu convaincre ses parents ?

— Je pense qu'il ne le voulait pas réellement. Je crois que c'était juste une bonne excuse, parce qu'à ce moment-là, il ne m'aimait plus vraiment. Je crois même qu'il voyait quelqu'un d'autre.

— Ça a dû te faire très mal.

— Oui, au début, mais plus maintenant. Quand nous nous sommes séparés, c'était très douloureux et pendant un an je n'ai fait que pleurer. Et entre deux crises de larmes, je sortais avec tous les célibataires du kibboutz. Mais j'ai fini par me faire une raison et en ce moment, je suis toute seule. Je n'ai pas rencontré de type intéressant, dit-elle en soupirant. C'est vrai que je me sens seule par moments, mais je ne veux plus faire de bêtises. » Elle sourit. « Viens, on va rentrer. Maman doit se demander ce qu'on devient. »

Rachel les attendait effectivement avec une certaine impatience, car elle avait envie de prendre le thé et surtout, elle avait hâte de savoir si Kavita pouvait leur apporter son aide. Zephra se dirigea directement vers la cuisine et Kavita s'assit aux pieds de Rachel : « Zephra m'a expliqué pour la synagogue. Vous savez, tante Rachel, je vous considère comme quelqu'un de ma propre famille et je vais être franche avec vous. Je ne suis pas du tout en mesure de pouvoir vous aider. »

La déception se lut sur le visage de Rachel.

« Vous aviez vu juste, reprît Kavita, quand vous aviez dit que je n'étais que la marionnette de mon mari. Je n'ai strictement aucune influence sur Satish. »

Kavita avait l'air si malheureuse que Rachel la serra contre sa poitrine, comme elle l'aurait fait avec l'un de ses enfants.

Zephra arriva chargée d'un plateau qu'elle déposa sur la table, pour les enlacer toutes les deux : « Ne vous en faites pas. Si on se serre les coudes, on trouvera un moyen de s'en sortir. »

Elles n'avaient pas remarqué Judah, arrivé tout droit de Bombay. Il patienta au portillon car il ne voulait pas interrompre ce moment d'intimité, d'autant qu'il devina que la femme en sari jaune devait être Mme Kavita Chinoy. Judah n'était pas particulièrement touché par l'émotion qui se dégageait du trio. Il sentait même un petit sourire machiavélique s'esquisser sur ses lèvres... À cet instant, Mme Chinoy était exactement là où il voulait la voir : par terre et à genoux. Il ne savait pas encore comment il allait pouvoir se servir d'elle, mais il trouverait bien.

Rachel leva les yeux car Brownie aboyait, le chat courait vers le portillon, les oiseaux piaffaient et la chèvre s'agitait. Avant même de le voir, elle sut que Judah était là, et qu'il se demandait s'il allait entrer ou rebrousser chemin. De toute manière, vu l'accueil bruyant des bêtes, il n'avait plus trop le choix...

Embarrassées par sa présence, les deux jeunes femmes se réfugièrent dans la maison. Rachel l'accueillit sur la véranda et Judah lui demanda avec des gestes s'il ne ferait pas mieux de repartir. Rachel s'essuya le visage du bout de son sari, lui fit signe de s'asseoir et lui versa une tasse de thé. Judah ne savait pas trop où se mettre. Il posa sa mallette par terre et s'assit inconfortablement au bord d'une chaise.

Zephra revint les yeux gonflés et le visage légèrement rougi. En la regardant, Judah vit à quel point elle était vulnérable. Elle lui adressa un sourire chaleureux : « Vous êtes bien le monstre aux yeux verts ! Vous arrivez toujours quand on s'y attend le moins. Je vous déteste. » Puis elle sentit la présence de Kavita à ses côtés et la présenta à Judah.

Le jeune homme était déstabilisé. Il avala son thé d'un seul trait, posa la tasse sur la table, ramassa sa mallette et fit mine de partir. Zephra le taquinait : « Je pense que le parfum des petits plats de ma mère traverse l'océan tous les soirs pour venir titiller votre nez à Bombay et vous conduire à Danda. Vous savez très bien qu'elle en est enchantée. D'ailleurs, je suis certaine qu'elle a mis une portion de bombil de côté pour vous, alors comment osez-vous partir ? »

Judah fit une révérence exagérée, sourit, et retourna s'asseoir. Il sortit son paquet de cigarettes et lui en offrit une.

Kavita trouvait qu'ils formaient un beau couple et elle les regardait fumer et parler de la synagogue, sujet qui la mettait assez mal à l'aise. Elle eut un léger mouvement de surprise lorsque Judah s'adressa à elle : « Mme Chinoy, auriez-vous une minute à m'accorder ? J'ai besoin de vos conseils.

— Appelez-moi Kavita. Mme Chinoy, ça fait vraiment trop sérieux. En fait, pour la synagogue, j'ai déjà tout expliqué à Zephra et tante Rachel. Il m'est extrêmement difficile d'intervenir.

— Sans doute, mais c'était plutôt pour connaître votre sentiment quant à l'idée que j'ai en tête. »

Judah se détendit et croisa les mains sur ses genoux, dans la posture typique de l'avocat. « Je m'étais dit que nous pourrions utiliser les fonds secrets de tante Rachel, y ajouter quelques donations et transformer la synagogue en musée ; un peu comme le Joods Museum à Amsterdam, vous voyez ? »

Kavita fut soulagée : « Vous savez, j'étais inquiète à l'idée de vous rencontrer, mais ce que vous dites-là me paraît très bien. Nous sommes allés à Amsterdam il y a deux ans et j'ai vu le musée en question. Magnifique ! Si vous prévoyez de faire quelque chose dans ce genre avec la synagogue de tante Rachel, je pense pouvoir vous aider. Mais je ne sais pas encore comment. »

Ensemble, ils regardèrent la lumière du crépuscule engloutir la synagogue. Pouvait-on espérer ?

La nuit tombée, flanquée de Judah et de Zephra, Rachel alluma une bougie pour demander au prophète Élie de les aider à protéger la synagogue. En son for intérieur, elle lui demanda aussi une autre faveur, plus personnelle celle-là... S'il pouvait lui donner un petit coup de pouce, pour ses efforts d'entremetteuse... Après tout, n'était-ce pas le ciel qui décidait des unions contractées ici-bas ?

POURANPOLI

INGRÉDIENTS
Pois chiches, farine très blanche, farine de riz,
farine de blé, sucre, noix de muscade, cardamome,
huile, margarine.

PRÉPARATION
Faites tremper un demi-kilo de pois chiches dans l'eau
toute une nuit, lavez et faites cuire à la cocotte-minute
avec 2 dl d'eau.
Dans une casserole à fond épais,
mélangez les pois chiches cuits à leur poids en sucre
et faites cuire sur feu très doux, en remuant
constamment jusqu'à obtenir une sorte de pâte épaisse.
Laissez refroidir et ajoutez une pincée de noix de muscade
ainsi que quatre graines de cardamome écrasées.
Réservez dans un saladier.
Préparez une pâte en mélangeant 250 g de chacun
des trois types de farine à environ 2 dl d'eau
(vous pouvez ajuster la quantité d'eau)
et une cuillère à soupe d'huile.
Couvrez d'un torchon et laissez reposer
pendant plus d'une heure. La pâte devra être assez souple.
Séparez la pâte en portions de la taille d'une balle
de ping-pong, roulez-les dans vos mains
et étalez au rouleau à pâtisserie
pour obtenir une petite galette ronde.
Placez ensuite une cuillère à soupe de pâte de pois
chiches au centre de chaque galette, avant d'en rabattre
les bords ; pincez pour faire tenir et aplatissez.
Saupoudrez de farine de riz avant d'étaler délicatement

au rouleau à pâtisserie pour faire des sortes de chaussons ronds que vous ferez griller sur les deux faces. Une fois grillés, tartinez d'une demi-cuillère à soupe de margarine. Servez chaud.

Facultatif : si vous servez les pouranpoli avec un repas sans viande, vous pouvez les tartiner de ghee ou de beurre frais et les accompagner d'un verre de lait sucré ou d'un dal aigre-doux.

On prépare les pouranpoli à l'occasion de la fête de Pourim[1]. Cette dernière a lieu au moment de la pleine lune et tombe en même temps que Holi, la fête hindoue des couleurs. C'est la période de l'année où les matinées s'adoucissent, le fond de l'air est encore frais, les plantes fleurissent et les animaux s'accouplent. Pourim annonce le printemps.

---

1. Fête qui commémore la délivrance des Juifs de la main de Haman qui faillit les exterminer, ainsi que relaté dans *Le Livre d'Esther*.

Normalement, Rachel ne faisait des pouranpoli qu'une fois par an, à l'occasion de Pourim. Quand elle était seule, elle en préparait juste deux, un pour le déjeuner et l'autre pour le dîner, mais quand il y avait de la famille, elle en faisait davantage. Exceptionnellement, elle en cuisinait lorsqu'elle était particulièrement heureuse, par exemple à la naissance d'un petit-enfant, la visite de l'un de ses enfants ou... après qu'elle a senti que Zephra avait une certaine attirance pour Judah.

Zephra s'aventura plusieurs fois à la cuisine : elle se demandait pourquoi Rachel confectionnait des pouranpoli. Rachel n'offrit aucune explication.

À voir la mine renfrognée de Zephra, sa mère comprit qu'elle n'avait pas envie d'avaler des galettes sucrées pleines de beurre. Elle avait eu beaucoup de mal à perdre du poids et voulait garder la ligne. Rachel sourit : « C'est curieux, je mange plus que vous tous réunis, et je n'ai pas pris un gramme en trente ans. J'ai toujours le poids que j'avais quand j'ai épousé ton père.

— Tu en as de la chance. Visiblement, moi je tiens de papa. Tu te souviens comme il était gros ?

— Il aimait ma cuisine et je devais lui préparer un plat différent tous les jours. Il avait bon appétit et il était censé faire une promenade après chaque repas. Mais au lieu de ça, dès qu'il avait fini de manger, il faisait un petit somme dans son fauteuil à bascule. Pourtant, avec une maison au bord de la mer, il avait toute la plage pour se balader, mais il ne le faisait jamais. Tu te souviens ? Il s'endormait tellement profondément qu'on était obligés de le réveiller et de l'accompagner au lit. Et là, à peine la tête posée sur l'oreiller, il se rendormait en ronflant.

— Ça c'était quand il avait déjà un certain âge, mais jeune, il était comment ?

— Il a toujours été solidement bâti. Même jeune garçon, il était enrobé, quand nous étions adolescents et fiancés. J'avais commencé à préparer mon trousseau et je passais des heures à broder du linge de maison en rêvant à mon mariage. Mes rêves ont bientôt tourné au cauchemar. Un après-midi – à peu près à un an du mariage –, j'étais assise sur la véranda et je brodais une nappe en soie pour ma future table du shabbat. J'étais tellement absorbée par mon travail que je n'ai pas entendu le bruit du portail. Ma mère était assise à mes côtés, en train de coudre une bordure de brocart sur un sari de soie. "Rachel, couvre tes jambes, ta belle-mère est là", me glissa-t-elle, à voix basse. »

Après toutes ces années, Rachel en frémissait encore. « Comme elle s'approchait de la maison, j'ai tiré ma jupe par-dessus mes chevilles.

J'ai une sensation de danger ; cette visite surprise et l'expression de son visage n'annonçaient rien de bon. Quand je lui ai souri, elle ne m'a pas souri en retour, et elle avait l'air agitée. Alors ma mère m'a envoyée à la cuisine pour préparer une limonade. Je n'avais pas encore fini que j'ai entendu le portail se refermer et voilà ma belle-mère qui s'en allait, les épaules tombantes et le pas lourd. Je n'y comprenais rien. J'ai laissé les verres en plan et je me suis mise à courir après ma belle-mère. Mais ma mère m'a attrapée au passage, traînée à l'intérieur de la maison et a refermé la porte sur moi. Ses yeux étaient mouillés mais en même temps, elle avait l'air fâchée. Elle a pris ma main et m'a arraché la bague de fiançailles. Moi, j'étais complètement hystérique et j'essayais de lui reprendre la bague, mais pas moyen : elle la tenait enfermée dans son poing et me défiait du regard. J'ai vite compris ce qui se passait : ma belle-mère venait de rompre nos fiançailles. »

Zephra en eut le souffle coupé ; elle tendit une main à sa mère.

Rachel poursuivit : « Ma mère a ouvert la cantine qui contenait mon trousseau et rangé la bague dans la boîte à bijoux. Je la regardais emballer tous les cadeaux que j'avais reçus de mes futurs beaux-parents et je me sentais totalement impuissante. Il y avait cinq saris en soie, quatre corsages, huit bracelets de perles, un bijou de nez en diamants, des chaînettes en argent pour les chevilles et une chaîne en or avec un pendentif en forme de fleur. Ma mère rangeait tout ça dans une autre malle tout en se parlant à elle-même : "C'est la tradition, quand on rompt les fiançailles, il faut rendre tous les cadeaux". Et la famille d'Aaron allait aussi nous retourner les cadeaux que nous lui avions faits : deux costumes, une montre en or et sa bague de fiançailles. »

Rachel s'interrompit, prit une profonde respiration, but un verre d'eau et poursuivit son récit : « Ma mère s'était changée et au moment où elle a voulu faire venir la carriole pour se rendre chez mes beaux-parents, je l'ai arrêtée. Je voulais savoir pourquoi ma belle-mère voulait rompre nos fiançailles. D'un ton sec, ma mère m'a dit que je n'étais qu'une enfant, que je n'avais pas le droit de poser de questions et que je ferais mieux d'accepter mon sort. Je devais admettre les décisions de mes aînés, et sans rechigner. Aaron ne voulait pas m'épouser, tout simplement parce qu'il me trouvait trop maigre. Il préférait les filles rondes, comme ma cousine Ronith. Peut-être lui enverraient-ils une proposition de mariage ? J'étais hors de moi : comment Aaron avait-il pu tomber amoureux de Ronith ? Était-ce bien ce qu'avait dit ma belle-mère ? Parce que dans ce cas-là, je lui arracherais les yeux, à ma cousine. Déjà qu'à mes fiançailles, j'avais trouvé qu'elle minaudait un peu trop. Les gens flirtaient toujours un peu dans les fêtes, mais elle, elle en faisait vraiment trop, à raconter des blagues vulgaires.

« Mais ma mère déclara que ma belle-mère n'avait pas du tout parlé de Ronith. J'étais sidérée.

« "Alors c'est tout ? C'est juste parce que je suis mince ? C'est une bonne raison pour rompre des fiançailles ça ? Ma personnalité, il s'en fiche, c'est ça ?"

« La tête de ma mère quand je me suis mise à agiter mon petit poing sous son nez en criant que je ne laisserai ni Aaron ni sa famille jouer avec ma vie... J'imaginais qu'ils étaient en train de se moquer de moi, derrière mon dos, à me donner des surnoms du genre "manche à balai" ou "planche à pain". Et d'abord, s'ils ne me trouvaient pas à leur goût, pourquoi avaient-ils organisé la cérémonie de fiançailles ?

« C'est là que ma mère a fondu en larmes. "Tu ne te rends pas compte que ta vie est fichue !" Elle, elle savait que des fiançailles rompues, c'était une marque indélébile. Moi, j'étais incapable de comprendre pourquoi ma vie serait fichue alors que je n'avais rien fait de mal ; juste à cause des lubies d'un garçon grassouillet qui rêvait d'épouser une fille avec de grosses fesses ?

« Ma mère essayait de m'expliquer qu'on n'y pouvait rien et qu'à présent, mes parents devaient se mettre à chercher un autre prétendant. Ce qui n'allait pas être facile, vu que j'étais désormais une fille dont les fiançailles avaient été rompues et que, par conséquent, pas grand-monde ne voudrait de moi. Pour un homme, ce n'était pas si grave, mais pour une femme...

« Mais je ne m'avouais pas encore vaincue. Je me suis agrippée au paquet rempli de mes cadeaux, que ma mère ne voulait pas lâcher et j'ai dit : "Il y a deux possibilités : soit tu me renvoies à l'école et je serai professeur et je te promets que je n'épouserai jamais personne, soit tu me permets d'aller voir Aaron, juste une fois, avant que les fiançailles ne soient officiellement rompues."

« Ma mère ne comprenait pas : "Le rencontrer, mais à quoi bon ? m'interrogea-t-elle. Alors que c'est lui qui t'a rejetée..."

« Je voulais qu'il me le dise en face, s'il ne m'aimait vraiment pas. Ma mère était folle de rage : "Comment peux-tu songer, une seule seconde, à parler à ce garçon qui ne t'aime pas ?"

« Mais j'ai tenu bon. J'ai dit que si j'étais assez grande pour être fiancée, j'étais assez grande pour prendre mes propres décisions. Je voulais parler à Aaron : s'il avait quelque chose à dire, il fallait qu'il me le dise à moi. »

Rachel faisait griller les pouranpoli tout en racontant à sa fille l'histoire de ses fiançailles. Zephra la regardait avec respect ; elle était fière de cette mère qui, même quand elle n'était qu'une toute jeune fille, s'était déjà montrée assez forte pour s'opposer aux traditions. Depuis l'affaire de la synagogue, elle avait réalisé que sa mère était une vraie battante.

Rachel tendit une galette à Zephra et reprit son récit : « Je n'ai pas voulu que ma mère rende les cadeaux. Au lieu de ça, je lui ai demandé de transmettre le message suivant : "Je voudrais inviter mon fiancé à un repas, avant qu'une décision définitive ne soit prise. Après tout, il s'agissait de mon cousin et non d'un ennemi." J'ai obligé ma mère à le dire comme ça, mot pour mot. C'était juste avant Pourim et finalement, ils ont accepté qu'Aaron vienne déjeuner chez nous. L'après-midi de Pourim, il est venu, habillé d'une chemise bleu pâle à manches longues et d'un pantalon noir. Il était tout à fait courtois et agréable, comme s'il ne s'était rien passé. Sauf qu'il ne me regardait pas dans les yeux.

« J'avais demandé à ma mère de nous laisser seuls à la cuisine. J'étais assise par terre et je fabriquais des pouranpoli. Lui, il était assis en face de moi, les yeux baissés, sans rien dire. Évidemment, il était gêné, après ce qu'il avait dit et surtout après ce qu'il avait fait. Tout en travaillant, j'ai levé mon regard vers lui en souriant. Et là, il m'a regardée comme s'il me voyait pour la première fois. Je portais une jupe rose vif, un corsage de brocart et un sari de soie brodé. Assise comme ça, sur le sol, j'avais l'air moins maigre. Brusquement, il m'a demandé : "Tu as dit quelque chose ?"

« Je lui ai fait non de la tête et je lui ai donné un pouranpoli plein de beurre. J'ai continué mon travail et dès qu'il a eu fini de manger, je lui ai tendu une autre galette en lui demandant : "C'est bon ?" Il a souri en hochant la tête, la bouche pleine. Ensuite, j'ai poussé un gros soupir et j'ai dit : "Mais tu ne m'aimes plus."

« Il m'a regardée et, toujours la bouche pleine, il a dit : "Je n'ai jamais dit ça."

« "Ah bon ? ai-je répondu. Tu as peut-être oublié. Il y a quelques jours ta mère est venue ici pour rompre nos fiançailles, simplement parce que tu me trouves trop maigre !"

« Alors là ! Il était tout confus, il ne savait plus trop quoi dire : "Maigre ? Je n'ai pas dit ça. J'ai juste dit à ma mère que j'aurais préféré que tu sois un peu plus ronde. Et comme toutes les mères, elle a cru que je ne t'aimais pas, et qu'il valait mieux tout arrêter. C'est là que j'ai commis l'erreur de lui dire qu'elle n'avait qu'à faire ce qu'elle voulait. C'est pour ça qu'elle est venue ici. Crois-moi, je ne me suis pas rendu compte qu'elle allait prendre ça au pied de la lettre. Alors, quand ma mère est rentrée en disant qu'elle avait rompu nos fiançailles, j'étais sidéré. Je ne savais pas quoi faire, ce n'était pas ce que je voulais. Surtout que je sais bien que ça va être difficile pour toi de trouver un autre garçon, alors que nous sommes fiancés depuis l'enfance. En fait, je ne peux même pas imaginer que tu épouses un autre garçon que moi. Mais je ne savais pas comment faire après ça, et je ne sais toujours pas ce que je peux faire pour arranger les choses."

« C'est là que je me suis rendu compte qu'on avait un sérieux problème. J'ai posé mon rouleau à pâtisserie, je me suis essuyé les mains et je lui ai demandé : "tu aimes vraiment mes pouranpoli ?"

« "Oui", m'a-t-il répondu en souriant.

« "Prends-en un autre", lui ai-je dit.

« Il en a mangé un autre, tout en me racontant les plans qu'il avait échafaudés pour notre avenir commun. Il en était à peu près à sa sixième galette quand il s'est rendu compte que moi, je n'avais rien mangé. C'est là qu'il m'a demandé une autre galette et tu sais ce qu'il a fait ? Il en a pris un morceau et il me l'a mis dans la bouche. Ensuite, il s'est penché vers moi, et nos lèvres se sont effleurées, juste une seconde. Eh oui, c'était notre tout premier baiser ! » Rachel rougit et continua : « C'est quand il m'a demandé de remettre ma bague de fiançailles que j'ai compris que je n'avais plus à m'en faire. Et d'ailleurs, c'est là que je me suis rendu compte qu'il portait toujours la sienne !

« J'ai appelé ma mère et, d'un air décontracté mais avec un sourire coquin, je lui ai demandé de m'apporter la bague. Et pour enterrer la hache de guerre, j'ai emballé des pouranpoli pour ma belle-mère. Je me suis dit qu'elle comprendrait. Aaron me souriait et mon cœur battait si fort que j'ai eu peur qu'il l'entende. J'ai recouvert ma poitrine du bout de mon sari et quand je l'ai regardé, j'ai su qu'on s'aimait.

« Aaron m'a dit plus tard que si mes parents ne l'avaient pas invité pour Pourim, nos deux vies auraient été gâchées.

« Cette année-là, avant le mariage, j'ai tout fait pour prendre du poids, sans succès. Du coup, j'enveloppais mon corps de saris amidonnés ou de soie épaisse. Une de mes amies m'avait même appris à me maquiller avec du rouge à joues, pour donner un air plus rond à mon visage. Mais il n'y avait rien à faire. D'ailleurs, ton père trouvait qu'avec le maquillage, je ressemblais à un singe. Il a fini par me dire qu'il m'aimait comme j'étais. Maigre ou grosse, ça n'avait plus d'importance.

« Après notre mariage, ça s'est confirmé : le chemin le plus rapide pour atteindre le cœur de ton père passait bien par son estomac. Tu vois ma chérie, c'est pour ça que j'ai gardé une tendresse particulière pour les pouranpoli. Ils apportent l'amour et le bonheur. »

Zephra comprit le sens profond des paroles maternelles.

Birda

Ingrédients
Doliques d'Égypte[1] ou autres pois secs, huile, curcuma,
oignon, feuilles de coriandre, piments verts, ail,
cumin, lait de coco, sel.

Préparation
Faites tremper 200 g de doliques toute une nuit.
Préférez la variété amère pour cette recette.
Égouttez les doliques et suspendez-les
dans un sac en tissu.
Les graines mettent deux jours pour germer, il faut donc
veiller à garder le sac humide tout ce temps.
Après germination, retirez les graines du sac,
faites-les tremper une demi-heure dans de l'eau chaude,
égouttez, séchez et faites blanchir.
Cuisez-les une demi-heure à la cocotte-minute et réservez.
Dans une casserole, faites chauffer une cuillère à soupe
d'huile et faites-y dorer un oignon haché.
Ajoutez une cuillère à café d'ail réduit en pulpe,
deux piments verts écrasés, une pincée de curcuma,
une demi-cuillère à café de cumin, du sel
et quelques feuilles de coriandre. Laissez cuire
sur feu doux jusqu'à ce que les épices aient absorbé l'huile.
Ajoutez les doliques et ¼ de litre d'eau, et faites cuire
pendant une dizaine de minutes.
Ajoutez environ 1 dl de lait de coco et faites cuire
à feu doux jusqu'à obtenir une consistance épaisse.

---

1. Légumineuse.

Garnissez de feuilles de coriandre et servez bien chaud avec des pouri sucrés.

Facultatif : vous pouvez arroser d'un peu de jus de citron, le goût du plat en sera rehaussé.

BIRDA SE PRONONCE « BIDDA ». On prépare ce plat pour Tisha be Av[1], pour birda cha apvas. C'est un repas que l'on prend pour rompre le jeûne commémorant la destruction du Temple. Les haricots germés représentent la survie des Juifs, persécutés sans répit au cours des siècles, et dont pourtant le nombre ne cesse de grandir.

---

1. Le neuvième jour du mois de Av est un jour de deuil et de jeûne, commémorant la destruction des deux Temples de Jérusalem.

Zephra s'était réveillée avec une envie de nourriture amère, comme du birda. C'est ce que Rachel préparait toujours pour rompre le jeûne du neuf Av. Comme elle avait mangé les fameux pouranpoli la veille, elle se demandait si sa mère y avait incorporé un ingrédient secret qui aurait déclenché chez elle une certaine attirance pour Judah. Rachel connaissait peut-être des potions magiques, comme celle qu'elle avait utilisée pour séduire son fiancé Aaron.

En un mot, Zephra rendait sa mère responsable de ce qui lui arrivait.

Tout en discutant avec Judah, elle se rendit compte que ses yeux se perdaient souvent dans les siens et elle en fut contrariée. La dernière chose dont elle avait besoin en ce moment, c'était d'une histoire d'amour. Elle était venue en Inde pour aider sa mère, pas pour tomber amoureuse de son avocat. Et pourtant, quand elle lui parlait, elle sentait son cœur battre la chamade, exactement comme Rachel lorsque Aaron l'avait embrassée. Elle s'en voulait terriblement et mit brutalement fin à la conversation en quittant la pièce. Elle était certaine que les pouranpoli avaient été enrichis d'un aphrodisiaque. Comment expliquer autrement son état ?

Judah ne put s'empêcher de sourire quand Zephra partit au beau milieu d'une phrase pour se réfugier dans la maison. Il était amoureux d'elle. Une fois qu'il eut goûté aux fameux pouranpoli de Rachel, il fut certain de désirer Zephra. S'il en avait l'occasion, il lui ferait part de ses sentiments avant qu'elle ne reparte en Israël.

Cet après-midi-là, Zephra voulut passer un peu de temps sans Judah. Elle alla marcher sur la plage. Elle n'avait pas oublié combien la séparation d'avec Zvi l'avait fait souffrir. Elle écrasa rageusement un coquillage en se rappelant comment tous ses rêves s'étaient effondrés. C'était peut-être pour cela qu'elle avait peur de tomber amoureuse de Judah. Plus ses frères et leurs épouses lui présentaient de prétendants Bné Israël, plus elle était sur la défensive.

Cependant, elle se rendit vite compte qu'elle ne pourrait vivre loin de Judah, du moins pas pour longtemps. Elle marchait pieds nus sur la plage et faisait très attention à esquiver les crabes, si bien qu'elle ne vit pas Judah se diriger vers elle. Elle se retrouva tout à coup nez à nez avec lui. Et quand il lui prit la main et qu'il lui dit qu'il l'aimait, elle ne fit pas un geste pour lui résister, comme si tout cela était parfaitement naturel. Et elle se laissa faire quand il la prit dans ses bras et qu'il l'embrassa, tendrement d'abord, puis passionnément.

Rachel était à moitié assoupie sur la véranda et quand elle les aperçut, elle se demanda d'abord si elle rêvait. Elle avait souvent imaginé sa fille tombant amoureuse d'un jeune homme comme Judah. Elle referma les yeux et remercia le prophète Élie. Il avait entendu ses prières.

Un sourire malicieux s'étala sur son visage ridé : les pouranpoli avaient fait leur effet sur Judah comme jadis sur Aaron. Elle alla à la cuisine et vit que les doliques avaient germé. « C'est un bon présage, se dit-elle. Puisse la tribu croître. » Aussi, en préparant la pâte pour les pouri, elle ajouta encore un peu plus de sucre de palme que d'habitude. N'était-ce pas à l'image de la vie : un peu d'amertume, un peu de douceur et un peu d'aigreur ?

Le soir, alors qu'elle servait les pouri chauds avec du birda, Rachel remarqua que Zephra avait l'air perturbée, tandis que Judah mangeait visiblement avec plaisir. Zephra s'aperçut soudain qu'elle n'avait pas aidé sa mère. Elle lui prit le plat des mains, lui dit de s'asseoir et de manger. Elle prépara les pouri et les servit.

Rachel trouvait tout cela très amusant et elle bénit les deux jeunes gens.

Kanavali

Ingrédients
Semoule très fine, beurre, ghee ou margarine,
lait de coco, cardamome, sucre, sel,
raisins secs, amandes.

Préparation
Dans une casserole, faites fondre deux cuillères
à soupe de ghee, de margarine ou de beurre
et faites-y dorer 500 g de semoule fine. Réservez.
Dans une casserole à fond épais,
faites chauffer à feu doux environ ¼ de litre de lait
de coco avec quatre cuillères à soupe de sucre
et une pincée de sel.
Versez la semoule petit à petit et remuez sans cesse
jusqu'à ce que tout le liquide ait été absorbé.
Ajoutez six graines de cardamome écrasées,
quelques amandes blanchies et brisées et quinze raisins secs.
Couvrez et faites cuire encore cinq minutes.
Transférez la mixture dans un plat graissé, et faites cuire
au four à température moyenne pendant environ
dix minutes, ou jusqu'à obtenir une belle couleur dorée.
Si vous n'avez pas de four, versez dans un plat,
laissez refroidir, puis découpez de petits morceaux
en forme de losange et servez.

Facultatif : vous pouvez remplacer le sucre de canne
par du sucre de palme.

On prépare souvent le kanavali le vendredi après-midi, pour le shabbat. Si on pense le servir au cours d'un repas comportant de la viande, on le confectionne avec une graisse végétale, sinon, les Bné Israël préfèrent employer du ghee.

Judah se réveilla tôt et se prépara un thé qu'il emporta sur la véranda, où il pensait trouver Rachel. Elle n'y était pas, mais les volatiles avaient été nourris, les canards nageaient dans la mare, la chèvre paissait, un bol de lait était posé sous le fauteuil pour Brownie et la chatte était postée sur le rebord de la fenêtre, à se lécher les pattes. Tout était à sa place, tout était paisible.

Judah s'installa dans un fauteuil en attendant le retour de Rachel, qui avait dû aller faire quelques courses. Il fallait qu'il lui parle. Il se demandait si elle était déjà au courant de ses sentiments pour Zephra. Les avait-elle vus s'embrasser sur la plage ?

Judah sirotait son thé en jetant un coup d'œil au *Raigad Times*, mais ses pensées allaient constamment vers Zephra, encore endormie dans la pièce voisine. Il regarda la porte fermée et se demandait si ce serait une bonne idée d'aller la réveiller en lui apportant un café. Il hésitait. Comment allait-elle réagir ? Et si elle avait changé d'avis et ne voulait plus de lui ? Elle avait des sautes d'humeur et ça l'inquiétait.

D'un autre côté, est-ce qu'une femme embrasserait un homme si elle ne lui trouvait aucun intérêt ? Mais peut-être cela ne signifiait rien pour elle ? Et si elle se réveillait, murmurait un « bonjour » nonchalant et faisait comme si rien ne s'était passé la veille ?

Il lui avait dit qu'il l'aimait et elle avait murmuré « moi aussi »... mais à voix si basse qu'aujourd'hui, il n'était plus sûr de rien. Le jour de son arrivée, elle avait laissé la porte de sa chambre ouverte et, en allant à la cuisine, il l'avait vue dormir. Allongée sur le ventre, jambes étalées et les bras coincés sous l'oreiller, en tee-shirt et short, elle avait l'air d'une petite fille. Il l'imagina dormant à ses côtés et cela le fit frissonner.

Il reposa sa tasse sur la table et se replongea dans son journal, histoire de penser à autre chose. Rien à faire ! D'un geste impatient, il jeta le journal et sortit des documents de son attaché-case.

Il n'entendit pas Zephra s'affairer à la cuisine jusqu'à ce qu'il sente l'arôme du café et qu'elle dépose furtivement un baiser sur la joue. Il se blottit contre elle ; Zephra mit ses bras autour de son cou et sa tête reposa sur ses seins. Elle lui sourit et, à sa grande surprise, lui demanda comment il aimait ses œufs.

« Sur le plat, poêlés dans du ghee et accompagnés d'un verre de lait chaud aux épices.

— Quoi ? s'écria Zephra. Je ne peux pas le croire. C'est exactement comme ça que mon père les aimait aussi. Je crois qu'il va falloir que tu te fasses à l'idée que sous ton costume d'avocat austère sommeille un vrai mâle Bné Israël.

— En fait, les œufs, je les aime avec une bonne dose de sel, de poivre, de piment et de la moutarde, si possible.

— Pas de moutarde. On a du ketchup et des pouri et j'aimerais bien que tu cesses de me donner des ordres, je ne suis pas ta femme.

— Ah... mais ça ne tient qu'à toi », dit-il en l'attirant de nouveau dans ses bras.

Ils prirent leur petit déjeuner sur la véranda. Il dégustait ses œufs tandis qu'elle grignotait un bout de toast sec : « Régime, expliqua-t-elle.

— Mais tu es parfaite, déclara-t-il.

— Si je continue de grossir à ce rythme, tu ne vas pas m'aimer longtemps.

— OK, laisse-moi te regarder. Alors : tu es pulpeuse, plus grande que la moyenne et un peu soupe au lait.

— Et moi, je n'ai jamais vu des yeux aussi diaboliques. » Zephra regarda vers la maison : « Où est passée maman, au fait ? Il vaut mieux qu'elle ne nous surprenne pas à nous embrasser, sinon elle va vouloir qu'on se marie demain.

— Et après ? Je me demande où elle est.

— Je n'en sais rien. Peut-être à la synagogue pour voir si tout est impeccable et pour empêcher les souris de jouer avec la *Ménora*[1]. Même quand elle dort, elle rêve de la synagogue. Elle a toujours peur de se réveiller un beau matin et de ne plus la trouver.

— Il faut vraiment que je m'en occupe au plus vite. Et si tu appelais ton amie Kavita Chinoy ? »

---

1. Chandelier à sept branches.

Zephra se dirigea vers le téléphone quand elle vit un autorickshaw s'arrêter devant la maison. Rachel en sortit, les bras chargés de victuailles.

Zephra se précipita pour aider sa mère : « Maman, pourquoi as-tu acheté tout ça ? On a mangé comme des ogres hier soir et il nous reste plein de pouri. »

Rachel ignora ces remontrances : « Ce n'est pas tous les jours que j'ai ma fille à la maison et j'avais envie de cuisiner, c'est tout.

— C'est ce que tu dis tous les jours, non ? »

Rachel déballa ses achats dans la cuisine et raconta à sa fille qu'elle avait pris des pieds de mouton chez Hassaji Daniyal et qu'elle allait faire une *chorba*. Elle avait tout ce qu'il lui fallait pour ce soir, à part les *naan*[1] qui seraient disponibles vers quatre heures de l'après-midi à la boulangerie Rustom. Zephra se proposa d'aller les chercher.

Rachel était occupée à la cuisine, à nettoyer les pieds de mouton, mais elle remarqua néanmoins que Zephra et Judah étaient en pleine conversation et se tenaient la main. Elle voulait voir sa fille mariée de son vivant, car elle ne supportait pas l'idée de la savoir seule et abandonnée dans un pays lointain. Si elle épousait Judah, vivrait-elle en Israël ou reviendrait-elle s'installer à Bombay ? Judah se sentait bien en Inde, il ne parlait jamais d'Israël, mais Zephra y vivait depuis qu'elle avait dix-huit ans et après toute une jeunesse passée au kibboutz, elle prévoyait d'entreprendre des études d'archéologie.

Rachel tamisait la semoule tout en ressassant ce dilemme. Puis, tandis qu'elle écrasait des

---

1. Pain indien cuit au four tandour.

graines de cardamome dans un mortier, elle décida de s'en remettre au prophète Élie.

Tout à coup, elle vit que Judah s'apprêtait à partir. « Ah non ! cria-t-elle. Tu vas au bureau, maintenant ? Bon, mais tu dois me promettre de revenir pour le dîner. La chorba, je la prépare pour qui, à ton avis ?

— Mais pour votre fille, je pense !

— Bon d'accord, mais c'est shabbat ce soir. »

Zephra rigolait : « Maman, pourquoi tu t'obstines à vouloir faire un être humain de ce démon ? »

Rachel était ravie de leur badinage. Elle mit la nourriture au réfrigérateur et se réjouit à l'idée de passer une journée tranquille avec sa fille.

Zephra défit ses cheveux et demanda à sa mère de lui appliquer de l'huile, avant qu'elle ne les lave. Elles s'installèrent sur les marches de la véranda. Rachel trempa ses doigts dans un bol d'huile de coco chaude et en frotta les cheveux de Zephra. Jadis, ses cheveux étaient longs et noirs. À présent, ils étaient bruns avec des mèches rousses.

À midi, elles prirent un repas simple de riz et de dal, puis elles passèrent l'après-midi à échanger les derniers ragots au sujet d'amis et de parents. Zephra ne lui parla pas du tout de Judah et Rachel partit à la synagogue un peu déçue. Elle aurait bien voulu que sa fille se confie à elle. La veille, elle les avait vus s'embrasser. Mais de nos jours, un baiser ne menait peut-être plus automatiquement au mariage ?

Zephra fit une sieste et se réveilla avec un sentiment de bonheur et de plénitude. Elle vit qu'il était assez tard et qu'elle n'aurait jamais le temps de se laver les cheveux, passer chez le boulanger et retrouver Judah à son arrivée au port. Elle se fit donc une queue de cheval sommaire, enfila un vieux jean et courut chercher un autorickshaw pour se rendre à Alibaug.

Elle récupéra les naan et discuta un moment avec Rustomji. Une voiture s'immobilisa devant la boulangerie ; les vitres teintées du véhicule s'abaissèrent et Kavita en sortit, vêtue d'un *salwar kamiz* vert et chaussée de sandales dorées. Par comparaison, Zephra avait l'impression d'être une vraie souillon, avec son vieux jean, son tee-shirt délavé et ses cheveux tout poisseux.

Elles firent quelques pas ensemble en direction de la plage et discutèrent de la synagogue. Kavita remarqua très vite son air absent et lui demanda si elle attendait Judah.

« Ça se voit tant que ça ? demanda Zephra.

— Oui », répondit simplement Kavita.

Zephra sourit mais ne fit aucun commentaire.

En débarquant, Judah aperçut les deux jeunes femmes de loin. Il était toujours décidé à impliquer Kavita Chinoy dans le sauvetage de la synagogue. La même idée trottait dans l'esprit de Zephra, et quand Kavita proposa de les ramener en voiture, elle l'invita à rester pour le dîner du shabbat.

Rachel était ravie de revoir Kavita.

Tandis que cette dernière téléphonait à son époux pour lui dire qu'elle dînait avec les Dandekar, Zephra s'enferma dans la salle de bains pour se laver les cheveux, bien que Rachel l'eut avertie qu'il était trop tard pour ça et qu'elle allait certainement attraper froid.

Mais Zephra ferma la porte de la salle de bains en riant. Elle en ressortit une demi-heure plus tard, fraîche et radieuse, habillée d'une longue robe noire, fendue. Elle redoutait la réaction de sa mère, mais au fil du temps, Rachel s'était habituée à voir sa fille affublée de toutes sortes de vêtements bizarres. Zephra lui avait promis qu'elle mettrait un sari, au moins une fois, juste pour lui faire plaisir.

Quand Rachel souleva le couvercle de la soupière pleine de chorba dont l'arôme se répandit dans la maison, Kavita comprit que Rachel avait préparé un repas spécial, pour une grande occasion. Rachel se couvrit la tête du bout de son sari, alluma les bougies du shabbat et demanda à Judah de prononcer les bénédictions sur le vin et le pain. Il était un peu réticent mais finit par réciter le kiddoush ; il savait qu'avec ce geste, il devenait un membre à part entière de la famille Dandekar.

Après le dîner, Rachel s'installa dans son fauteuil et cassa des noix de bétel, qu'elle proposa aux convives. Elle souhaitait poursuivre la discussion concernant la synagogue. Zephra devina les intentions de sa mère et cela lui arracha un soupir. Ce soir, elle aurait voulu se laisser bercer encore un peu par cette ambiance intemporelle qui les enveloppait tous, sa mère, son amoureux, son amie et la mer. Mais il lui fallait affronter le problème car elle devait bientôt repartir. Elle ne voulait même pas y penser. Elle se sentait écartelée entre deux univers.

Kavita prit la parole : « Quand nous nous sommes rencontrés la première fois, je ne pensais pas pouvoir vous aider, puisque je ne me mêle jamais des affaires de mon mari. Et puis, je ne sais pas si vous vous en souvenez, Judah a suggéré de transformer la synagogue en musée, un peu comme à Amsterdam ? Ça, je pense que c'est faisable. Si vous, vous pouviez lever les premiers fonds, je pourrais vous aider en demandant des donations à certains de mes amis. »

Judah était d'accord : « Il nous faudra trouver pas mal d'argent, parce que nous devrons proposer au Conseil de la synagogue un montant supérieur à celui que votre époux a offert à Mordekaï. »

Kavita fit passer le gâteau et déclara qu'elle allait parler à son mari : « Satish est un homme raisonnable, dit-elle avec un sourire malicieux. Et puis, comme dirait tante Rachel, nous, les femmes, il nous faut trouver des façons détournées pour amadouer nos maris. Avec de l'amour, de la tendresse et même avec des bombil. Vous ne pouvez pas vous imaginer à quel point Satish aime les bombil. Il me suffit de lui en servir et là, je peux lui demander tout ce que je veux. Avant, je les commandais tout préparés dans un restaurant de spécialités konkani, à Bombay, mais depuis que tante Rachel m'a dévoilé sa recette, je les prépare moi-même. »

Rachel intervint : « Quand tu décideras de parler à ton mari, préviens-moi. J'en préparerai et tu pourras lui dire que c'est toi qui les as faits. Qu'est-ce que tu en penses ? J'y ajouterai quelques ingrédients spéciaux et après, il va te manger dans la main ! » Un sourire mystérieux flotta sur ses lèvres.

Ils discutèrent jusque tard dans la nuit, imaginant comment ils allaient utiliser l'argent que

Rachel avait mis de côté, ainsi que les dons collectés en Israël et auprès des amis de Kavita.

Mais une fois que la synagogue serait à eux, qu'en feraient-ils ? Qui allait en prendre soin ? Rachel craignait qu'elle finisse par tomber en ruines et qu'alors quelqu'un d'autre puisse s'en emparer.

Judah s'opposa à ces visions pessimistes : « Cette synagogue est le lieu idéal pour exposer des objets de culte. Je suis certain que ce projet pourrait intéresser d'autres communautés juives. On pourrait envoyer un courrier aux communautés de Bombay, Pune, Ahmedabad et aux Bné Israël qui vivent à l'étranger. Les synagogues indiennes recèlent des trésors cachés. On pourrait les inviter à nous donner toutes sortes de choses : des bougeoirs, des couteaux de circoncision, des plats de Pessah, des caftans de chantre... On pourrait exposer tout ça dans notre musée. »

Rachel frissonna et s'enveloppa d'un châle : « Tu as d'excellentes idées, mon fils, mais une fois que je serai morte, qui va s'occuper de tout ça ? »

Zephra prit Rachel dans ses bras. Elle ne savait pas quoi lui répondre. Kavita observa Judah et Zephra, et elle se dit que ce serait bien si ces deux-là se mariaient et s'installaient à Danda. Judah détourna son regard et Zephra ne dit rien. Ils ignoraient ce que l'avenir leur réservait, mais le sort de la synagogue semblait reposer sur leurs épaules.

Jusque-là, Judah n'avait pas demandé Zephra en mariage, ni même demandé sa main à Rachel. Lorsque Rachel avait évoqué de telles éventualités sur le ton de la plaisanterie, il y a longtemps, Judah n'aurait pas pu imaginer une seconde que cela se produirait réellement. Zephra vivait en Israël et lui à Bombay. Comment pourraient-ils trouver un terrain d'entente ?

Ils restèrent assis à écouter le bruit des vagues et Rachel espéra que le prophète Élie saurait résoudre leurs problèmes. Il avait montré la voie aux ancêtres qui reposaient dans les sept puits de la plage de Kehim. La couleur de l'eau changeait et les reflets de lune traçaient comme un chemin sur la mer.

Judah se leva et déclara : « Nous trouverons la solution, en temps voulu. »

Patates tilkout

Ingrédients
Pommes de terre, oignons, *tilkout*, sel, huile.

Préparation
On obtient du tilkout
en passant deux bols de piments rouges entiers
et un bol de graines de sésame au mixer. Vous pourrez
conserver cette épice six mois dans un récipient étanche.
Si vous ne souhaitez pas préparer de tilkout,
vous pouvez simplement faire cuire vos pommes de terre
avec du piment rouge en poudre et des graines de sésame.
Prenez six grosses pommes de terre, coupez-les d'abord
en deux puis émincez-les assez finement.
Procédez de même avec deux gros oignons. Réservez.
Faites chauffer sept à huit cuillères à soupe d'huile
dans un wok ou une sauteuse. Faites-y revenir
les pommes de terre à bon feu, en les remuant
sans cesse jusqu'à ce qu'elles soient à moitié cuites.
Baissez le feu, couvrez et faites cuire encore cinq
à dix minutes.
Ajoutez les oignons émincés, deux cuillères
à soupe de tilkout et du sel.
Couvrez et laissez sur le feu
jusqu'à ce que les pommes de terre soient cuites.
Ôtez l'excédent d'huile et faites cuire encore
cinq minutes, jusqu'à ce que les pommes de terre soient
croustillantes et tendres à la fois.
Servez chaud avec du riz et des lentilles,
ou encore des chapatis, du pain occidental,
des légumes au yaourt ou même des œufs au plat.

Facultatif : au printemps, on peut hacher une botte d'oignons blancs que l'on ajoutera lorsque les pommes de terre seront presque cuites. Saupoudrer de graines de sésame grillées avant de servir.

Le tilkout se fait également sous forme de chutney avec des piments rouges, du sel, des graines de sésame, de l'ail et des cacahuètes fraîches.

Qu'elles nous sont familières, les nourritures de l'exil et les graines de la fortune.

Rachel avait acheté les meilleurs bombil chez le poissonnier et elle les avait préparés pour que Kavita puisse les emporter chez elle.

Elle y avait mis tout son art et toute son âme afin que son plat touche le cœur de Satish Chinoy. Elle en avait également mis une portion de côté pour Judah, car elle espérait que son poisson lui délie la langue et qu'il lui demande enfin la main de sa fille.

Elle savait bien que les commérages allaient déjà bon train à Alibaug. Dès que l'on voyait deux célibataires Bné Israël ensemble, on partait du principe qu'ils étaient fiancés et que le père du jeune homme avait déjà envoyé la demande en mariage.

Rachel savait que viendrait le moment où il lui faudrait parler à Judah, puisqu'il n'avait plus ses parents, mais elle hésitait encore car elle savait qu'elle l'avait suffisamment ennuyé, bien avant qu'il ne rencontre Zephra. À présent, pourtant, les choses étaient différentes, puisqu'ils s'appréciaient. Elle était certaine qu'ils avaient passé la nuit précédente ensemble.

Cela la mettait mal à l'aise, mais d'un autre côté, elle était soulagée de savoir qu'il était là pour Zephra. C'était un homme bon et attentionné ; il veillerait sur elle. Ils faisaient un beau couple, pensa-t-elle en s'endormant. Dans ses rêves, ils célébraient leur mariage sur la téva à la synagogue de Danda.

Au début, Rachel ne s'était pas laissée démonter par les commérages qui lui revenaient aux oreilles. D'autant qu'elle était elle-même responsable du scandale, puisqu'elle avait autorisé les tourtereaux à se retrouver sous son toit. Mais là, elle commençait à être agacée. Elle avait beau avoir l'esprit large, elle souhaitait que Judah fasse sa demande au plus tôt. Elle était donc d'humeur assez sombre quand elle vit la voiture de Ruby s'arrêter devant chez elle. Il ne manquait plus que ça ! Heureusement que Judah était reparti à Bombay et que Zephra était allée à Murud-Janzira, pour voir une vieille camarade de classe.

Rachel et Ruby s'installèrent au salon, car les sièges de la véranda étaient trop étroits pour accueillir son amie. Elles s'assirent sur le canapé avec un thé et des petits gâteaux.

Autant Rachel était fine, autant Ruby était énorme. Elle avait de tout petits yeux et des plis de graisse qui descendaient de son double menton jusqu'à son ventre. Elle était toujours drapée de vastes saris de mousseline de soie, portés sur des corsages à manches longues, et elle arborait quantité de diamants. Rachel l'aimait bien, car elle avait bon cœur et elles étaient amies depuis l'enfance. Mais elle n'aimait pas quand Ruby essayait de lui tirer les vers du nez.

Et là, Rachel voyait bien que son amie voulait absolument parler de Zephra et du mariage, et qu'elle était avide de détails. Ruby voulait tout savoir et avant tout le monde.

Rachel se braqua lorsque Ruby insista : « Tu t'es toujours confiée à moi et maintenant que ta fille va se marier, tu ne veux rien me dire ! Je ne suis plus ta meilleure amie ? »

Accablée, Rachel lâcha : « Je n'ai pas entendu parler de mariage, je sais juste qu'ils s'aiment bien. »

Ruby était furibonde : « Tu es aveugle ou quoi ? Ta fille alimente les conversations de tout le district de Raigad et toi, tu prétends ne rien savoir ? »

Rachel resta muette, les mains croisées, tandis que Ruby poursuivit son monologue : « Mes enfants aussi, ils vivent en Israël, mais quand ils viennent me voir en Inde, tu crois qu'ils fument, qu'ils portent des shorts ou des robes fendues et qu'ils se promènent sur la plage d'Alibaug main dans la main avec un étranger ? Ces deux-là s'embrassent en public et toi, tu veux me faire croire qu'il n'y a rien entre eux ? Depuis quand es-tu tellement moderne, dis-moi ? »

Rachel fit la moue : « Je te trouve insultante.

— Pas du tout. Je veux juste t'aider. Allez, Rachel, je suis venue pour faire la fête. Tu sors les péda ?

— Il n'y a pas de péda. Tu viens d'appeler Judah un étranger.

— Mais c'est ce qu'il est ! On ne l'a jamais vu auparavant. Et puis s'il est juif, il faudrait qu'il s'implique un minimum dans la communauté.

— C'est exactement ce qu'il fait, puisqu'il m'aide pour la synagogue ! » Rachel avait du mal à garder son calme.

« Bon, pour la synagogue, d'accord...

— Assez ! dit Rachel d'un ton sévère. Je refuse de parler de Judah. Et d'ailleurs, si moi ça ne me dérange pas, en quoi ça regarde les gens que ma fille fume, ou comment elle s'habille ?

— Excuse-moi Rachel. Je ne cherche pas à critiquer Zephra, mais c'est que nous avons quand même quelques traditions ici à Danda.

— Quelles traditions ? Et toi, tu sais ce qu'ils font, en Israël, tes enfants ? Au moins Zephra ne me cache rien, et c'est plus important que tout. C'est nous qui les avons envoyés là-bas, alors maintenant il faut bien accepter qu'ils adoptent une autre façon de vivre, d'autres coutumes. Si jamais Zephra décide de se marier, je te le dirai en temps voulu. »

Ruby en eut presque le souffle coupé. Elle n'avait plus qu'à rendre les armes et changer de sujet.

Comme si cela ne suffisait pas, l'après-midi même, Kirti téléphona à Rachel pour lui demander si elle avait besoin d'aide pour la préparation du mariage. Comme Rachel savait que Kirti était une femme simple, qui ignorait tout des ragots répandus à Alibaug, elle lui répondit sur le ton de la plaisanterie. Elle n'en fut pas moins agacée.

Elle trouvait tout à coup son monde bien étroit. Elle ne voulait pas froisser Kirti, qui était toujours là pour elle. Qu'il était difficile, parfois, de ne pas se fâcher avec les amis quand la famille était en jeu.

Rachel resta assise, immobile, à fixer la synagogue, source de tous ses problèmes. Si elle n'avait pas demandé à Judah de l'aider dans sa bataille juridique, il ne serait pas là, Zephra n'aurait pas accouru et ces deux-là ne se seraient jamais rencontrés.

À son retour de Murud-Janzira, Zephra vit sa mère assise sur la véranda. Elle trouva cela inquiétant, car il était rare que Rachel ne soit pas occupée à cuisiner ou à courir entre la synagogue et la maison. Elle lui toucha le front et lui demanda si elle avait de la fièvre.

« Mais non, répondit Rachel. Assieds-toi. Je veux te parler. »

À son ton sévère, Zephra comprit instantanément qu'elle allait lui parler de Judah et de mariage. Cherchant à gagner un peu de temps, elle alla dans sa chambre pour enfiler un short et un tee-shirt. Elle n'appréciait pas trop que sa mère lui parle comme si elle avait six ans et n'avait pas fait ses devoirs. D'un autre côté, Rachel s'était très rarement mise en colère depuis que sa fille était adulte, alors elle pouvait bien lui donner l'occasion d'exprimer son inquiétude maternelle. De plus, Zephra se rendait bien compte que sa mère la savait amoureuse de Judah.

Elle savait aussi qu'aux yeux de Rachel, toute intimité accordée à un homme avant le mariage constituait un crime majeur. Comment lui expliquer qu'elle n'était plus vierge depuis longtemps et que Judah n'était pas le premier homme de sa vie ? Il y en avait eu d'autres et elle avait même vécu cinq ans avec Zvi.

C'est tout cela qu'elle avait raconté à Judah la veille. Ils s'étaient confiés l'un à l'autre et il n'y avait plus de secrets entre eux. Dormir ensemble sous le toit de Rachel n'était peut-être pas la chose la plus maligne qu'ils aient faite. Pas surprenant que Rachel s'attende à ce qu'ils se marient, et très vite. Quoi qu'il en soit, Zephra sentait la présence d'une force supérieure qui les attirait irrésistiblement vers leur destin. Elle était presque soulagée que Rachel veuille lui parler : elle pourrait enfin mettre des mots sur toutes ses peurs et ses désirs.

Zephra avait une petite faim et fut surprise de ne rien trouver à manger dans la cuisine. Elle se mit à préparer une soupe de tomates express, avec un vieux fond de concentré trouvé dans le frigo. Elle en proposa un bol à sa mère. Mais Rachel refusa, se leva et, pour la première fois depuis bien longtemps, éleva la voix : « Enlève-moi cette espèce de caleçon et habille-toi décemment ! »

Zephra ne fut qu'à moitié surprise de cette explosion de colère et elle garda son sang-froid. Sa main légèrement tremblante agrippa le bol de soupe et elle demanda : « Maman, ça te contrarie vraiment que je porte des shorts ? »

Cette question sembla énerver Rachel encore un peu plus : « On s'en fiche, c'est ça ? hurla-t-elle. Eh bien non, on ne s'en fiche pas dans notre petite communauté. Tu es devenue leur sujet de conversation préféré ces temps-ci : elle s'habille n'importe comment, elle montre ses jambes, elle se promène main dans la main avec Judah, ils s'embrassent sur la plage et que sais-je encore. Qu'est-ce que tu cherches à la fin ? On est en Inde, pas en Israël ! »

Zephra sentit monter la colère en elle : « Si je suis ici, c'est pour être avec toi. La communauté juive, je m'en fiche totalement.

— Toi tu t'en moques peut-être, mais moi ces gens-là font partie de ma vie.

— Mais maman, nous avons voulu t'emmener avec nous en Israël, plus d'une fois, et tu as toujours refusé. Même t'en parler, c'est difficile. Je t'assure que nous, tes enfants, nous nous sentons coupables de t'abandonner, de te laisser seule ici, en Inde.

— Je le sais bien mais je ne peux pas partir ! »

Rachel était en larmes à présent. Zephra prit la main de sa mère. Elle se sentait complètement impuissante. « Je t'en prie maman, dit-elle d'une voix douce. Je ne voulais pas te blesser. Je suis comme je suis. Et puis tu n'as qu'à voir les films de Bollywood[1], ou les jeunes femmes qu'on voit à Bombay ou à Delhi. Elles sont habillées pire que moi et j'ai vu des couples s'embrasser et se tenir la main partout. Je n'ai rien fait d'extraordinaire.

— Mais alors pourquoi tu ne veux pas me raconter ce qui se passe dans ta vie ? » Rachel sembla se radoucir un peu.

« Je le ferai en temps voulu.

— En temps voulu ? Zephra, ne te fiche pas de moi. Je suis au courant, la nuit dernière... Pourquoi tu ne me dis rien ?

— Dois-je vraiment te dire que j'aime Judah ? Tu sais maman, je n'en suis pas sûre moi-même. On s'aime beaucoup, ça c'est certain.

— Et le mariage alors ?

---
1. Contraction de Bombay et Hollywood.

— C'est une question difficile, maman. On n'en a pas encore parlé. Pour te dire la vérité, moi le mariage, ça me fait peur. »

Rachel essuya ses larmes avec son sari. « Si vous vous aimez, alors le mariage c'est la suite logique, non ?

— Non, pas forcément. S'aimer et vivre ensemble, ce sont deux choses différentes.

— Tu parles comme un philosophe.

— Mais c'est vrai.

— Mais tu l'aimes bien Judah, non ?

— Je l'aime plus que bien et je pourrais tout à fait l'épouser. Mais te dire quand, c'est trop tôt.

— Alors rends-moi service et cesse de t'afficher avec lui tant que tu es ici. J'ai beaucoup de mal à répondre aux questions que me posent les gens.

— Les gens ? Qui ça ?

— Kirti a téléphoné et Ruby est venue d'Alibaug rien que pour m'interroger à votre sujet.

— Est-ce si important, maman ?

— Oui.

— Maman, je t'en supplie, viens vivre avec nous, en Israël. Ce doit être épuisant de vivre ici et de devoir se justifier tout le temps. »

Rachel était songeuse. « Nous verrons, mais tu dois te marier.

— Je le ferai.

— Quand ?

— Quand je me sentirai prête.

— Mais pourquoi tu ne veux pas épouser Judah maintenant ?

— Parce que j'ai peur.

— Peur de quoi ? Judah est un homme bien.

— Et si ça ne marchait pas entre nous ?

— Rien ne marche tout seul. Il faut faire en sorte que ça marche, tous les jours.

— Mais je vis en Israël et Judah a l'air d'être bien enraciné ici.

— Et alors ? Si vous vous aimez, vous pouvez vivre n'importe où, du moment que vous êtes ensemble.

— Et comment pourrais-je me sentir bien en Inde, après toutes ces années passées en Israël ?

— Tu peux quand même essayer.

— Tu crois que Judah accepterait de quitter l'Inde ?

— Demande-le-lui.

— Et s'il dit non ?

— Quand on veut vraiment être ensemble, on trouve une solution. »

Zephra regarda la synagogue. Le soleil dessinait un halo autour de la bâtisse. Elle se dit que puisque c'était la synagogue qui l'avait fait venir à Danda, c'était peut-être elle qui lui indiquerait comment sortir de ce dilemme. Puis son regard se posa sur l'image du prophète Élie accrochée dans le salon et elle demanda à sa mère : « Est-ce que le prophète écoute nos prières ?

— Quelquefois il écoute, s'il a le temps », répondit Rachel en souriant.

Puis Zephra fit quelque chose qui semblait en totale contradiction avec son esprit rationnel : elle appela un taxi, enfila un salwar kamiz pour faire plaisir à sa mère, puis elle lui demanda de l'accompagner jusqu'au rocher du prophète Élie, le *Eliyahu Hannavi cha tapa*.

Le trajet entre Danda et Sagav prit une bonne heure.

Le soleil était sur le point de se coucher et le ciel brillait d'une lueur dorée. Le rocher luisait dans le demi-jour. La marque du sabot y était comme gravée par une épée d'argent. Rachel croyait que le prophète Élie, parti d'Israël sur son char pour rejoindre les cieux éternels, était passé par l'Inde et avait laissé sa marque sur cette pierre.

Les deux femmes se recueillirent à l'abri d'un arbre, têtes couvertes, yeux clos, mains jointes en prière. Faisaient-elles la même invocation ou exprimaient-elles des vœux différents ? Elles n'en dirent rien. Le rocher dégageait une telle aura d'éternité qu'elles firent tout le trajet du retour sans échanger un mot.

Arrivée à la maison, Rachel alluma la lumière et vit Judah qui était resté assis dans le noir. Il comprit tout de suite que les deux femmes n'étaient pas d'humeur à parler et il regarda Rachel s'affaler dans son fauteuil, épuisée et morte de faim.

Pour changer, c'est Zephra qui prépara le dîner. Elle décida de faire du khichdi et des patates tilkout. Dans le frigidaire, il restait un peu de soupe du déjeuner et une portion du dessert de la veille. Tandis qu'elle s'affairait à la cuisine, Judah et une portionRachel écoutaient le bruit des vagues. Soudain, Rachel entendit une voix qui semblait venir de très loin, aussi loin que l'horizon.

C'était celle de Judah qui lui demandait la main de sa fille.

Rachel sourit ; le prophète avait bien entendu ses prières.

Malida

Ingrédients
Dattes, *poha* (paillettes de riz), sucre, noix de coco,
amandes, pistaches, raisins secs, fruits, gâteaux
ou biscuits, pétales de rose.

On organise une cérémonie de Malida pour remercier
le prophète Élie d'avoir exaucé un vœu secret.
En principe on invite toute la communauté
à cette cérémonie, ou au moins un miniane
de dix hommes.
Les femmes de la famille qui offrent la Malida doivent
prendre un bain, revêtir des habits propres et se laver
les mains avant de commencer les préparatifs de la fête.
Le mot Malida désigne aussi bien le plat que la cérémonie
et le plateau d'offrandes destiné au prophète.
Pour l'offrande, on dispose sur un plateau
les éléments suivants :
Ha'ets, fruits à cœur dur, comme les dattes, *Ha'adama*,
des fruits à cœur tendre, comme les bananes,
les sapotilles, les raisins, les oranges ou les melons
et *Bore mineh mesonaoth*, préparations à base
de blé, comme les gâteaux ou les biscuits.
Tous les fruits, y compris les dattes, doivent être lavés
puis essuyés avec un linge propre.
Les bananes sont coupées
en trois ou quatre morceaux. Les autres fruits sont pelés,
dénoyautés et coupés en quartiers. Outre les fruits déjà cités,
on peut utiliser des mangues, des ananas, des grenades
ou encore du citron vert. Des grenades,
on ne sert que les graines.

Le riz en pétales, poha, est lavé, trempé dans l'eau
puis égoutté, mélangé à de la noix de coco et garni
de raisins secs et de noix hachées.
On lave des boutons de roses rouges,
qui serviront à la *beraka*,
ou « bénédiction de doux parfums », et dont on donnera
un pétale à chacune des personnes présentes.
Parfois on place une grenade au centre du plateau
d'offrandes comme symbole d'unité, parfois on éparpille
des graines de grenade sur le poha.
Le plateau de Malida est posé sur une nappe blanche
immaculée et recouvert d'un tissu décoratif, de soie
ou de coton, crocheté ou encore brodé.
Dès que commence la prière Eliyahou Hannavi,
un membre de la famille apporte le plateau à la téva
et le chantre ou le rabbin le bénit. Une fois qu'il a été
béni, le plateau est apporté aux femmes, qui préparent
une assiette pour chacun des convives
avec des dattes, des morceaux de fruits,
deux cuillères à soupe de poha et du gâteau
ou des biscuits.
Les pétales de rose sont soit déposés sur ces assiettes,
soit offerts directement à chacun.
Après le cérémonial religieux, l'assemblée se dirige
vers la salle à manger ou la cour de la synagogue
et les assiettes de Malida sont servies.
On dit une bénédiction pour chacun
des trois ingrédients principaux en commençant
par Ha'ets – la datte symbolisant la Terre sainte –
puis Ha'adama et enfin Bore mineh mesonaoth.
Généralement, après la Malida, on mange
et on fait la fête ensemble.
Quant à la raison de la Malida, c'est-à-dire la nature
du souhait exaucé, personne ne doit s'en enquérir
ni la révéler.

Zephra savait que Kavita était à Alibaug, mais elle n'arrivait pas à la joindre. Son téléphone portable devait être éteint. Elle essaya plusieurs fois de l'appeler à ses domiciles de Bombay et Alibaug, où les domestiques lui répondirent simplement que Madame était sortie. Zephra prit même un autorickshaw jusqu'à la pépinière des Chinoy et demanda au gardien si Kavita était là. Il lui répondit qu'il n'y avait personne. Zephra laissa des messages sur tous les répondeurs de son amie et rentra, dépitée.

Ça ne lui ressemblait pas. Zephra avait un mauvais pressentiment. Peut-être Kavita n'avait-elle pas pu convaincre son époux et ne trouvait-elle pas la force de leur annoncer la nouvelle.

Zephra ne se sentait pas le courage d'affronter Rachel, elle prit un autorickshaw jusqu'à la plage de Kehim pour se balader près des sépulcres des aïeuls. Le monument aux morts s'élançait vers le ciel. On le voyait de loin avec, en toile de fond, la mer et les deux rochers funestes, Chanderi et Underi, où leurs ancêtres avaient fait naufrage.

Sept tombes se trouvaient sous ce tertre qui renfermait le secret des anciens. Sept couples qui avaient survécu au naufrage, reposant dans le ventre de la terre. Elle était la graine de ce mythe archaïque.

En marchant là, elle ressentit une émotion profonde, un peu comme celle qu'elle avait éprouvée devant le mur de Jérusalem. C'était son histoire, sa lignée. Elle déposa des roses sur la butte et enfonça deux bougies dans la terre. En allumant les bougies, elle entama une prière : « Écoute Israël... »

Zephra alla s'asseoir sur la plage. Elle observa les vagues en pensant au sort des Bné Israël en Inde. La plupart d'entre eux étaient partis pour Israël. Les quelques personnes qui étaient restées ne savaient pas trop ce qui les attendait, ni ce qu'elles allaient faire d'un patrimoine de vieilles synagogues délabrées. Il lui sembla que sa mère s'était lancée dans une bataille perdue d'avance.

Sur le chemin du retour à Danda, Zephra pensa à sa propre vie. Elle avait accepté la demande en mariage de Judah, mais ils n'avaient pas clairement évoqué leur avenir. Elle nageait en pleine confusion. L'espace d'un instant, elle regretta même d'être venue en Inde.

Arrivée à la maison, elle ne vit Rachel ni dans son fauteuil ni à la cuisine. Elle ouvrit la porte de sa chambre à coucher et, à son grand étonnement, elle trouva Rachel endormie, enroulée dans son sari comme un cadavre. Voilà qui était inquiétant. Zephra toucha le front de sa mère, qui était froid. Rachel ouvrit les yeux et fit simplement un geste de la main en direction de la synagogue. Zephra regarda par la fenêtre et vit des ouvriers occupés à ériger un mur tout autour de la synagogue. Elle courut immédiatement vers eux pour leur demander ce qu'ils faisaient. Ils lui répondirent qu'ils avaient reçu des instructions de M. Chinoy.

Effondrée, Zephra retourna à la maison pour s'occuper de sa mère qui se plaignait subitement d'une douleur à la poitrine. Zephra téléphona à Kirti pour lui demander d'appeler son médecin de famille, qui était aussi celui de Rachel. Kirti appela le docteur Shinde et se précipita chez son amie. Elle prit la main de Rachel et les trois femmes attendirent l'arrivée du médecin.

Zephra téléphona à Judah et lui raconta ce qui se passait à la synagogue. Il partit toutes affaires cessantes pour Alibaug, afin de demander une ordonnance au tribunal de Raigad et de faire immédiatement suspendre les travaux.

Zephra attendit l'arrivée du médecin sur les marches de la véranda, le cœur battant la chamade tant elle craignait de perdre sa mère. Elle implora le prophète Élie, qui surgissait souvent dans son esprit quand elle était perdue – peut-être parce qu'elle avait grandi si près du fameux rocher. Comme disait Rachel : « Ici, c'est le pays du prophète Élie. » Jamais ces paroles ne lui avaient paru aussi limpides. Elle implora même leurs ancêtres de veiller sur sa mère. Sa propre vie prenait des tours étranges et imprévisibles et Zephra avait plus que jamais besoin de sa mère.

Le docteur Shinde arriva enfin. Il ausculta Rachel et déclara que sa tension était trop élevée et son cardiogramme plutôt instable. Il redoutait une crise cardiaque. Il lui fit une piqûre et se demanda s'il ne valait pas mieux l'hospitaliser à Alibaug. Après tout, elle n'était plus toute jeune et il ne pouvait prendre le risque de la soigner à domicile.

De plus en plus inquiète pour sa mère, Zephra appela ses frères en Israël. Ils lui proposèrent de partir immédiatement pour l'Inde mais elle leur dit d'attendre le lendemain.

Zephra regarda la synagogue silencieuse et elle fut prise de colère : c'était la source de tous ses malheurs. Elle pouvait bien disparaître, cela lui était égal, à présent.

Le docteur Shinde avait consulté au téléphone le cardiologue de l'hôpital d'Alibaug et ils décidèrent d'y transporter Rachel. Zephra se rongeait les ongles en attendant l'ambulance. Kirti la força à avaler une limonade et à grignoter un biscuit. Il lui faudrait des forces pour veiller sur Rachel.

Quand l'ambulance arriva, Zephra prépara à la hâte une petite valise pour sa mère et remit les clés de la maison à Kirti afin qu'elle puisse s'occuper de leurs animaux. Elle s'assit auprès de Rachel dans l'ambulance, et lui tint la main. Elle remarqua que sa mère voulait jeter un dernier regard sur la synagogue. Elle l'aida à soulever la tête et elle eut le pressentiment qu'avec l'aide de Dieu, Rachel allait revenir chez elle, à Danda.

Rachel fut admise dans le service de soins intensifs et Zephra essaya encore une fois de joindre Kavita sur son portable. Aucune réponse. Elle retourna dans la salle d'attente en espérant que Judah trouverait une solution.

La nouvelle de l'hospitalisation de Rachel fit rapidement le tour d'Alibaug. Ruby, Hassaji Daniyal et d'autres accoururent pour soutenir Zephra, qui était agitée et tournait en rond. Finalement, un médecin lui dit que sa mère se reposait et qu'elle irait sans doute mieux en fin de journée.

À la seconde où Rachel ouvrit les yeux, elle demanda ce qui se passait avec ce mur autour de la synagogue. Zephra secoua juste la tête en la priant de se reposer.

Judah arriva à l'hôpital tard le soir. L'anxiété se lisait sur son visage : il n'avait rien obtenu de la cour du district et il était très secoué par l'état de Rachel. Celle-ci ouvrit à nouveau les yeux et quand elle vit Judah, debout devant la porte de sa chambre, elle leva les sourcils comme pour le questionner. Il lui répondit d'un sourire rassurant et Rachel referma ses paupières pour s'abandonner au sommeil.

Judah et Zephra décidèrent de passer la nuit dans la salle d'attente. Sans la présence de Rachel, ils ne savaient que dire ni que faire. Sans son énergie, ils se sentaient affaiblis et désemparés. Elle était la force motrice de leurs vies. À voir sa mère ainsi, perclue de sondes de toutes parts, Zephra était désespérée ; elle avait besoin de réconfort et prit la main de Judah. Tout était arrivé si vite, trop vite pour elle.

Elle ne voulait pas s'éloigner de sa mère un seul instant. Ruby était repassée pour apporter à Zephra de quoi manger et pour prendre des nouvelles de Rachel. Elle invita Judah à venir chez elle prendre un repas et se reposer un peu. Zephra fut profondément touchée par l'attitude chaleureuse de Ruby.

Après leur départ, elle s'allongea sur la banquette de la salle d'attente mais ne put trouver le sommeil. Elle se mit à feuilleter un magazine et finit par s'assoupir pour se réveiller en sursaut quand elle entendit quelqu'un l'appeler. Elle se redressa, effrayée, s'attendant au pire. Une infirmière lui demanda si elle était bien la fille de la vieille dame qui avait été admise aux urgences et l'informa que quelqu'un la demandait, à l'entrée de l'hôpital. Zephra devina qu'il s'agissait de Kavita.

Effectivement, la voiture de cette dernière était garée là. Le chauffeur lui ouvrit la porte et Zephra se glissa sur le siège arrière. À cet instant, les démêlés conjugaux des Chinoy ne l'intéressaient plus du tout. La seule chose qui comptait, c'était la vie de sa mère.

Kavita prit ses mains dans les siennes sans rien dire. Elle ne voulait surtout pas lui donner de faux espoirs. Il était de toute façon trop tard. Elle avait bien reçu les messages de Zephra, mais elle ne pouvait pas y répondre car elle avait passé toute la journée dans le bureau de son mari, à discuter de la synagogue. En fait, Satish lui avait raconté que Mordekaï voulait lui vendre la synagogue ainsi que le terrain autour. Il avait dit qu'il en était le propriétaire, documents à l'appui. Satish avait pensé que c'était l'endroit idéal pour construire une station balnéaire et il était décidé à ne pas laisser une telle occasion lui filer entre les doigts. Du reste, au moment où il avait conclu cette affaire, il ignorait tout des liens entre Kavita et la famille Dandekar.

Lorsque Kavita lui avait raconté que Rachel était la mère de son amie d'enfance, cela l'avait certes troublé, mais il ne voyait pas ce qu'il pouvait faire pour l'aider, d'autant qu'il avait déjà versé un acompte. Mordekaï était pressé de vendre et de partir pour Israël. Satish s'était tout de même couvert. Il avait transmis les documents légaux à son avocat avant de signer le dernier – gros – chèque. En homme d'affaires avisé, il savait limiter les risques.

Il avait du mal à comprendre pourquoi Kavita s'investissait à ce point dans cette histoire. Il n'aimait pas mélanger affaires et sentiments. Il avait fallu des heures à Kavita pour lui exposer l'affaire. Même s'il n'y avait aucun problème légal, elle lui demandait d'y réfléchir à nouveau. Il fallait être absolument certain que Mordekaï n'avait usé d'aucun stratagème, qu'il n'avait trafiqué aucun document pour mettre le terrain à son nom, et que celui-ci avait réellement appartenu à son arrière-grand-père, qui l'avait mis à la disposition de la communauté. Cela lui avait pris toute une journée, mais Kavita était finalement parvenue à convaincre son époux de suspendre les travaux et de s'accorder un délai de réflexion. Toutefois, Satish lui avait rappelé que si ce n'était pas lui qui achetait ce terrain, quelqu'un d'autre s'empresserait de le faire, car le site était vraiment idéal.

Zephra écouta son amie d'un air hébété. Puis, d'un ton hésitant, elle raconta à Kavita que Judah allait demander au tribunal la suspension des travaux. Par ailleurs, il avait découvert un vieux décret stipulant que les lieux religieux comme les synagogues ou les cimetières ne pouvaient être vendus à des fins commerciales, mais uniquement pour être convertis en parcs ou jardins publics. Il avait également trouvé un document très ancien et en piteux état, qui indiquait que cette terre avait été cédée à la famille Dandekar sous le règne de Shivaji[1].

Kavita pensait qu'il valait mieux que Judah ne se lance pas dans une bataille juridique ; cela ne ferait que compliquer les choses. Le plus urgent à ses yeux, c'était d'organiser une rencontre entre Satish et Judah. Zephra lui promit de lui en parler. Elle ignorait que Judah cherchait depuis longtemps à rencontrer Satish Chinoy.

Kavita repartit et Zephra rentra à l'hôpital dans un état second. Comment allait-il résumer toutes ces nouvelles pour en faire part à Rachel ? Elle entra dans la chambre et vit que sa mère était réveillée. Elle posa sa joue sur la main de Rachel et lui dit : « Le bombil a fait son œuvre. Remets-toi vite, maman. »

Rachel répondit d'un sourire, referma les yeux et s'endormit.

Le lendemain matin, Rachel se portait mieux. Judah et Ruby arrivèrent au petit matin avec une thermos de café pour Zephra. Elle confia sa mère aux bons soins de Ruby et retourna à Danda en compagnie de Judah.

Durant le trajet, elle lui rapporta la conversation qu'elle avait eue avec Kavita. Arrivés à destination, ils virent que celle-ci avait effectivement réussi à convaincre son mari, puisque les travaux étaient suspendus. Judah était toujours aussi fébrile et il tenait à préparer son prochain coup avec soin. Le temps était compté. Il devait agir vite et sans se tromper, s'il voulait devancer Mordekaï.

---

1. Shivaji Bhosle a fondé l'empire marathe en 1674.

Zephra rappela ses frères, impatients d'avoir des nouvelles de Rachel. Ils furent très soulagés de la savoir un peu mieux. Chacun des deux frères avait envoyé une somme importante à Alibaug. Ils se tenaient prêts à partir pour l'Inde si jamais l'état de Rachel se dégradait ou si Judah avait besoin de leur aide.

Kirti leur apporta à manger et, après avoir pris des nouvelles de Rachel, aida Zephra à s'occuper des animaux. Ensuite Zephra prépara quelques affaires pour sa mère, tandis que Judah cherchait la clé de la synagogue, où il espérait trouver d'autres documents. Ils fouillèrent partout, sans résultat. Zephra se demanda si les clés étaient encore accrochées au sari de Rachel. Épuisé, Judah s'installa sur la véranda pour étudier des documents que Rachel lui avait remis quelque temps plus tôt. Zephra alla dans la chambre de sa mère et son regard fut attiré par quelque chose de brillant sur le rebord de la fenêtre, juste au-dessus du lit : le trousseau de clés. C'était bien triste de les voir posées là, car en temps normal Rachel ne s'en séparait que pour faire sa toilette. Ça ne lui ressemblait pas de les oublier. Depuis l'enfance, dès que Zephra entendait un tintement de clés, elle pensait à sa mère. Dans la lumière du petit matin, le métal renvoyait un éclat sinistre. Elle prit les clés et les serra dans sa main. Pour elle, ces bouts de ferraille de tailles et formes disparates était comme le prolongement du corps de sa mère.

Soudain, elle fut prise de panique : et si ces clés étaient une sorte de talisman dont dépendait la bonne santé de Rachel ? Il fallait qu'elle retourne immédiatement à l'hôpital pour les attacher au sari de Rachel. C'étaient les clés de sa guérison.

Zephra regarda le trousseau de plus près. Les clés étaient faites de divers métaux et certaines étaient rouillées. Celle de la synagogue était la plus grande, comme si elle voulait affirmer son statut par sa taille.

La voix brisée, Zephra appela Judah. Il entra dans la chambre et quand il la vit ainsi, les clés à la main et l'air perdue, il comprit son chagrin et l'enlaça tendrement. Puis il prit le trousseau et alla à la synagogue. Il tourna la clé qui, comme d'habitude, résista un peu. Il poussa la porte, figé un instant par la beauté du lieu, chatoyant dans la lumière dorée du matin. Il y était venu si souvent avec Rachel qu'il en connaissait le moindre recoin. Mais le temps pressait et Judah ramassa rapidement tous les documents qui étaient restés dans la remise. Il trouvait assez amusant que Mordekaï n'ait jamais pensé à récupérer les archives ni les clés de la synagogue, même après avoir fait enregistrer le terrain à son nom. Il savait pourtant que Judah était avocat, mais il avait visiblement pensé que le jeune homme s'intéressait plus à Zephra qu'à la synagogue.

De retour à la maison, il rendit les clés à Zephra pour qu'elle les apporte à Rachel. Lui resterait là, pour compulser les papiers et attendre l'appel de Kavita.

Quand Zephra arriva à l'hôpital, elle trouva Kavita au chevet de Rachel. Elle lui avait apporté des fleurs. Sur la desserte, il y avait deux thermos, l'une pleine de café pour Zephra et l'autre remplie de limonade pour Rachel, ainsi qu'une corbeille de fruits. La première chose que fit Zephra, en poussant un soupir de soulagement, fut d'accrocher le trousseau de clés au sari de Rachel. Ses clés qui allaient tenir la mort en respect.

Rachel les toucha de sa main longue et osseuse et, dans un demi-sommeil, caressa la clé de la synagogue. Kavita fit signe à Zephra de la suivre dans le couloir : elle voulait lui parler. Elle avait convaincu son mari de retrouver Judah au déjeuner, aujourd'hui même. Zephra emprunta le portable de Kavita pour en informer Judah.

L'après-midi, le médecin vérifia la tension de Rachel et l'autorisa à rentrer chez elle. Zephra en fut si soulagée qu'elle s'écroula sur une chaise en pleurant. Elle remercia le prophète Élie.

Avant de ramener sa mère à Danda, Zephra avait deux choses à faire : passer voir Hassaji Daniyal afin de lui demander de dire une prière de remerciement au prophète pour avoir sauvé la vie de Rachel, et ensuite embaucher Ruby pour l'aider à préparer une Malida et à réunir un miniane de dix hommes.

L'ambulance les ramenait à Danda et Zephra savait qu'il y aurait une Malida à la synagogue et qu'elle y servirait un repas traditionnel : un curry de poulet et un autre de pois secs, du riz au safran, des *sandan*[1] et des boules de coco.

---

1. Sorte de beignets sucrés-salés à base de farine de riz qui accompagnent un plat. Les Bné Israël les servent souvent avec un curry vert.

Mogettes

Ingrédients
Mogettes, huile, oignon, gingembre, ail, tomate, curcuma, piment en poudre, cumin, noix de coco, coriandre, sel.

Préparation
Lavez environ 150 g de mogettes et faites-les tremper dans l'eau toute la nuit. Le lendemain, égouttez et lavez-les à nouveau, puis faites-les cuire à la casserole ou à la cocotte-minute jusqu'à ce qu'elles soient tendres.
Chauffez deux cuillères à soupe d'huile dans une cocotte, et faites-y revenir un gros oignon haché finement. Quand l'oignon est doré, ajoutez une cuillère à café de pâte de gingembre et d'ail, et faites revenir à feu doux. Ajoutez une grosse tomate finement hachée, une pincée de curcuma, une demi-cuillère à café de piment et la même quantité de cumin. Mélangez bien et mêlez à ces épices les mogettes que vous ferez cuire encore dix minutes.
Saupoudrez d'une cuillère à soupe de noix de coco râpée et laissez cuire encore cinq minutes.
Salez selon votre goût, garnissez de coriandre fraîche et servez chaud avec du riz.

Les mogettes (ou « pois Chowli » en marathi) sont l'un des éléments de base de la cuisine des Juifs asiatiques et des Bné Israël en particulier.

On les sert pour des grandes occasions,
comme une cérémonie de circoncision, des fiançailles,
ou pour le repas servi après une Malida.

Rachel était installée dans son lit et regardait par la fenêtre. Toute cette agitation autour de la synagogue lui rappelait l'époque d'avant la grande vague d'émigration vers Israël, dans les années soixante.

Avec l'aide de Hassaji, Zephra avait décroché les lustres qu'elle fit briller à l'aide du nettoyant à vitres qu'Aviv avait envoyé à sa mère. Rachel respira profondément l'eau de Cologne dont elle avait imprégné son mouchoir et se demanda si le nettoyant avait le même parfum de lavande que la lotion après-rasage d'Aaron.

L'électricien était venu pour changer les ampoules et réparer les ventilateurs. Zephra lui avait demandé de vérifier les lumières et l'installation électrique. Comme tout cela n'avait pas servi depuis un certain temps, elle redoutait un court-circuit. Un menuisier s'affairait à polir les tables, les chaises et les bancs. Quelqu'un cirait le marbre des murs et Judah avait improvisé un échafaudage pour nettoyer la plaque où étaient inscrits les dix commandements en marathi et en anglais. Hassaji Daniyal faisait reluire la mézouza en marbre et y piqua une rose.

Les tentures et rideaux eurent aussi droit à une cure de jouvence. Certaines pièces furent envoyées au nettoyage à sec, d'autres lavées et repassées ou bien brossées. Le rideau de l'arche fut décroché et un tailleur s'occupa de recoudre les déchirures tandis que les femmes reprenaient les broderies autour des lettres hébraïques.

Rachel était désolée de n'avoir pas acheté de tissu pour fabriquer un rideau neuf, qu'elle voulait broder à la main. Elle se promit d'en fabriquer un pour les fêtes du nouvel an juif, bleu comme la mer en été, orné de fils d'or et d'argent.

La petite troupe de Zephra lavait les carrelages et retirait les toiles d'araignées qui avaient recouvert le dôme de la voûte comme autant de nuages sombres. Ils brossaient les mézouzot, chandeliers et autres cuivres avec de l'eau chaude additionnée de tamarin, exactement comme Rachel avait l'habitude de le faire. Ils polissaient les gobelets d'argent, aéraient les vestibules et nettoyaient les placards. Les textiles étaient lavés, brossés et recousus, et Zephra retrouva de magnifiques couvre-plats en satin et velours, ainsi qu'un caftan de soie défraîchie, que Hassaji Daniyal reconnut comme étant celui qu'il portait jadis pour conduire prières et mariages.

Kavita avait envoyé son jardinier, chargé de plantes en pots et de fleurs coupées, pour décorer la cour.

Dans le jardin, on avait érigé une tente de fortune où Hassaji Daniyal et sa famille allaient préparer le repas de fête. On sortit ustensiles de cuisine et vaisselle de la remise et, après nettoyage, on les posa sur des tables recouvertes de nappes blanches. Zephra avait demandé aux Daniyal de cuisiner les plats préférés de sa mère. Hassaji composa un menu fait de curry vert de poulet, riz à la noix de coco, foie épicé, mogettes, *gharrie*[1] et *laddou*[2] en dessert. Il se rappela soudain que Rachel avait dit plusieurs fois à son épouse qu'elle aimait bien les sandan, mais qu'elle n'arrivait pas à les faire aussi bien qu'elle. Ils allaient donc également confectionner des sandan, bien moelleux et savoureux.

À la maison, Ruby et les femmes de sa famille préparaient le plat de Malida, sous l'œil de Rachel. Une fois que tout fut prêt à la synagogue, Zephra rentra et ouvrit le placard de Rachel. Elle lui demanda quel sari elle souhaitait porter. Rachel s'assit sur son lit et choisit un sari de huit mètres, de couleur aubergine, qu'elle n'avait encore jamais mis.

« Et comme corsage ? » demanda Zephra qui se tenait face à la pile de petits hauts soigneusement pliés et allait en extraire un de la même couleur que le sari. Mais Rachel lui demanda de sortir un corsage vert.

« Vert ! s'exclama Zephra. Alors là, tu vas choquer tout le monde. Les femmes de ton âge sont censées porter des couleurs pastel, non ? »

Zephra fut émerveillée de voir avec quelle dextérité sa mère enroulait tout ce tissu autour de son corps frêle. Tantôt elle passait

---

1. Beignets sans lait.
2. Petits gâteaux en forme de boule, le plus souvent à base de farine de pois chiches servis dans un sirop de sucre.

une longueur entre les jambes pour le fixer autour de la taille, tantôt elle formait des plis parfaits sur une autre longueur et voilà que pour finir elle drapa l'extrémité du sari sur son épaule gauche. Elle demanda aussi qu'on lui apporte son coffret à bijoux et elle mit une chaîne et six bracelets en or, une montre, et des perles aux oreilles. Enfin, elle enfila une paire de sandales neuves. Elle se poudra le visage avec le talc Yardley à la lavande qu'elle aimait tant, se parfuma de la fragrance assortie et sembla satisfaite de l'image que lui renvoyait le miroir.

Ruby emmena Rachel à la synagogue et Zephra s'habilla à son tour.

Judah était déjà à la synagogue. Il portait une kippa blanche qui lui venait de son père, une chemise blanche et un pantalon élégant. Il avait vraiment l'air d'un jeune homme juif bien sous tous rapports.

Il y avait plus de monde que prévu. Des familles juives étaient venues de Revdanda et d'Alibaug. Zephra avait également invité Kirti et sa famille, le poissonnier, et tous ceux qui l'avaient aidée à remettre la synagogue en état.

C'était un samedi soir de demi-lune, la mer était calme et il y avait un miniane de dix hommes, dont Judah. Il y avait Hassaji Daniyal habillé du vieux caftan pourpre, une kippa bleue sur la tête, son fils et son petit-fils. Ruby était venue avec ses deux fils, ses trois gendres et un touriste américain qui s'appelait Silberstein. Par la fenêtre, Zephra les voyait tous arriver et se dépêcha de s'habiller.

Quand elle arriva à la synagogue, tout le monde la regarda. Elle avait mis un sari rouge à bordure dorée appartenant à Rachel et un corsage noir. Elle était élancée et d'une beauté altière. Rachel s'était bien gardée de lui dire qu'il s'agissait de son sari de fiançailles. Judah la regarda furtivement avant de fixer les lustres. Il savait qu'il était interdit de dévisager les femmes dans la maison de Dieu. Zephra remarqua que Judah était tellement mal à l'aise qu'à le voir ainsi, raide comme un piquet, on l'aurait cru face à un peloton d'exécution.

Rachel et Zephra échangèrent des sourires pleins de tendresse et d'estime mutuelle. Rachel avait la tête couverte et, d'un geste un peu hésitant, elle accrocha une mantille sur les cheveux de sa fille en chuchotant : « Il faut se couvrir la tête dans la maison de l'Éternel. »

Rachel était ravie de voir la synagogue, quasiment pleine, résonner des cantiques du prophète Élie. Une fois les prières finies, tout le monde sortit dans la cour décorée de guirlandes de feuilles de manguier et d'œillets d'Inde. Il y avait des chansons populaires israéliennes en musique de fond et on commença à servir le repas aux convives qui discutaient joyeusement.

Soudain, tout le monde regarda vers le portail et on n'entendit plus un bruit. Une voiture s'était arrêtée et Kavita, flanquée de son redoutable mari, M. Satish Chinoy, en sortirent.

Zephra vit que la main de Rachel tremblait. Elle la prit dans la sienne et lui dit doucement : « Ce sont nos amis, il n'y a rien à craindre. »

Elle fit un signe en direction de Judah pour lui demander de s'occuper des invités et s'avança vers les deux nouveaux venus. Elle leur trouva deux chaises, leur apporta de quoi se restaurer et s'assit à côté d'eux. Elle voulait éviter tout conflit. Bientôt Judah et d'autres hommes s'installèrent près de Satish Chinoy et démarrèrent une discussion animée concernant les problèmes de société au cœur du district de Raigad. Ni Judah ni Satish ne firent la moindre allusion au déjeuner que Kavita avait arrangé pour eux, le jour où Rachel était sortie de l'hôpital. Quand ils en étaient à la soupe à l'oignon, la conversation avait eu du mal à démarrer. Arrivés au poisson, ils étaient déjà plus à l'aise et, au moment du dessert, ils étaient devenus amis.

Avant de rencontrer Judah, Satish Chinoy avait déjà versé un acompte en guise de promesse de vente à Mordekaï et il avait, par conséquent, décidé de démarrer les travaux. Il souhaitait ouvrir le complexe hôtelier pour la saison touristique à venir. Mais à la demande de Kavita, il avait fait suspendre les travaux, même si son avocat, après vérification des titres de propriété, lui avait assuré que tout était en ordre. Judah avait étudié la copie de ces documents, que Satish lui avait remise, et il avait compris comment, petit à petit, Mordekaï avait très astucieusement réussi à mettre le terrain à son propre nom, ce qui l'autorisait à le vendre.

Judah se demandait pourquoi les autres membres du Conseil avaient laissé faire. Probablement parce qu'ils étaient âgés et fatigués et qu'ils n'avaient plus le temps ni la force de s'occuper de tels problèmes. Et après tout, que pouvaient-ils bien faire d'une synagogue délabrée qui ne servait plus guère à la communauté ?

M. Chinoy n'avait rencontré les autres membres du Conseil qu'une seule fois. Il avait toujours eu affaire à Mordekaï et pensait que celui-ci parlait au nom de tous. Mais Judah lui avait fait comprendre que les choses n'étaient pas si simples et Satish lui assura qu'il allait réfléchir encore.

Judah ne savait pas trop où tout cela allait le mener, mais il était satisfait d'avoir pu établir un dialogue avec Satish. Ils finiraient bien par trouver un arrangement. Chinoy aussi se demandait ce qu'il allait faire ; il n'était pas sûr d'apprécier que sa femme s'implique autant dans ce conflit.

Judah était tout de même soulagé de pouvoir négocier avec un homme d'affaires posé et rationnel, habitué à trouver des solutions aux problèmes les plus complexes. Quand ils prirent congé après leur déjeuner, tous deux se sentaient plus légers.

Encore fallait-il convaincre Rachel. Elle avait l'esprit vif et s'il y avait la moindre faille dans le raisonnement de Judah, elle ne manquerait pas de le lui faire savoir. Il devait avoir une idée très précise de ce qu'il allait lui dire. Si Rachel avait fini par faire confiance à Kavita, elle se méfiait toujours de son mari. D'ailleurs, quand Satish vint la remercier après la Malida, elle lui tendit une main plutôt molle et ne se fendit que d'un demi-sourire.

Pour gagner du temps, Satish Chinoy avait simplement dit à Mordekaï qu'il ne pouvait pas payer le terrain immédiatement. Il avait veillé à lui parler cordialement, sans dévoiler les vraies raisons de ce délai, pour éviter que le vieux renard ne trouve immédiatement un autre acheteur. Lorsque Judah avait lu la copie des documents que l'avocat de Mordekaï avait remis à Satish, il s'était dit qu'ils menaient peut-être une bataille perdue d'avance.

Le lendemain de la fête, Judah s'enferma toute la journée chez lui pour étudier des textes juridiques, dans l'espoir de trouver une solution à leur problème. S'il échouait, Rachel perdrait confiance.

Quant à Zephra, elle vérifia les relevés bancaires de Rachel et en conclut qu'il leur fallait bien plus d'argent qu'ils n'en avaient pour le moment. Elle avait également besoin d'un ordinateur et d'un accès Internet. Elle alla donc chez Kavita et passa des heures à taper des lettres, à les poster, à envoyer des e-mails à des organisations et des personnalités juives en Inde, en Israël, en Europe et aux États-Unis, pour essayer de collecter des fonds. Arriveraient-ils à convertir la synagogue en musée ? Elle commençait à recevoir des réponses positives de Juifs, connus et inconnus, du monde entier.

Zephra allait aussi devoir persuader le président du comité d'organiser une réunion chez Rachel, à Danda, pour leur soumettre ce projet. Mais tant que Mordekaï était dans les parages, la tâche ne serait pas facile ; aussi lui fallait-il découvrir à quelle date il avait prévu de faire son *Alya*[1] en Terre promise, avec les fonds obtenus en vendant la maison de Dieu.

---

1. Terme désignant l'immigration des Juifs en Israël.

Pour faire face au Conseil, il faudrait à Zephra du tact, de la finesse, du cœur et du bon whisky qu'elle servirait avec des amuse-gueules préparés par sa mère, et avec l'aide de Dieu...

Boulettes de viande

Ingrédients
Viande hachée (mouton ou poulet), pommes de terre, oignon, œufs, sel, piment, curcuma, gingembre, ail, feuilles de coriandre, chapelure, huile.

Préparation
Pour la farce, faites d'abord cuire à la cocotte-minute 500 g de viande hachée, pour une dizaine de boulettes. Dans une grande poêle, faites dorer un oignon finement haché, puis ajoutez une cuillère à café de pâte gingembre-ail, une pincée de curcuma, du sel, une demi-cuillère à café de piment rouge en poudre ou un piment vert frais écrasé, et une bonne cuillère à café de feuilles de coriandre ciselées finement. Ajoutez ensuite la viande précuite et faites revenir jusqu'à ce que tout le liquide se soit évaporé. Réservez.
Faites cuire huit pommes de terre, écrasez-les et salez. Réservez.
Avec les pommes de terre écrasées, façonnez des boulettes de la taille d'un citron, puis aplatissez-les dans le creux de votre main. Placez ensuite l'équivalent d'une cuillère à soupe de farce de viande au centre, refermez la main de façon à recouvrir la viande de pomme de terre et aplatissez légèrement.
Battez deux œufs entiers dans un bol et trempez-y chaque boulette avant de la recouvrir de chapelure.
Faites dorer dans de l'huile.

Pour les occasions festives, les Juifs du monde entier préparent des boulettes à base de viande hachée.

Les membres du Conseil de la synagogue acceptèrent l'invitation de Rachel à se retrouver autour d'un verre. Judah leur avait dit au téléphone qu'une voiture viendrait les prendre. Il n'avait pas précisé que c'était Kavita qui avait organisé ce service.

Depuis le décès d'Aaron, Rachel ne recevait plus d'invités à dîner et, si quelqu'un venait la voir en soirée, elle ne l'accueillait pas au salon, mais sur la véranda, d'où l'on voyait la mer.

C'est Judah et Zephra qui avaient convaincu Rachel de lancer cette invitation. L'usage aurait voulu qu'elle invite ses hôtes à dîner, mais alors ils n'auraient pas pu parler de la synagogue. De toute manière, elle avait une excuse : si elle n'avait pas organisé de dîner, c'est qu'elle n'avait pas encore retrouvé toutes ses forces après son séjour à l'hôpital.

Quand Zephra commença à organiser la soirée, Rachel lui demanda de préparer le salon. Il lui semblait plus facile d'aborder un sujet aussi difficile dans un cadre plus intime.

Rachel choisit son sari avec le plus grand soin. Elle porterait celui qu'elle avait demandé à Aaron de lui acheter pour Kippour, un sari blanc à bordure dorée. Elle mettrait les sandales que Zephra lui avait rapportées d'Israël. Elle avait décidé d'endosser le rôle de propriétaire plutôt que celui d'agent d'entretien de la synagogue. Pour parfaire cette image, elle mit ses bracelets en or, sa chaîne avec l'étoile de David et une montre. Elle s'était fait un chignon serré, orné de fleurs de jasmin. Elle faisait vraiment très femme du monde. Rachel avait demandé à Zephra de mettre son ensemble blanc avec des chaussures à talons et à Judah de servir les boissons, car il faisait à présent partie de la famille. Elle les avait prévenus : ce soir, elle présenterait officiellement Judah comme le fiancé de sa fille. Pas la peine de discuter.

Mordekaï vint aussi et Rachel lui serra la main exactement de la même façon qu'aux autres invités. Elle ne laissa rien paraître, mais une fois face à lui, elle plongea ses yeux dans les siens, comme pour y lire ses pensées. Le regard direct et perçant de Rachel le déstabilisa tellement qu'il finit par détourner le sien. Rachel avait choisi de s'asseoir sur le grand fauteuil en cuir qu'elle avait hérité de ses ancêtres et qui avait été réparé maintes fois. Elle trônait au milieu du salon telle la reine de Danda.

Judah accueillit les invités avec courtoisie, leur demandant s'ils avaient fait bon voyage depuis Bombay. Une fois installés, ils découvrirent, avec un certain étonnement, Kavita Chinoy au milieu de la famille Dandekar. Elle était arrivée plus tôt pour aider Zephra à préparer et à servir les snacks, remplir le sceau à glace et vérifier le stock de glaçons au congélateur.

Mordekaï gigotait dans son fauteuil. Il voyait bien que Kavita Chinoy, vêtue d'un sari bleu pâle, se sentait chez elle dans la maison de Rachel. Il n'aimait pas ça du tout. Ses doigts pianotaient nerveusement sur l'accoudoir et il se demanda quelles autres surprises l'attendaient. Il se méfiait du jeune avocat et ne fut pas particulièrement ravi quand Rachel le présenta comme son futur gendre. Il était d'ailleurs le seul à ne pas féliciter Rachel avec la formule classique « *mazal tov*[1] ».

Le soleil se couchait sur la mer d'Arabie et y projetait de grandes ombres. Il était presque sept heures. On alluma les lumières et Judah servit du scotch. Il tendit un petit verre de brandy à Rachel qui, à la surprise générale, porta un toast. Enfin, Judah se versa un verre qu'il posa sur la table, offrit des cigarettes et du feu aux hommes et s'assit en tirant sur sa cigarette.

Kavita et Zephra firent passer les plateaux avant de s'asseoir avec les autres. Rachel avait prié sa fille de ne pas boire ni fumer ce soir-là. Zephra resta donc sagement assise, comme une bonne fille Bné Israël, et sirota un jus d'oranges en compagnie de Kavita. Ils remarquèrent tous que Mordekaï mangeait avec appétit et qu'il louait les talents culinaires de Rachel après chaque bouchée. Il était terriblement nerveux et répétait sans cesse combien il avait été proche d'Aaron et comment ce dernier ne le laissait jamais repartir sans l'avoir invité à partager leur repas.

---

1. Bonne chance.

Jhirad, le président du Conseil, ne s'était jamais vraiment intéressé à la synagogue. Il était resté silencieux en début de soirée, mais plus tard, détendu grâce à l'alcool et la nourriture, il s'adressa à Rachel en ces termes : « Je suppose que tu nous as invités pour une raison bien précise, n'est-ce pas ? Dis-nous ce que nous pouvons faire pour toi. »

Rachel lui sourit. « C'est exact. En vérité, j'ai plusieurs questions à vous poser. Pour commencer, je dois vous dire que je n'ai pas payé ma cotisation depuis des années et je voudrais savoir où et comment je peux m'en acquitter. C'est bien le conseil de la synagogue qui est censé s'occuper de cela ? » Elle les regarda l'un après l'autre et ajouta : « Je ne sais même pas qui est le trésorier actuellement. »

Joignant le geste à la parole, elle ouvrit son sac à main et en sortit un billet de cinq cents roupies.

Silence... Les membres du Conseil échangèrent des regards confus ; ils ne savaient que dire. Judah n'avait pas encore pris la parole, il s'occupait uniquement de remplir leurs verres, mais il était assez tendu.

Visiblement mal à l'aise, Jhirad regarda Mordekaï pour l'inciter à répondre. Mordekaï demanda à Judah de lui servir un autre verre et déclara : « Rachel, ma sœur, nous nous connaissons depuis si longtemps. Ça fait quoi, dix, vingt, trente, quarante ans ? Ton mari était mon meilleur ami, n'est-ce pas ? »

Rachel prit une petite gorgée de brandy et lui répondit : « Pour ce qui est de mon mari, je suggère que nous le laissions reposer en paix.

Il avait bon cœur, mais il n'a jamais vraiment su distinguer un ami d'un ennemi. »

Personne ne bougea et personne ne parla. Jhirad s'agita en cherchant des allumettes. Judah se leva pour lui donner du feu.

Mordekaï poursuivit : « Bien, bien, ma sœur, je ne sais pas pourquoi, mais tu sembles en colère contre moi. Pourtant mes intentions sont bonnes et tout ce que je fais, je le fais pour le bien de la communauté. Je ne ferais jamais rien qui puisse te nuire, à toi ou à ta famille. Et là, avec le mariage que vous allez bientôt célébrer, je serai le premier à t'aider pour les préparatifs. Tu n'auras qu'à m'appeler et je serai là tout de suite, à courir partout.

— Mordekaï, mon frère, répondit Rachel, soyons réalistes. On a tous les deux passé l'âge de courir partout comme des adolescents. Tu crois vraiment que tu viendras ici pour les préparatifs du mariage ?

— Ici ? Je ne comprends pas – tu as bien dit *ici* ? Tu comptes organiser un mariage ici, à Danda ? Il te faudra marier ta fille dans l'une des synagogues de Bombay ou de Thane. Où pourrait-on célébrer un mariage à Danda ? À moins que tu n'aies prévu qu'un mariage civil. Mais même dans ce cas, il te faudra aller à Alibaug, à la cour du district de Raigad. »

Il y avait quelque chose de vicieux dans le ton de sa voix. Rachel le regarda bien en face, prit le plateau de samosas et lui en proposa : « Tiens, ce sont tes préférés, prends-en un autre.

— Voilà qui te ressemble davantage », dit-il en prenant un samosa qu'il trempa dans le chutney de tomates.

J'espère, pensa Rachel, qu'il va avoir des gaz avant même d'arriver au port et que sa femme lui fera une scène pour avoir mangé chez les paysans.

Elle afficha un sourire poli et constata : « Je sais bien que tu adores mes plats, surtout ceux à base de farine de pois chiches, comme le pithal.

— C'est vrai, c'est un de mes plats préférés. Hélas, je te l'ai déjà dit, ma femme déteste ça. Elle appelle ça le plat du pauvre. N'empêche, il faudra que tu nous donnes la recette avant qu'on parte pour Israël.

— Bien entendu... Quand partez-vous, au fait ?

— Pas tout de suite, il me reste quelques affaires à régler.

— Quelles affaires ? demanda Rachel d'un ton grave.

— Des affaires personnelles », répondit-il en remuant inconfortablement dans son fauteuil.

Rachel reprit : « Pour en revenir aux noces, je disais donc que ma fille va se marier ici, à Danda !

— Tu vas ériger une *khoupa*[1] sur la plage ? demanda Mordekaï avec sarcasme.

— Je pourrais, mais je n'en ai pas besoin puisque j'ai une synagogue juste en face de chez moi...

— Une synagogue ? s'exclamèrent plusieurs membres du Conseil.

— Mais oui, ma synagogue, notre synagogue, celle que vous voyez par cette fenêtre.

---

1. Le mariage juif est célébré sous la *khoupa*, un dais qui symbolise le foyer du couple.

— On ne peut pas se marier dans une ruine, voyons. Et puis il n'y a plus rien, ni chantre, ni miniane, rien.

— Il y a toujours un Conseil, pourtant. Et ma fille peut parfaitement s'y marier. »

Cela ne lui était plus arrivé depuis bien longtemps : Mordekaï resta sans voix. Il fixa Rachel d'un air interloqué. Il n'aimait pas les femmes de tête et celle-ci l'avait toujours agacé avec ses questions. Aaron aurait mieux fait d'épouser sa pulpeuse cousine Ronith. Il se souvenait qu'un jour, après avoir descendu quelques verres, Aaron lui avait avoué combien il aimait les femmes rondes. Il méritait vraiment mieux que ce bombil qui leur pourrissait la vie. Il avait une grande arête de poisson à la main et il l'aurait volontiers enfoncée dans l'œil de Rachel.

Sentant son agressivité, Zephra lui tendit un petit plat et il y déposa l'arête, en la remerciant obséquieusement.

Jhirad, qui en était à son cinquième verre, se lança dans une longue tirade : « Rachel, ma sœur, nous n'avons pas de synagogue et pas de Conseil. Je n'ai de président que le titre. Ton mari Aaron était vice-président, Joseph est trésorier, Laël est responsable des activités culturelles et Mordekaï le secrétaire. Mais tout ça, ce ne sont que des coquilles vides. Le chantre, comme tu le sais, est devenu en quelque sorte le boucher de la communauté et le reste du temps, il promène les enfants sur son cheval, à la plage. Et nous n'avons plus de *chamach* depuis longtemps. Il me semble que le dernier est mort en Israël il y a deux, trois ans. Nous ne sommes que les serviteurs du Seigneur. Il y avait un groupe d'administrateurs, ils sont tous morts. Et tu te souviens sans doute que l'arrière-arrière-grand-père de Mordekaï a reçu cette terre des mains des Anglais ou des Hollandais, je ne sais plus, il y a bien longtemps. Il a les papiers. Donc, en principe, ce terrain est à lui. Il l'a récemment vendu à la famille Chinoy. De braves gens et, comme Mme Chinoy, ici présente, a dû te le dire, ils comptent y construire un hôtel et la synagogue serait transformée en serre, pour cultiver des fleurs. De toute façon, cet endroit ne nous sert plus à rien, c'est même devenu un fardeau », dit-il en tapotant des doigts sur l'accoudoir de son fauteuil.

Les joues en feu, Kavita intervint : « Excusez-moi, monsieur, mais si je suis ici, c'est en tant qu'amie de la famille. »

Mordekaï était de plus en plus agité et regardait Rachel d'un air mauvais. Puis son visage prit un air plus doux pour s'adresser à Kavita : « Veuillez nous pardonner, madame, Jhirad parlait de votre époux. Du reste, je crois bien que c'est moi qui vous ai présentée à Rachel ; j'ignorais que vous étiez une amie de la famille. »

Rachel regarda Kavita avec tendresse et dit à l'adresse de Mordekaï : « C'est une amie d'enfance de ma fille. Mais peu importe. Je souhaite discuter du Conseil. Donc, vous me dites qu'il n'y a pas de Conseil, qu'il n'y a pas d'administrateurs et, selon Mordekaï, il n'y a pas non plus de synagogue. Mais pour ce qui est de cette histoire d'Anglais ou de Hollandais, je suis au regret de vous dire que ces terres n'ont jamais été offertes aux ancêtres de Mordekaï, mais aux miens, les Dandekar, une famille illustre. Plus précisément, elles ont été données à Haïm Robenji Dandekar par Shivaji Maharaj. » Pour illustrer ses propos, elle ouvrit une boîte posée sur la desserte, qui contenait la photocopie d'un document très abîmé. « Voilà le document qui prouve que ces terres ont bien été données à ma famille. Malheureusement, feu mon époux avait eu l'imprudence de raconter cette histoire à Mordekaï, qui l'a reprise à son compte en s'imaginant que nous n'étions qu'une bande d'idiots, incapables de prendre soin de la terre de Dieu. »

Puis elle s'adressa à Jhirad : « Puisque notre frère Mordekaï part pour Israël, nous allons devoir accepter sa démission. Par ailleurs, je souhaite que tu te procures les actes de décès des administrateurs qui nous ont quittés, et ensuite nous pourrons redémarrer sur de bonnes bases et mettre à jour le titre de propriété, que vous devez avoir… »

Jhirad se creusa la tête : « Mais où est-il, au fait, ce titre ? »

Toujours impassible, Rachel brandit un papier : « Le voilà ! »

Mordekaï se leva d'un bond et tenta de lui arracher le document des mains en criant : « Tu n'as pas le droit de t'emparer des documents de la synagogue !

— On n'a pas le droit non plus de les laisser pourrir dans la remise, comme on n'a pas le droit de vendre un lieu de culte pour en tirer profit », remarqua Judah calmement.

Mordekaï se leva : « C'est pour ça que tu nous as invités ce soir, pour nous insulter ? » cria-t-il.

Jhirad comprit que la situation était grave : « Assieds-toi Mordekaï, il ne s'agit pas d'insultes, mais de la vérité. J'ai l'impression de sortir d'un long sommeil. Il va falloir que j'étudie tout ça d'un peu plus près.

— C'est ça, lui lança Mordekaï, étudie tout ce que tu voudras. Pour ma part, je m'en vais. M. Chinoy m'a versé un acompte et il me versera le reste dans quelques jours, alors la synagogue, vous pouvez l'oublier. Elle est à moi et j'ai parfaitement le droit de céder ce qui m'appartient. Et qu'en feriez-vous de toute façon ? Comment pouvez-vous me soupçonner de mal agir ? Toute ma vie j'ai travaillé sans relâche pour le bien de cette communauté ! »

Rachel sourit : « Quelle communauté ? Je croyais qu'il n'y en avait plus... Je suppose que c'est d'ailleurs pour cela que tu as vendu la maison de nos prières, n'est-ce pas ? »

Judah remarqua que Jhirad était un peu ivre et tout à fait furieux lorsqu'il s'adressa à Mordekaï : « Tu nous as tous trahis. Rachel a raison. Puisque tu pars pour Israël, tu dois me donner ta démission, par écrit.

— Je n'ai jamais été membre du comité exécutif.

— Oh que si ! Tu as été nommé au milieu des années soixante-dix. Depuis, le comité est inactif. Ça me prendra sans doute des mois, mais je compte bien remettre nos affaires en ordre, avec l'aide de notre jeune avocat, dit-il en désignant Judah. Et si Mordekaï accepte de démissionner, nous pouvons réunir le comité exécutif ici et maintenant ; il suffit d'un quorum de quatre membres et on pourra en profiter pour y intégrer Judah tout de suite. »

Mordekaï était tellement en colère qu'il demanda aussitôt de quoi officialiser sa démission. Sans se départir de son air courtois, Judah lui apporta une feuille et un stylo. Tremblant de rage, Mordekaï griffonna une brève lettre, qu'il laissa sur la table.

Judah s'en empara avant que Mordekaï ne puisse changer d'avis ; il la lut à haute voix et la rangea dans sa mallette.

Mordekaï était dans tous ses états et se leva pour partir. Il fut le premier à entendre la voiture qui s'était arrêtée juste devant la maison et il attendit pour voir qui était là. Brownie aboya et Judah sortit pour ouvrir le portail. Il revint accompagné de Satish Chinoy.

Kavita fut surprise de voir son mari, qui n'avait même pas pris le temps de se changer : il était en short, tee-shirt et chaussures de sport.

Satish Chinoy salua les invités un à un, avant d'accepter un verre. Puis il se tourna vers Mordekaï : « Vous ne partez pas déjà, j'espère. Je voulais justement vous voir. Kavita m'avait dit que vous seriez là ce soir. Je voulais vous parler de ce terrain que vous avez cherché à me vendre. Il semblerait qu'il appartienne à la famille Dandekar, en réalité. Apparemment, il y a un document en ce sens... »

Puis il dit à Rachel : « Veuillez me pardonner, madame, d'arriver chez vous à l'improviste. J'espère que je n'ai pas gâché la fête au moins », dit-il d'un air malicieux.

Il s'adressa de nouveau à Mordekaï : « Je devais vous rencontrer sans attendre pour vous dire que je ne peux acquérir ce terrain que vous avez voulu faire passer pour le vôtre. Je suis un homme croyant. Je ne saurais m'opposer à la volonté de Dieu, ni le vôtre ni le mien. »

Curry de poisson masala rouge

Ingrédients
Pomfret, huile, masala pour poisson,
piment rouge en poudre, cumin moulu, curcuma,
noix de coco, ail, coriandre fraîche, vinaigre, sel.

Préparation
Coupez le pomfret en sept tranches, salez-les et réservez.
Préparez un masala avec une cuillère à café d'ail
réduit en pâte et soit une cuillère à café de masala
de poisson tout prêt, soit une demi-cuillère à café
de piment rouge, de curcuma et de cumin.
Ajoutez ¼ de litre de lait de coco.
Mélangez bien et réservez.
Faites chauffer une cuillère à soupe d'huile
dans une cocotte ou une bonne poêle,
ajoutez votre masala, portez à ébullition
et ajoutez les morceaux de poisson.
Faites-les cuire le temps nécessaire, selon l'épaisseur
des morceaux. La sauce doit prendre une belle teinte
rouge. Garnissez de feuilles de coriandre et servez chaud
avec du riz.

Facultatif : vous pouvez ajouter une cuillère à café
de vinaigre une fois que le poisson est cuit ;
vous prolongerez alors la cuisson
de cinq minutes, à feu très doux.

Après le départ de Mordekaï, un sourire victorieux se dessina sur les lèvres de Rachel, qui n'avait pas quitté son fauteuil de toute la soirée. Elle prêta une oreille attentive aux échanges entre Jhirad, Satish et Judah portant sur l'avenir de la synagogue. Elle était ravie de la tournure qu'avaient pris les événements. On lui avait enfin rendu justice. Il se faisait tard. Jhirad, Laël et Joseph remercièrent Rachel de son accueil et repartirent pour Bombay.

À présent, Rachel avait de la sympathie pour Satish Chinoy et elle lui proposa de rester à dîner. Il lui dit d'abord combien il était désolé de l'avoir blessée par cette affaire, puis il accepta son invitation.

Aidée des deux jeunes femmes, Rachel prépara un simple curry de poisson et du riz. Il restait aussi quelques boulettes et des côtes d'agneau.

La lune se leva au-dessus de la mer. Ils partagèrent le repas comme une vraie famille et c'est alors que Satish leur raconta pourquoi et comment il avait changé d'avis.

« J'ai fait une rencontre étrangement mystique, je dirais même divine, dit-il, visiblement encore un peu secoué. C'était vers six-sept heures, un moment de la journée qui m'a toujours paru comme suspendu dans le temps. Il y a comme une infime ligne de démarcation entre le jour et la nuit, avant que l'obscurité n'avale la terre. J'appelle ça mon syndrome de six heures. Quand je suis à Bombay, je le noie dans le travail, mais à Alibaug je fais un jogging dans le jardin.

« Voyez-vous, je suis pratiquant. Nous le sommes tous les deux, ajouta-t-il en regardant son épouse. Je crois en l'existence d'une puissance spirituelle supérieure, que nous appelons Dieu. J'ai un petit autel dédié à Krishna dans mes maisons de Bombay et d'Alibaug et j'y passe une heure à prier, tous les matins, avant d'aller travailler. Notre famille fait toujours une grande fête pour *Janmashtami*[1]. Je respecte également les autres divinités, et nous accueillons régulièrement des religieux dans notre maison de Bombay.

« Aujourd'hui, après le travail, je me suis installé sur la pelouse avec une tasse de thé. J'étais agité et je me suis mis à lire un livre que j'avais commencé il y a quatre ans au moins, sans jamais dépasser la page dix. Je n'arrivais pas à me concentrer et j'étais mélancolique. Je me suis mis à observer l'étoile du berger et, curieusement, je fus apaisé. J'ai repris mon livre et j'ai pu me concentrer sans problème ; j'ai lu une cinquantaine de pages d'affilée.

---

1. Fête hindoue célébrant la naissance de Krishna, le huitième avatar de Vishnou.

« Quand je suis à Alibaug, je n'aime pas être dérangé à ce moment-là de la journée. Après, je prends généralement un verre de whisky avant le dîner et je me couche pour lire ou regarder la télévision, chose que je n'ai pas le temps de faire à Bombay. C'est l'une des raisons pour lesquelles j'aime tant me réfugier dans notre maison d'Alibaug.

« Bref, j'étais assis là quand j'ai senti quelque chose autour de moi. J'étais absorbé par ma lecture, mais en même temps, j'ai senti comme une chute de température, un souffle frais qui m'entourait. Tout mon corps s'est relâché, je me sentais léger, vraiment sans poids, comme si quelqu'un m'avait soulevé et que j'étais resté suspendu en l'air. C'était une sensation très agréable que j'ai d'abord attribuée à l'environnement pastoral. Mais au fond, je savais que je n'étais pas seul. Je me sentais épié.

« J'ai levé les yeux et j'ai vu un homme à cheval, juste devant moi, sur ma pelouse. Sur le coup, j'étais furieux et je voulais appeler le gardien, mais j'avais perdu la voix.

« Le cavalier était un homme d'âge mûr. Je ne l'avais encore jamais vu. Je voulais l'inviter à prendre le thé mais il paraissait distant. Il émanait de lui quelque chose qui semblait m'imposer le silence, le genre de silence que l'on ressent quand on médite.

« Dans la pénombre, j'ai vu que le cheval semblait sculpté dans le marbre. Quant au cavalier, on aurait dit une statue équestre. J'ai regardé tout autour de moi pour voir si la lumière couchante me jouait des tours. N'était-ce qu'une illusion ? Le surmenage me faisait-il voir des formes, là où il n'y avait que des ombres ? Mais rien de tel ; l'homme semblait bien réel.

« Le seul signe de vie de cet homme-sculpture, c'était son regard. Il me fixait et je me sentais comme hypnotisé.

« Peu à peu, ma vue s'est stabilisée et j'ai remarqué qu'il était curieusement vêtu. J'ai pensé que c'était un saint homme de passage et je l'ai donc invité à se joindre à moi en lui offrant un siège. Je n'arrivais pas à comprendre comment il avait pu tromper la vigilance des gardiens. Peut-être les avait-il envoûtés avant de passer le portail. Il avait surgi, sans que je l'aie vu arriver.

« Il se tenait debout, appuyé contre son étalon blanc. En fait, il était beaucoup plus grand qu'une personne normale et le cheval était énorme aussi – comme les chevaux de trait qu'on voit en Europe. La bête était deux fois plus grande que moi, avec une encolure formidable, une crinière soyeuse, un corps élégant et une croupe colossale. Son harnachement était en or massif.

« Le cavalier portait un manteau de soie pourpre retenu à la taille par une cordelette tressée rouge et un châle bleu. Il avait des sandales dorées et ses cheveux lui faisaient comme un halo de flammes argentées. J'étais fasciné. J'avoue qu'au départ j'étais un peu inquiet – il pouvait s'agir d'un imposteur. Mais dès qu'il s'est assis à côté de moi, tous mes doutes se sont envolés.

« J'ai joint mes mains en un geste de respect et je lui ai demandé : "Maître, d'où venez-vous, des montagnes de l'Himalaya ?" Il a secoué la tête sans dire un mot. "Votre cheval est splendide. Où l'avez-vous eu ? C'est un cheval arabe ?" Il m'a adressé un sourire aimable, mais il n'a toujours rien dit. "Avez-vous fait vœu de silence ?" Je commençais à ne plus trop savoir quoi dire.

« Là, ses lèvres ont bougé mais je n'ai rien compris. Les mots qu'il prononçait avaient la douceur des pattes du lion qui marche dans la savane. Je ne comprenais rien du tout. Peut-être parlait-il une langue que je ne connaissais pas. Je lui ai donc redemandé d'où il venait.

« Il a levé la main en direction de Sagav. Ensuite sa main s'est dirigée vers Danda. J'ai eu l'impression qu'il voulait me montrer la synagogue.

« En fait, il ressemblait énormément à la représentation de Dieu par Michel-Ange, à la chapelle Sixtine. Vous savez, celle où l'on voit Dieu dans les cieux qui insuffle la vie à Adam. Kavita et moi l'avons vue il y a trois ans. Enfin, je me suis rendu compte qu'il ressemblait vraiment à un personnage biblique, comme ceux que l'on voit dans le film *Les Dix Commandements*. En y repensant, il me rappelle Charlton Heston. Je me suis donc mis à regarder dans la direction qu'il m'indiquait et voilà que subitement j'ai pensé à Mordekaï.

« Et là, je me suis senti tout bizarre, la température de mon corps a chuté, mon cœur battait la chamade et je me suis mis à transpirer comme si ma tension était montée en flèche. Quand je me suis de nouveau tourné vers lui, il n'y avait plus personne. Il avait disparu avec son étalon. Il ne restait plus qu'une sorte d'aura à l'endroit où il s'était trouvé, ça ressemblait à une pleine lune.

« C'était fou, il était là, et l'instant d'après il n'y était plus. L'aura s'est dissoute peu à peu. J'ai su que je venais de rencontrer un esprit. Je suis resté immobile un bon quart d'heure, car je ne voulais pas mettre fin à cette expérience spirituelle.

« Ensuite, je me suis levé machinalement, j'ai appelé le gardien et je lui ai demandé s'il avait vu quelqu'un entrer ou sortir de la maison. Il m'a regardé comme si j'avais perdu la tête. Personne n'était venu ni parti, pas même le cuisinier qui allait habituellement chercher le pain tous les soirs, à vélo.

« Je me suis dirigé vers la maison le cœur léger, plein d'allégresse. Et devinez quoi ? Dès que je suis entré dans mon bureau pour chercher des cigarettes, j'ai vu le dossier de Mordekaï posé sur la table. J'étais pourtant persuadé de ne pas l'avoir laissé là, et ma secrétaire veille toujours à enfermer les documents importants avant de partir. J'ai feuilleté les papiers et j'ai eu le sentiment que mon Charlton Heston me demandait de ne pas conclure l'affaire avec Mordekaï.

« Et là, j'ai décidé sur-le-champ d'y mettre un terme. Tant pis pour l'acompte que j'avais déjà versé à Mordekaï. Ensuite une main invisible m'a guidé vers ma voiture et jusqu'à vous. Kavita m'avait dit que Mordekaï et les membres du Conseil s'y réuniraient et il fallait absolument que je lui fasse part de ma décision immédiatement, et devant tout le monde. »

Rachel écouta ce récit avec la plus grande attention. Il était évident pour elle que le prophète s'était manifesté, mais elle n'en dit rien. Puis elle vit que Satish regardait fixement un cadre accroché au mur et qu'il paraissait fébrile. « Le Maître qui est venu chez moi... Il ressemblait exactement à ça. Qui est-ce donc ? demanda-t-il.

— C'est le prophète Élie », dit Rachel calmement, puis elle demanda à Zephra d'allumer une bougie et de verser du vin dans la coupe de Pessah réservée à Eliyahou Hanavi.

Elle savait qu'il était présent parmi eux à cet instant.

Miri cha maas

Ingrédients
Mouton, oignons, ail, gingembre,
poivre noir, sel, huile.

Préparation
Prenez un demi-kilo de viande de mouton
et coupez-la en cubes, comme pour un bourguignon.
Lavez, salez et réservez la viande.
Faites griller au four ou, si vous en avez la possibilité,
au barbecue, deux gros oignons non pelés.
Quand ils sont cuits, laissez-les refroidir
avant de les éplucher et de les réduire en purée
au mixer avec dix gousses d'ail
et un morceau de gingembre d'environ 2,5 cm.
Dans une cocotte ou une cocotte-minute, mélangez bien
la viande à la purée d'oignon,
ajoutez un demi-verre d'eau
et faites cuire jusqu'à ce que la viande soit tendre.
Pour finir, faites chauffer une cuillère à soupe d'huile
dans une sauteuse puis ajoutez la viande cuite,
du sel, une cuillère à café de poivre noir
(de préférence fraîchement moulu), et faites revenir
jusqu'à ce que la sauce ait épaissi.
Servez chaud avec du pain, des chapatis
ou du khichdi.

À la différence de la plupart des currys, le *miri cha maas*,
ou mouton en sauce au poivre noir,
n'est pas de couleur rouge
mais gris, presque noir – comme devait l'être
le ciel la nuit du naufrage.

Après la démission de Mordekaï, les choses se remirent en place, petit à petit. Parmi les vieux documents qu'il avait récupérés à la synagogue, Judah trouva un registre des réunions du Conseil. Grâce aux informations fournies par Jhirad et d'autres, il finit par remettre un minimum d'ordre dans les papiers. Jhirad organisa une assemblée générale extraordinaire au cours de laquelle la démission de l'ancien secrétaire fut enregistrée et Judah nommé membre du comité exécutif. Il commençait à être fatigué de compulser de vieux documents et d'en rédiger de nouveaux.

Il y eut une légère tension lorsque Jhirad déclara qu'avant d'être élu au Conseil, Judah devait d'abord intégrer la synagogue Itzraeli de Danda. Judah n'en avait pas très envie, mais il surmonta ses réticences car il voulait avant tout aider Rachel. Même s'il adhérait sans conviction, il savait que cela faisait de lui un membre à part entière de la communauté. Judah avait sorti du tas de vieux papiers tous les documents forgés par Mordekaï. Ils furent mis de côté et le Conseil décida de condamner Mordekaï à une amende pour faux et usage de faux. Certes, le coupable était déjà parti en Israël, mais le Conseil conserva néanmoins les preuves dans un dossier spécial, au cas où il referait surface un jour pour essayer de récupérer les terres qu'il avait tenté de spolier.

Une fois que tous les papiers et registres furent à jour, Zephra et Judah les classèrent dans le placard de la remise. Hormis les fissures et la peinture écaillée, la synagogue était propre et rangée, comme prête à accueillir les fidèles.

Rachel reprit ses anciennes habitudes et passa ses après-midi à la synagogue.

Le *Raigad Times*, le journal local, publia un portrait de Rachel, avec photo. L'article évoquait son dévouement à la synagogue et ses efforts pour préserver l'héritage culturel de la communauté juive d'Alibaug. Pour la prise de vue, elle avait mis un ensemble salwar kamiz noir. Elle avait exigé qu'on la photographie dans la synagogue. Rachel était devenue célèbre et elle appréciait l'attention qu'on lui portait.

Cet ensemble noir était un cadeau de son plus jeune fils, Jacob, du temps où celui-ci était encore célibataire. Après son service militaire et avant d'entrer à l'université pour étudier l'informatique, il avait passé un mois en Inde, avec sa mère. Rachel avait remarqué des changements chez son fils. Par exemple, il n'aimait plus le methi. En revanche, il lui réclamait constamment du mouton en sauce au poivre noir mais à chaque fois qu'elle s'apprêtait à en faire, il l'en dissuadait sous prétexte qu'il était barbouillé. Finalement, il n'avait mangé que du riz et des lentilles tous les jours. Évidemment,

Rachel était furieuse, mais elle savait très bien qu'il lui fallait trouver le moyen de découvrir ce qui préoccupait son garçon, sans lui poser des questions trop directes. Il n'aimait pas qu'elle l'interroge sur sa vie privée.

Avec Aviv, les choses avaient été tellement plus simples. Quand il était revenu en Inde pour la première fois – après l'armée et avant de commencer son travail comme agent de sécurité à l'aéroport Ben-Gourion de Tel-Aviv –, elle lui avait demandé s'il souhaitait se marier.

Il avait répondu que oui, mais qu'il n'avait pas encore rencontré l'élue de son cœur. Bien sûr, il ignorait que sa mère avait déjà rédigé une liste de fiancées potentielles.

La première fille qu'il accepta de rencontrer, ce fut Irène, la nièce de Ruby. Elle était professeur à Bombay. Elle lui plaisait bien, mais il hésitait parce qu'il avait eu l'impression qu'elle était plus grande que lui, et cela le gênait. Quand sa mère lui demanda ce qu'il en pensait, il se contenta de lui lancer un regard inexpressif. Elle en conclut qu'elle n'était pas à son goût. Rachel était déçue, car elle avait pensé qu'Irène serait parfaite pour Aviv.

Elle était plus élancée que la plupart des filles Bné Israël, elle avait le teint clair et le visage rond, des courbes et des mains douces. Rachel était convaincue que son fils pourrait être heureux avec cette fille. Mais dans l'autorickshaw, sur le chemin de retour à Danda, tout ce qu'il consentit à lui dire fut : « Elle est trop grande.

— C'est oui ou c'est non ? demanda Rachel.

— Elle n'est pas mal, répondit Aviv.

— Comment ça, pas mal ? Le mariage, c'est une question de vie ou de mort. Si tu la trouves juste pas mal, ça veut dire qu'elle ne te plaît pas. »

Il rougit en guise de réponse et sa mère comprit : « Je crois que pas mal, ça veut dire qu'elle te plaît, mais que sa taille te pose un problème, c'est ça ?

— Ben oui, on fera un drôle de couple si elle est effectivement plus grande que moi.

— Bon, comment faire pour connaître sa taille exacte ? Tu veux que j'appelle Ruby et que je lui demande ? »

Aviv était gêné.

Rachel le taquina : « On pourrait peut-être vous mettre dos à dos pour voir lequel de vous deux est le plus grand.

— Arrête maman, ce n'est pas drôle.

— Ah, mais je ne plaisantais pas.

— Je ne vais quand même pas me soumettre à un jeu infantile.

— Et si elle n'était pas aussi grande, elle te plairait ?

— Peut-être...

— Il ne s'agit pas d'acheter des légumes au marché, là.

— Mais qu'est-ce que tu veux que je te dise, maman ? Je l'aime bien, mais...

— Bon, d'accord. La prochaine fois qu'on les voit, tu regarderas bien pour voir si elle vraiment plus grande que toi.

— On les revoit ?

— Oui, la semaine prochaine il y a une Malida chez Ruby, alors il te suffira de te mettre à côté d'elle et là tu verras bien.

— Oh non, je ne vais pas à la Malida. C'est hyper ennuyeux. Les femmes d'un côté, les hommes de l'autre. Comment veux-tu que je lui parle ? C'est compliqué, tu le sais bien.

— C'est vrai.

— En plus, si j'ai le malheur de lui faire ne serait-ce qu'un sourire, tout le monde va en conclure que nous sommes fiancés. Blague à part, maman, avant même de vérifier sa taille, il faudrait déjà savoir si moi je lui plais.

— Tu lui plais.

— Qu'est-ce que tu en sais ?

— Parce qu'Irène a déjà donné son accord et maintenant la famille attend ta réponse.

— Je lui plais ? » Aviv ne put cacher sa surprise. « Je ne suis pourtant pas du genre beau ténébreux. Je ne suis ni grand ni petit, quoique peut-être plus petit qu'elle. Enfin bref, je n'ai rien de spécial, juste un nez, deux yeux et deux oreilles, comme une photo d'identité. Je suis en bonne santé, j'ai la tête sur les épaules, un mode de vie simple et un boulot stable. Quel ennui ! Je ne peux pas imaginer qu'elle veuille faire sa vie avec moi.

— C'est pourtant le cas.

— Écoute maman, n'en parlons plus. Je ne suis pas certain de...

— Tu veux dire...

— Rien. Je ne veux rien dire. Je ne veux plus en parler.

— Est-ce que tu as quelqu'un là-bas, en Israël ?

— Si c'était le cas, tu crois sérieusement que je t'aurais laissée me chercher une fiancée ?

— Tu sais, j'ai d'autres filles sur ma liste, à Thane, à Bombay ou à Ahmedabad.

— Non, répondit Aviv en souriant.

— C'est qu'elle te plaît bien alors, Irène ?

— Je ne sais pas. »

Les projets de mariage en restèrent là et Rachel remit l'affaire entre les mains du prophète Élie. Comme dit le Talmud, l'aide peut venir de multiples façons.

Une semaine avant le départ d'Aviv, Rachel somnolait sur la véranda tandis que Jacob regardait les nouvelles à la télé, quand ils entendirent une voiture s'arrêter devant la maison. Brownie se mit à aboyer et Rachel vit Ruby et Irène sortir de la voiture.

Jacob était allongé sur le sol du salon, en short. Quand il les entendit arriver, il se précipita dans sa chambre, car il ne voulait pas se montrer dans cette tenue.

Rachel les accueillit chaleureusement. De toute évidence, elles étaient venues pour une raison précise. Rachel bavardait tout en leur servant des boissons fraîches et des petits gâteaux. Irène paraissait nerveuse et Rachel essayait de la mettre à l'aise en lui parlant de chiens et de canards.

Mais Ruby n'avait pas de temps à perdre et elle demanda si Aviv était déjà reparti en Israël. Rachel lui répondit que non, tout en se demandant comment elle allait bien pouvoir faire sortir Aviv de sa chambre. « Il doit être quelque part à l'intérieur, lui dit-elle du bout des lèvres. Tu sais bien que ces garçons travaillent dur en Israël. Quand ils reviennent à la maison, tout ce qu'ils font c'est manger et dormir. Il doit dormir. »

Imperturbable, Ruby dit : « Ah très bien. Il est encore là. Je me demandais s'il pouvait emporter un sari pour ma fille Sarah ? »

Rachel ne savait pas trop comment Aviv allait réagir, alors elle dit qu'elle lui demanderait de lui passer un coup de fil.

Toujours stoïque, Ruby insista : « Mais j'ai besoin de savoir rapidement, parce qu'il faut encore que je le donne au nettoyage à sec et puis il faudra que je fasse polir les broderies *zari*[1]. »

Rachel baissa les armes. À contrecœur, elle alla jusqu'à la chambre d'Aviv. Il était étalé sur son lit avec un magazine ouvert posé sur le visage. Elle savait qu'il ne dormait pas.

« Aviv, chuchota Rachel. Ruby veut absolument te voir avant que tu partes. Elle veut savoir si tu veux bien emporter un sari pour Sarah ?

— Dis-lui que je vais le prendre. J'ai très peu de bagages. Mais je ne sortirai pas d'ici. Dis-lui que je dors.

— Mais elle veut absolument te voir. Allez, viens, juste une seconde. Tu n'es pas obligé de t'attarder. Tu n'as qu'à lui dire que tu as une migraine. »

Aviv s'assit sur son lit en maudissant le jour où il avait accepté de rencontrer Irène. « Écoute maman, ça va trop loin, là. C'est quoi, ce cinéma ?

— Je t'en supplie, Aviv, juste une minute. C'est quand même ma meilleure amie.

— Ah oui c'est ça ! » Aviv ne put s'empêcher de sourire : « À toi aussi elle fait du chantage affectif. C'est bon, je vais m'habiller. Dis-moi, quelle tenue dois-je enfiler ? Un smoking peut-être ? »

---

1. Broderies faites avec des fils très fins d'or ou d'argent véritable.

Rachel sourit à son tour : « Rien !

— Rien du tout ? En costume d'Adam alors ? » Il serra sa mère dans ses bras puis prit des poses de body-building. « C'est bien la meilleure façon d'aller voir une fille, n'est-ce pas ? Qu'en dites-vous, mère ?

— Tout à fait d'accord », dit-elle en riant, tandis qu'il attrapait un vieux tee-shirt et la suivait jusqu'à la véranda.

Ruby le serra dans ses bras et il fit un sourire à Irène. Celle-ci resta de marbre et semblait plutôt mal à l'aise, assise dans son fauteuil au dossier raide.

Aviv s'appuya contre le mur de la véranda et lui demanda : « Vous avez un jour de congé ? Je ne sais même pas quel jour nous sommes. À chaque fois que je reviens à la maison, je perds toute notion du temps. »

Irène se détendit un peu et se mit à lui parler de son école et des enfants à qui elle détestait donner trop de devoirs. De fil en aiguille, ils s'étaient mis à comparer les systèmes éducatifs indien et israélien. Malheureusement, pendant tout ce temps, Irène ne quitta pas sa chaise, pas une seule fois. Rachel espérait de tout cœur que la jeune femme se lève, ne serait-ce qu'une seconde, pour qu'Aviv puisse vraiment évaluer sa taille.

Mais Irène resta assise, tout en beauté dans un salwar kamiz beige très chic, un foulard à motifs bleus sur les épaules. Rachel remarqua qu'elle avait un tout petit anneau dans l'aile du nez et les oreilles percées. Les bijoux lui allaient bien. Mais hélas elle ne semblait pas vouloir se lever. Elle paraissait très confortablement assise, les jambes croisées, et n'avait plus du tout l'air pressée de partir.

Il n'échappa ni à Rachel ni à Ruby que les deux jeunes gens parlaient et riaient comme de vieux amis quand Aviv, sans crier gare, lui demanda : « Tu es vraiment grande pour une fille Bné Israël. Tu fais quelle taille au juste ?

— Devine, lui répondit-elle d'un air taquin.

— Un mètre soixante-treize ?

— Soixante-seize.

— Ah, très bien, laissa-t-il échapper. Moi je mesure un mètre soixante-dix-neuf. »

Sans vraiment s'en rendre compte, Aviv venait de demander Irène en mariage et, avant qu'il puisse changer d'avis, Rachel lui dit d'un air sérieux : « Est-ce que je fais venir une boîte de péda ? »

Si les choses avaient été simples pour Aviv, il n'en fut pas de même pour Jacob. Il avait toujours été très clair là-dessus : il se trouverait une femme tout seul. Et c'est ce qu'il fit. Mais pour y parvenir, il dut surmonter un certain nombre d'obstacles, le premier étant Jacob lui-même. Sa première vision d'Ilana sur la plage de Tel-Aviv le laissa désemparé : comment faire sa connaissance ?

Il avait toujours été bon nageur et quand il fut affecté au quartier-général de l'armée à Tel-Aviv, il prit l'habitude d'aller nager tôt le matin. C'est là qu'il remarqua Ilana qui faisait son jogging sur la plage.

Elle portait un short et un tee-shirt minuscule. Elle avait les cheveux blonds méchés, qu'elle attachait pour courir. Elle était petite et pulpeuse, elle avait des jambes musclées, la lèvre inférieure légèrement proéminente et une poitrine très généreuse. Seule la couleur de ses yeux était indéfinissable. Elle avait le teint clair à la manière des Indiennes, mais des tas d'Israéliennes avaient ce genre de peau.

Comme ils se croisaient toujours au même endroit et vers la même heure, il en déduisit qu'elle devait habiter non loin de là. Dès qu'il était à Tel-Aviv, il allait sur la plage à six heures du matin. Il voulait à tout prix faire sa connaissance, mais il ne savait pas comment s'y prendre. Il était en train de tomber amoureux de cette jolie fille, mais elle lui semblait hors de portée.

Jacob fréquentait cette plage depuis trois mois environ lorsqu'un jour il ne la vit pas. Il ne voulait pas retourner à la base sans l'avoir vue. Il était accro. Il étala sa serviette, s'allongea, enfila ses lunettes de soleil et attendit... Peut-être était-elle en retard ou partie plus tôt, ou même malade. Et si c'était une touriste et qu'elle était partie pour toujours ?

Le soleil se fit plus intense, la plage commença à se remplir et il s'assoupit.

Quand il rouvrit les yeux, il la vit sortir de l'eau à côté d'une grande fille blonde. Elles étaient seins nus et ressemblaient à des naïades. Il aurait pu passer des heures à la regarder. Elle portait un maillot blanc ; ses seins étaient moins bronzés que le reste de son corps, ils étaient fermes et magnifiques.

Depuis qu'il était installé en Israël, il avait connu pas mal de filles et les filles à moitié nues, ça ne manquait pas à la plage. Ilana n'était pas forcément la plus belle d'entre elles et pourtant, elle avait quelque chose d'irrésistible. Peut-être parce qu'il avait décidé qu'elle était indienne ? Il les suivit des yeux jusqu'à l'endroit où elles choisirent d'étaler leurs serviettes pour s'allonger.

Il rêvait d'elle, s'imaginant en train de la sauver de l'attaque d'un malfrat, d'un requin ou d'un tsunami. Alors elle s'accrocherait à lui en le remerciant, avant de l'embrasser longuement. Il se faisait tout un cinéma dans sa tête. Il ferma les yeux et somnola, furieux contre lui-même. Pourquoi n'avait-il pas le courage de se planter en face d'elle et de lui dire : « Shalom, je m'appelle Jacob et j'aimerais faire ta connaissance. » Moshé, son copain de chambre, savait s'y prendre avec les filles, lui. Quand il y en avait une qui lui plaisait, il allait tout simplement la voir, il lui racontait des trucs et voilà. Parfois ça marchait, parfois ça ne marchait pas. Il devrait peut-être demander de l'aide à Moshé ? Non, finalement ce n'était pas une bonne idée – si ça se trouve, c'est avec Moshé qu'elle partirait. C'était trop risqué.

Il était tourmenté. Et si elle avait déjà un copain ou pire, un fiancé ? Il était déçu qu'elle ne l'ait même pas remarqué. Pour elle, il n'était qu'un garçon parmi tant d'autres.

Jacob était tellement obsédé par cette jolie fille qu'il était incapable de penser à autre chose. Au moins, se disait-il, ils avaient une chose en commun : ils avaient choisi la même heure matinale pour faire du sport à la plage nord de Tel-Aviv. Il se pourrait d'ailleurs que ce soit le destin qui les ait conduits là, car après tout elle était la seule à avoir attiré son regard, la seule parmi les milliers de gens qui venaient nager et courir ici...

Au bout d'un an, le prophète Élie lui vint enfin en aide. Sa tante Norine, qui vivait à Beer-sheba, l'invita au festival annuel de musique et de danse indiennes. Jacob passait souvent le week-end avec sa tante et son oncle à se régaler de leur affection, de leurs bons petits plats et des films indiens qu'ils regardaient ensemble.

Contrairement à Rachel, Norine était une femme grande et forte, qui portait des saris en polyester et travaillait dans une usine d'aviation. Jacob ne savait pas ce qu'elle y faisait au juste. Son mari Cyril était employé dans un hôtel non loin des salines de la mer Morte et ils menaient une vie assez confortable dans leur petit appartement. Ils n'avaient pas d'enfants, leurs journées étaient bien réglées et leur temps libre consacré aux épopées de Bollywood.

L'association des Juifs indiens avait loué une très grande salle pour la fête. Jacob se serait cru en Inde : il y avait une senteur de curry et de parfums mêlés. Les femmes étaient habillées à l'indienne et portaient des tas de bijoux scintillants. Les hommes étaient vêtus soit à l'indienne, soit à l'occidentale, comme Aviv. Jacob, lui, aimait bien porter des vêtements indiens et fut le seul à arborer une toque Gandhi.

La fête commença par un ballet Bharat Natyam, suivi par une série de danses inspirées des superproductions du cinéma indien. Pour couronner la soirée, le maître de cérémonie annonça la célèbre chanteuse Ilana Stein et son groupe dirigé par Samuel Kehimkar. La foule applaudit à tout rompre et Norine raconta à Jacob que la mère d'Ilana était une Juive de Bombay et son père israélien. « Tu ne t'en souviens probablement pas, mais Samuel a joué du sitar pour des films de Raj Kapoor », ajouta-t-elle avec une certaine fierté.

Jacob avait vu Ilana tant de fois en rêve qu'il la reconnut immédiatement : c'était la fille de la plage. Il en eut le souffle coupé et Norine s'inquiéta : « Tu vas bien ? Tu as l'air un peu malade. »

Il fit non de la tête et resta collé à sa chaise, tétanisé.

Ilana portait une jupe multicolore traditionnelle, très évasée, un corsage argenté noué derrière le cou et un foulard transparent brodé d'étoiles sur ses épaules nues. Ses cheveux étaient remontés et fixés par un diadème. Ses bras étaient couverts de bracelets, elle portait des chaînettes aux chevilles et des talons hauts. Sous la lumière de l'éclairage, il vit pour la première fois qu'elle avait les yeux bleus.

Il racontera plus tard qu'à la voir ainsi apprêtée, il l'avait trouvée artificielle ; il la préférait à la plage, au naturel. Un peu déçu, il s'avachit sur sa chaise et se dit qu'il était grand temps de mettre fin aux illusions qu'il s'était faites.

Mais à la seconde où elle commença à chanter, il se redressa : sa voix rauque et sexy était envoûtante. Samuel jouait du sitar, la grande blonde qu'il avait vue à la plage de la flûte et un autre musicien du tabla.

Les chansons étaient un mélange de musique classique indienne et de mélodies populaires israéliennes, avec des paroles en hébreu et quelques mots hindis qu'elle avait dû grappiller dans les films de Bollywood. Elle bougeait son corps de façon sensuelle, jouait savamment avec son foulard et découvrait ses bracelets de chevilles en soulevant sa jupe juste ce qu'il fallait. Les gens applaudissaient à chacun de ses morceaux et vers la fin, comme le rythme s'accélérait, la foule se déchaîna : le public dansait, tapait des mains et en redemandait.

Jacob fut le seul spectateur qui ne se leva pas une seule fois de sa chaise. Il était complètement abattu, car il était désormais certain que cette femme était hors de sa portée. Après tout, c'était une star et lui n'était qu'un pauvre soldat anonyme.

Après le concert, il n'eut pas le courage de l'approcher, car une foule rassemblée autour d'elle lui demandait des autographes. Jacob était au bar, avec un double whisky qu'il avait commandé pour se remettre de ses émotions, lorsque quelqu'un lui tapota l'épaule.

C'était Ilana.

Il n'en revenait pas et se demanda un instant s'il hallucinait. Son cœur battait à tout rompre. Elle devait sûrement le confondre avec quelqu'un d'autre. Il regarda derrière lui, mais il n'y avait personne. C'était bien à lui qu'elle s'adressait.

De près, elle était plus belle encore. Ses yeux bleu océan pétillaient et il se dit qu'elle avait quand même dû le remarquer sur la plage. Mais hélas, ce n'était pas lui qui l'intéressait mais son couvre-chef. Elle lui demanda s'il l'avait acheté en Israël. Il était anéanti. « Non », lui répondit-il en hébreu et il lui demanda si elle parlait anglais.

« Oui », dit-elle avec un accent prononcé. Elle ajouta qu'elle parlait aussi un peu de hindi car sa mère était de Bombay. Elle continua : « J'aime bien cette toque, c'est très élégant. Comment ça s'appelle ?

— Une toque Gandhi », répondit-il puis il se présenta : « Je me nomme Jacob. »

Il se serrèrent la main et elle continua : « Quand je suis descendue de la scène, j'ai remarqué ton chapeau. Il me faut absolument le même. Où peut-on le trouver ? Peut-être à Lod ou à Dimona ? J'aimerais avoir ça pour mon prochain spectacle. J'ai un costume avec lequel ça irait très bien. C'est un *shervani*[1] violet et je crois que si je mettais ce genre de toque avec, j'obtiendrais exactement l'effet que je recherche. Est-ce que je peux le voir de près ? »

Jacob l'enleva d'un geste enthousiaste et le lui tendit : « Tiens, je serais heureux de te l'offrir. »

Elle commença par refuser : « Ah non, non, je ne peux pas, je voulais seulement me renseigner, je ne peux pas accepter. C'est que j'adore tout ce qui est indien. Je ne suis jamais allée en Inde. Ta toque Gandhi, elle détonnait vraiment, alors il fallait absolument que je vienne te voir. » Là-dessus, elle retira son diadème et ses cheveux tombèrent sur ses épaules. Elle arrangea la toque sur sa tête en se regardant dans le miroir du bar. Jacob l'aida à l'ajuster et lui dit : « Je t'en prie, garde-le, c'est un cadeau. Ça te va très bien. De toute façon, ma mère pourra m'en envoyer une autre de Danda.

— Danda ? C'est où ça ? »

Avant même qu'il ait pu lui répondre et l'inviter à boire un verre, une foule d'admirateurs l'avait entourée pour lui serrer la main et lui demander des autographes. Là-dessus, son amie blonde arriva et lui demanda de se dépêcher

---

1. Manteau long pour hommes, généralement brodé, que l'on porte pour les grandes occasions.

– ils devaient partir pour faire un enregistrement à Jérusalem. Ilana remercia rapidement Jacob et se dirigea vers la porte. Ce dernier n'eut même pas le temps de lui donner son numéro de téléphone. Elle partait.

Il ne vit plus que sa toque au milieu de la foule et la regarda disparaître de sa vie...

Langue grillée

Ingrédients
Langue de mouton, sel.

Préparation
Faites griller deux langues de mouton
sur la braise ou au four.
Pelez, coupez en cubes, salez légèrement
et offrez à l'apéritif ou pour accompagner
un curry servi avec du riz.

C'était l'année où Jacob était venu à Danda. Rachel était angoissée car il était constamment de mauvaise humeur. Elle détestait ses longs silences. D'habitude il sortait toujours à droite et à gauche, avec ses vieux copains, au cinéma à Bombay ou à Alibaug. Rachel ne savait plus que faire pour le dérider. Elle craignait qu'il n'ait même plus envie de manger du methi. Elle était décidée à le faire parler, coûte que coûte. Aussi, une semaine avant son retour en Israël, elle prépara du mouton en sauce au poivre et de la langue grillée, ses plats préférés, après le methi. Les petits plats que sa mère mijotait arriveraient bien à lui délier la langue...

Jacob finit par être sensible aux efforts de Rachel et il ouvrit une bouteille de Carmel rouge. Il vit que sa mère avait sorti sa plus belle nappe et la vaisselle des grands jours. Autrement dit, elle voulait lui parler. Il savait qu'il allait devoir passer à table.

Le repas était délicieux. Petit à petit, bouchée après bouchée, il lui parla d'Ilana. Il craignait que Rachel ne l'apprécie pas, car elle était très différente des filles Bné Israël. Elle portait des vêtements occidentaux dernier cri et il lui arrivait d'enlever le haut de son maillot à la plage. Et surtout, elle était riche et célèbre. Rachel n'était pas très rassurée et elle lui proposa d'aller déposer des roses sur les tombes des ancêtres et de passer un moment au rocher du prophète Élie. Il lui montrerait la voie.

Il fit tout ce qu'elle lui avait demandé, ne serait-ce que pour lui faire plaisir. Il ne croyait pas que le prophète allait résoudre ses problèmes. Depuis l'enfance, Rachel calmait leurs angoisses avant et après les examens en leur racontant les histoires du prophète Élie.

Et pourtant, la veille du départ de Jacob, Rachel lui fit une surprise. Il était occupé à réparer le poulailler en sifflotant, quand elle lui demanda : « Tu ne m'as pas dit que Samuel joue du sitar pour elle ?

— C'est ça.
— Tu sais qu'il est de la famille ?
— Comment ça ?
— Sa femme est une cousine éloignée.
— Du côté de papa ?
— Non, de mon côté, d'Ahmedabad. Tu sais, on a tous des liens familiaux. Rencontre-le et tu verras, tout va s'arranger.
— Et comment ?
— Ce n'est pas compliqué. Tu vas l'appeler et il va t'inviter à dîner. Et puis là, mine de rien, tu pourras lui parler du concert et lui raconter comment tu as rencontré Ilana. Tu lui diras que tu aimerais la revoir. Peut-être va-t-il te donner son numéro de téléphone, ou arranger une rencontre ou encore t'inviter à leur prochain concert. Tu pourrais même lui acheter une nouvelle toque à

la boutique *khadi*[1] d'Alibaug, puisque c'est avec ça que tout a commencé. Ça pourrait devenir une sorte de porte-bonheur. Et ensuite, quand tu la reverras, ce sera à toi de te débrouiller.

— Oui, ça a l'air facile comme ça, mais ça n'est pas aussi simple. Et puis tu sais, maman, j'ai peur que tu ne l'apprécies pas.

— Pourquoi donc ?

— Elle n'est pas comme les filles que tu connais.

— Et alors ?

— Même dans sa façon de s'habiller.

— Ah bon ? Elle se promène en petite culotte ?

— Elle en serait capable.

— C'est si important ?

— Je ne sais pas trop. Je ne suis pas certain qu'elle puisse s'intégrer à notre famille.

— Je crois que tu t'en fais inutilement pour la famille, les vêtements et tout ça ! Ce n'est pas ça qui compte dans la vie. C'est ton éducation indienne qui te fait réagir de cette façon. Mais tout cela ne compte pas quand on s'aime. Une fois qu'un couple vit ensemble, ces choses-là finissent par s'arranger d'elles-mêmes.

— Je n'arrive pas à me décider. Je ne la connais même pas.

— Alors trouve une façon de la connaître et ensuite tu verras bien. Ne mets pas la charrue avant les bœufs.

— Et la famille ?

— Quoi, la famille ? Si tu es heureux, on le sera aussi. Zephra n'aura certainement aucun

---

1. Tissu élaboré avec des matières premières naturelles, filé, tissé ou tricoté main.

problème avec elle. Enfin, j'espère quand même que tu lui conseilleras de s'habiller décemment quand elle viendra à Danda. » Rachel lui fit un sourire. « Quant à Aviv, c'est vrai qu'il est un peu vieux jeu, comme l'était ton père, mais Irène l'aidera à se faire à l'idée d'une belle-sœur un peu... disons... originale. Et le reste de la famille, ils vont commencer par faire tourner le moulin à paroles et au bout du compte, ils seront trop heureux de se vanter de leur fameuse cousine Ilana Stein Dandekar.

— Il se pourrait qu'elle ne change pas de nom.

— Pourquoi ?

— C'est ce que font ces filles-là.

— Bon, ça, il va falloir que j'y réfléchisse. Enfin, les femmes changent une fois qu'elles sont mariées.

— Elle, je n'en suis pas si sûr. Je pense que c'est une fille très indépendante et déterminée.

— Tu veux dire que c'est elle qui va porter la culotte dans le ménage ?

— Je n'en sais rien.

— Elle sait cuisiner ?

— Je n'ai pas pu l'approcher assez pour savoir ça. Je ne l'ai toujours vue que de loin.

— Où ça ?

— À la plage.

— Et elle porte quoi à la plage ?

— Pas grand-chose.

— Vilain garçon...

— Tu sais maman, je doute vraiment qu'elle voudra m'épouser.

— Pourquoi tu dis ça ?

— J'ai des amies à l'armée qui ne veulent pas se marier.

— Des amies ?

— Oui.

— Est-ce qu'il y a des filles Bné Israël avec toi à l'armée ? demanda-t-elle d'un ton plein d'espoir.

— Oui.

— Tu n'aurais pas pu te simplifier l'existence et choisir une gentille fille indienne ?

— Qu'est-ce qui te fait dire qu'Ilana n'est pas gentille ?

— Je n'ai pas dit ça, elle est sûrement adorable. Après tout, sa maman est une fille de Bombay. C'est juste que tu en parles comme d'une diablesse.

— Qui, moi ?

— Oui.

— Eh bien j'ai tort, parce que c'est une fille très douée et intelligente.

— Et jolie.

— Oui, très.

— Mais elle paraît hors de portée, comme un rêve.

— Exactement. Dis-moi la vérité, est-ce qu'elle va m'aimer ?

— Elle va t'aimer.

— De quoi j'ai l'air ? demanda Jacob en rentrant le ventre et en faisant jouer ses biceps.

— Tu es bien fait et grand, plus grand que ton frère. L'armée t'a fait du bien et tu as pris soin de toi. Tu es bel homme et si tu laissais pousser tes cheveux, tu ressemblerais au jeune Moïse dans *Les Dix Commandements*, le prince d'Égypte, avant qu'il se fasse pousser la barbe.

— Arrête de te moquer. Sérieusement, tu trouves que je ressemble à Charlton Heston ?

— Voyons, c'est un vrai compliment que je te fais. Quelle fille pourrait résister à un homme pareil ? Jusque-là, elle n'a remarqué que ta toque Gandhi ; mais quand elle va remarquer le reste, elle va te courir après. On ne sait jamais avec les femmes. Si ça se trouve, la toque, c'était juste un prétexte. Moi, je te conseille de faire le difficile.

— Tu crois ?

— Absolument. Une fois que vous aurez fait connaissance, évite de lui courir après.

— Mais je n'ai qu'une envie, c'est d'être près d'elle.

— Je te conseille de prendre ton temps et tu verras, elle te respectera.

— Et si elle ne m'aime pas ?

— On ne peut jamais être sûr de rien et c'est vrai que tu dois aussi envisager ce cas. Pour Aviv et Irène, c'était différent parce que nous savions dès le départ que ces deux-là s'appréciaient. Mais pour toi, ce n'est pas évident.

— Moi, en tout cas, elle me plaît.

— D'accord, mais si ce n'est pas réciproque, tu feras quoi ? Si elle ne tombe pas amoureuse de toi tout de suite.

— Je n'en sais rien. Je ne suis même pas certain de pouvoir l'approcher.

— On ne peut jamais présager de rien. Parfois, l'amour c'est comme la magie et si tu t'en remets au prophète Élie, tes rêves se réaliseront peut-être. »

Jacob se sentait apaisé et il avait un peu repris confiance en lui. Au moins, il s'autorisait de nouveau à rêver.

Avant de repartir, Jacob voulut acheter un cadeau à sa mère, quelque chose de spécial.

C'était sa façon de la remercier. Ils prirent un autorickshaw pour aller au Sari Emporium d'Alibaug. Comme d'habitude, elle n'arrivait pas à se décider et ce fut Jacob qui lui choisit un ensemble salwar kamiz noir. Il pensait que ça lui irait très bien. Rachel était un peu contrariée et lui demanda : « C'est parce que ton Ilana s'habille dernier cri que tu veux que je porte des couleurs à la mode ?

— Mais non, maman, dit-il en souriant. J'ai juste envie que tu essaies quelque chose de nouveau. Tu sais, de nos jours, les femmes de ton âge s'autorisent à porter des salwar et ça leur va très bien. Tu verras quand tu vas l'essayer... »

Et en effet, une fois qu'elle eut enfilé l'ensemble, elle se trouva jolie. Elle eut l'impression d'être redevenue une adolescente. Elle n'avait jamais rien porté de tel et ne possédait aucun vêtement noir.

« Pourquoi du noir ? demanda-t-elle à Jacob avec un soupçon d'agressivité.

— C'est parce que tu m'as forcé à manger tous ces plats, la langue grillée et ta sauce au poivre noir magique, et que ça m'a fait du bien. »

Rachel sourit. Elle ne lui dit pas qu'elle avait déjà appelé Norine en Israël pour lui demander de parler à Samuel Kehimkar, afin qu'il organise une rencontre entre Jacob et Ilana.

Le soir même, Rachel porta le salwar kamiz pour faire plaisir à son fils.

Elle en avait fait du chemin : elle était passé du sari de huit mètres à celui de six puis de quatre mètres et voilà qu'aujourd'hui elle portait un ensemble avec un pantalon ! Elle se sentait libre, affranchie et heureuse.

CHIK CHA HALVA

Ingrédients
Blé complet ou *chik* de blé, noix de coco, sucre,
amandes, extrait de vanille, colorant alimentaire rose.

Préparation
La halva du nouvel an juif, la *chik cha halva*,
est préparée avec du *chik*. Pour faire du chik,
faites tremper du blé complet dans de l'eau
pendant trois jours, jusqu'à ce que les graines gonflent.
Broyez-les jusqu'à obtenir une pâte lisse,
étalez dans des thali et faites sécher au soleil.
Quand le chik est tout à fait sec, on le casse
en morceaux que l'on conserve dans des boîtes.
Pour préparer deux thali de chik cha halva,
il vous faut environ sept litres de lait de coco,
dix cuillères à soupe de chik, quatorze cuillères
à soupe de sucre, 100 g d'amandes, une cuillère
à café d'extrait de vanille
et du colorant alimentaire, rose de préférence.
Faites une pâte en mélangeant du chik et de l'eau.
Laissez reposer quatre heures.
Retirez l'eau qui est remontée.
Ajoutez à cette pâte le lait de coco et le sucre,
et faites cuire à feu doux, en remuant constamment
pendant quatre heures, jusqu'à ce que la pâte s'épaississe
et se détache des parois de la casserole.
Ajoutez l'essence de vanille et le colorant
et faites cuire encore une demi-heure.

Étalez sur les thali, laissez refroidir,
coupez en losanges
et décorez avec les amandes avant de servir.
Il faut consommer la chik cha halva
dans les deux jours.

C'était la dernière nuit de Zephra à Danda. Elle repartait le lendemain. Elle aurait voulu rester plus longtemps, mais son visa arrivait à expiration. Quand elle avait émigré en Israël, elle avait abandonné sa citoyenneté indienne, car elle n'avait jamais imaginé que sa vie prendrait une telle tournure.

Il y avait tant de choses à faire, à organiser, à mettre au point... Elle ne savait pas par où commencer. Le mariage, une vie à vivre entre deux pays, celui des pères fondateurs et la mère patrie. L'un habitait son esprit et l'autre son cœur. En tout cas, elle était soulagée de savoir que Judah s'occupait de la synagogue. Avec l'aide du couple Chinoy, il mettait en place une fondation pour transformer la maison de Dieu en musée juif. Pour remplir le futur musée, il fallait trouver des objets rituels en Israël et en Inde. Zephra avait vu quantité d'objets hors d'usage dans des synagogues indiennes : *shofars*[1] fissurés, mézouzot aux

---

1. Corne de bélier que l'on fait sonner à Rosh Hashana et Yom Kippour.

parchemins abîmés, vieux coffres à Torah, rideaux brodés défraîchis, couteaux à circoncision, plats pour Pessah, Ménorot cassées, bougeoirs de Hanouka[1] et toutes sortes d'ustensiles en cuivre ou laiton. La liste était sans fin. Comme elle avait travaillé bénévolement sur des sites archéologiques en Israël, Zephra fut chargée de collecter et de classer ces objets.

Aviv et Jacob s'occupaient de collecter des fonds en Israël et les Chinoy envoyaient des courriers à de nombreuses fondations de par le monde. Ilana organisa des concerts à Jérusalem et Tel-Aviv au profit de la fondation, et elle avait écrit une chanson en l'honneur de sa belle-mère, Rachel.

Kavita avait déjà planifié l'embellissement du terrain autour de la synagogue. Décision fut prise par le Comité exécutif et la fondation Chinoy de travailler conjointement à la sauvegarde de l'édifice.

De toute évidence, Zephra allait devoir passer pas mal de temps en Inde. Depuis que le projet s'était concrétisé, contre toute attente, la pression s'était fait sentir. Les défis se multipliaient et elle avait du mal à tout assumer. La tournure qu'avaient pris les événements l'avait surprise. Par ailleurs, elle avait appris que certaines des demandes de bourse qu'elle avait déposées auprès de diverses universités israéliennes, pour des fouilles sur des sites juifs en Inde, lui avaient été accordées. Dans un premier temps, cela l'aiderait à vivre en Inde.

---

1. Fête des lumières.

Quant à fixer une date pour le mariage, rien que d'y songer, elle était prise de crises d'angoisse, son cœur se mettait à palpiter, elle se sentait fiévreuse, elle ne tenait plus sur ses jambes et avait de violentes migraines. Et pourtant, elle en rêvait... Elle voulait se marier à la synagogue de Danda, sur le sable blanc de la plage avoisinante, lors d'une nuit de pleine lune sous un baldaquin d'étoiles, toute de blanc vêtue. Elle ressemblerait à un personnage de Chagall.

Allongée sur le sable à observer le coucher du soleil, Zephra soupira. C'était toujours pour elle un spectacle nostalgique. Enfant, son père avait coutume de prendre sa petite main dans la sienne et de rester au bord de l'eau, à regarder le soleil couchant passer du rose au doré, avant de se dissoudre dans le bleu nuit de la mer et du ciel, jusqu'à ce que l'obscurité enveloppe Danda.

Rachel était à la cuisine et préparait un dîner gargantuesque en l'honneur de Zephra. S'affairer de la sorte lui permettait de penser à autre chose qu'au départ imminent de sa fille. Judah était en route, probablement encore sur le bateau. Les Chinoy leur prêtaient une voiture pour aller à l'aéroport par l'autoroute de Navi Mumbai. Zephra avait fait ses valises, il lui restait six heures jusqu'à son départ et elle était tendue.

Elle entendit le bruit d'un gros poisson dans la mer ; un dauphin peut-être. Il lui semblait qu'elle était devenue un poisson elle aussi, car elle avait très envie de retourner dans le ventre de sa mère, où elle pourrait flotter loin des soucis de l'existence, des choix de lieux de vie et de pays. Elle était dans un état semi-conscient et se sentait bercée par les eaux maternelles. Un sourire se dessina sur ses lèvres.

Elle ouvrit les yeux et regarda le ciel qui s'étirait en d'infinies couches de bleus, ponctuées de nuages. Des oiseaux marins aux ailes blanches volaient au-dessus d'elle, si loin et pourtant si proches. Elle était convaincue qu'il lui suffirait d'étendre le bras pour pouvoir les toucher. Un cercle de nuages laiteux dansait autour d'elle, un peu comme celui qu'elle avait vu dans une peinture de Chagall au musée d'art moderne de Tel-Aviv. À cet instant, pour Zephra, tout tournait autour de sa mère, dont le sourire se réfléchissait sur elle comme la lune argentée qui venait d'apparaître à l'horizon.

Dans ce sourire, Zephra reconnut les sphères de son propre univers, peuplé de la vieille synagogue, des maisons, des arbres, des oiseaux, des animaux et des poissons.

Le ciel passa de bleu profond à une teinte évoquant la transparence d'un vitrail. Cela lui rappela encore une autre peinture de Chagall, celle où un couple de mariés se tiennent enlacés, suspendus entre ciel et terre. C'était un hymne à l'amour.

Rachel et Judah étaient devenus le noyau de son univers.

Ils étaient le trou de serrure à travers lequel elle voyait Israël, l'Inde, Danda, les largesses et les restrictions de la vie.

En Israël elle avait souvent la nostalgie de Danda, un monde onirique, un fragment de son imaginaire. Soudain, elle se sentit éparpillée entre l'Inde et Israël, ses pensées affolées hachées de silhouettes en chute libre et de rayons de lumière colorés.

Zephra était toujours étendue sur le sable, entre la mer et la maison où Rachel saupoudrait la halva de pétales de roses ; Judah lui tendait les bras depuis les eaux agitées de la mer d'Arabie. Bientôt l'avion décollerait de l'aéroport Chatrapati-Shivaji de Bombay pour atterrir à l'aéroport Ben-Gourion de Tel-Aviv et alors son monde imaginaire se dissoudrait dans la dure réalité.

Son corps s'était enfoncé dans la douceur du sable, mais elle se sentait comme suspendue dans les airs. Elle eut la sensation de tournoyer, comme si elle allait s'envoler toute seule vers la Terre promise, mais elle était enracinée dans la terre qui l'avait vue naître.

À présent, ses yeux étaient grands ouverts et elle se tourna vers les lumières de la maison pour recoller les fragments de souvenirs. Cette maison était-elle une illusion du passé ou un gros bouquet d'images sépia, parfumées, distantes et pourtant si proches de son cœur ?

Elle trembla en s'imaginant en robe de mariée. Il y avait tant de poésie dans le voile blanc qui flottait à l'infini au-dessus de la mer vers Judah qui se penchait sur elle pour l'embrasser tendrement. Elle tendit les doigts pour le toucher, mais il n'était pas là. À sa place, il y avait un bouquet dans sa main. Une fenêtre s'ouvrit soudain dans la maison au toit transparent, où le ciel voila Zephra la mariée. Elle s'abandonna dans les bras de son promis qui lui murmurait à l'oreille : « Tu es pour moi un bouquet de myrrhe... Tu es pour moi une grappe de troène dans les vignes d'Ein-Guédi... »

Un sas sembla s'ouvrir dans le ciel nocturne et, dans la pénombre, elle reconnut Judah lui tendant les bras, dans le pays perdu de son enfance. Était-elle sur le point de se noyer dans les sables mouvants ou se balançait-elle dans un berceau de fleurs ? De nouveau, elle se sentit monter dans les airs, la main de Judah tenant fermement la sienne. Ils s'élevaient toujours plus haut. Ils volaient au-dessus des objets prosaïques du quotidien, vers un foyer qu'ils finiraient par bâtir ici ou là-bas, avec les fragments du passé, du présent et du futur, réels et imaginaires, jusqu'à ce que ses rêves se fondent dans la réalité.

Zephra se releva. Elle se sentait un peu mieux. Elle frotta de la main ses vêtements pour enlever le sable et retourna à la maison. Rachel l'aperçut de la fenêtre de la cuisine ; elle avait l'air éreintée mais heureuse. Elle entendit Brownie aboyer et sut que Judah venait d'arriver.

La table était mise. Il y avait des bougies, du vin et de la halva, dont la couleur et le parfum rappelaient un bouquet de roses.

Le cœur lourd, Rachel s'affaira à la cuisine. Elle avait préparé un repas digne du nouvel an. Elle aurait bien voulu faire comme jadis : confectionner une offrande, avec une tête de chèvre marinée dans les épices de la terre.

Ce serait pour plus tard.

Zephra s'était enfin décidée à se marier et l'heure était à la fête. Rachel avait cuisiné à l'avance des spécialités que Zephra emporterait pour la famille en Israël. Elle avait passé toute la journée à préparer la halva pour Zephra et Judah.

C'était la recette du bonheur.

Glossaire

Alou : Pommes de terre (en hindi).

Alya : Le retour ou l'immigration en Israël de Juifs de la diaspora.

Bajra bkakhra : Galettes épaisses de millet, croustillantes à l'extérieur et moelleuses à l'intérieur.

Bar Mitsva : (« Fils du commandement » en hébreu) À treize ans, un jeune garçon juif atteint sa majorité religieuse. Dès lors, il a le devoir d'accomplir des commandements et peut faire partie d'un *miniane* pour la récitation des prières publiques.

Batata : Pommes de terre.

Besan laddou : Petits gâteaux ronds à base de farine de pois chiches et de noix.

Bhajan : Chant dévotionnel hindou.

Bhajji : Beignets.

Bima : (« Estrade » en hébreu) Estrade surélevée de plusieurs marches et entourées d'une balustrade où le ministre officiant dirige la prière à la synagogue.

Bné Israël : L'une des trois communautés juives d'Inde.

Bollywood : Contraction de Bombay et Hollywood.

Bombil : Poisson apparenté au flétan, que l'on pêche dans la mer d'Arabie.

Casher : (« Conforme » en hébreu) Se dit de toute nourriture propre à la consommation au regard des lois alimentaires du judaïsme. Parmi les animaux, sont considérés comme casher les mammifères qui ont le sabot fendu et qui ruminent, un certain nombre d'oiseaux à l'exclusion des rapaces, les poissons munis de nageoires et d'écailles. Le bétail et la volaille doivent être abattus de façon rituelle. Avant de manger leur chair, il faut en exprimer le sang en la salant. Les aliments carnés et lactés ne doivent être ni cuits ni consommés ensemble.

Cashrout : Corpus de lois alimentaires.

Chamach : Il traversait le village pour rappeler aux Juifs qu'une fête religieuse était sur le point de commencer et qu'ils étaient attendus à la synagogue pour la prière. Il délivrait aussi d'autres messages communautaires et s'occupait de l'entretien de la synagogue.

Chapati : Galette ronde de pain indien.

Chikki : Friandise à base de sucre de palme, cacahuètes, graines de sésame ou noix de coco. La consistance est semblable au praliné.

Cocum : Fruit que l'on utilise le plus souvent séché, pour parfumer un plat ou pour préparer une boisson désaltérante.

Curry : Désigne les plats en sauce. La poudre de curry est inconnue dans la cuisine indienne.

Dal : Lentilles.

Dandekar : Dans le Konkan, les patronymes se composaient du nom du village d'origine auquel on ajoutait le suffixe « kar ». Ainsi, Dandekar, qui vient du village de Danda.

Dolique d'Égypte : Légumineuse.

Doudh : Calebasse ou gourde, plante herbacée de la famille des cucurbitacées.

Eliyahou Hanavi : Le prophète Élie, prophète du royaume du Nord qui dénonça le culte des idoles auquel se livrait le roi Achab sous l'influence de son épouse païenne la reine Jézabel. Selon la Bible, il ne mourut pas. Il est au Ciel chargé d'enregistrer les actions des hommes et de guider les âmes des défunts au paradis. Il descend souvent sur terre où il se manifeste sous diverses identités, tantôt comme porteur de messages divins, tantôt comme émissaire de Raziel, afin de venir en aide aux hommes dans les temps difficiles. Sa mission est de faire régner la concorde entre les hommes, de les inciter au repentir de façon à les ramener à Dieu.

Gharry : Beignets sans lait.

Ghee : Beurre clarifié.

Haggada : (« Récit » en hébreu) Recueil de textes qu'on utilise au cours du Séder de Pâques, où figure la liturgie récitée à la table familiale, et qui permet de revivre la sortie d'Égypte.

Hanouka : (« Dédicace » en hébreu) Fête religieuse dite aussi fête des lumières qui commémore la révolte des Maccabées et la réinauguration du Temple de Jérusalem après sa profanation par des cultes hellénistiques. La tradition nous rapporte que l'infime quantité d'huile sainte trouvée dans le sanctuaire, à peine suffisante pour alimenter le chandelier pendant une journée, lui avait miraculeusement permis de rester allumé huit jours.

Hazzan : (« Chantre » en hébreu) Employé de la synagogue chargé de réciter les prières, en particulier lors du shabbat et des grandes fêtes.

Jaggery : Sucre de palme non raffiné, vendu en blocs solides.

Janmashtami : Fête hindoue célébrant la naissance de Krishna, le huitième avatar de Vishnou.

Kadhi : Sorte de soupe de coco.

Karanjia : *Pouri* avec une farce sucrée à base de noix de coco que les Bné Israël préparent pour rompre le jeûne de Kippour.

Karela : La margose, concombre africain ou melon amer, est une plante grimpante cultivée dans les pays chauds pour son fruit comestible, bien que très amer.

Karhai : Poêle en fonte dont la forme est incurvée comme un wok, avec deux poignées.

Maror : (« Herbes amères » en hébreu) Les herbes amères sont consommées au cours du Séder de Pâques afin de rappeler aux

Juifs l'amertume de la servitude des Juifs en Égypte.

Khadi : Tissu fait de matières premières naturelles, filé, tissé ou tricoté main.

Kheer : Riz au lait indien.

Khichdi : Plat à base de riz, de lentilles et quelquefois de légumes que l'on cuit ensemble.

Khoupa : Le mariage juif est célébré sous la *khoupa*, un dais qui symbolise le foyer du couple. Il est ouvert de toutes parts, comme la tente d'Abraham et de Sarah, afin d'offrir l'hospitalité aux amis et aux membres de la famille sans aucune restriction.

Kiddoush : (« Sanctification » en hébreu) Récitation de prières et de bénédictions au-dessus d'une coupe de vin au début du shabbat ou des grandes fêtes.

Kima : Plat indien à base de viande hachée, facile et rapide à préparer.

Kippa : Calotte portée par les Juifs orthodoxes qui doivent avoir la tête couverte, et qui rappelle que la présence divine est toujours au-dessus d'eux.

Kirtan : Musique dévotionnelle du sikhisme.

Laddou : Petits gâteaux en forme de boule, le plus souvent à base de farine de pois chiches, servis dans un sirop de sucre.

Lavni : Forme de théâtre populaire du Maharashtra avec des danses suggestives et un langage obscène.

Lekhaïm : « À la vie » (en hébreu).

Lili : herbe dont le goût rappelle la citronnelle et qui sert à faire une infusion. Certains en ajoutent au *chaï*, thé indien aux épices.

Masala : Mélange, terme qui s'applique aux mixtures d'épices, en poudre ou avec des ingrédients frais.

Mazal tov : Bonne chance (en hébreu).

Mehendi : Fête réservée aux femmes, qui précède les noces et où l'on décore les mains au henné.

Ménora : Chandelier à sept branches.

Mézouza : (« Montant de porte » en hébreu) Petit étui contenant un rouleau de parchemin sur lequel sont inscrits les deux premiers passages de la prière *Écoute Israël* et qui est fixé sur le linteau droit de la porte d'entrée de tout Juif pratiquant. Il est de coutume de toucher et d'embrasser la mézouza en franchissant le seuil.

Miniane : (« Nombre » en hébreu) Quorum de dix hommes adultes requis pour les prières juives ou la lecture de la Torah.

Naan : Pain indien cuit au four tandour.

Paratha : Pain indien feuilleté sans levain, que l'on enduit de beurre clarifié. On le fait soit frire, soit cuire sur une plaque métallique.

Patrel : Feuilles de taro.

Péda : Petits gâteaux que l'on distribue à l'occasion d'un heureux événement.

Penjabi : Pantalon et tunique longue.

Pomfret : Poisson à chair blanche.

Pouri : Pain que l'on plonge dans un bain de friture.

Pourim : (« Sort » en persan) Fête juive qui commémore la délivrance des Juifs de la main de Haman qui faillit les exterminer, ainsi que relaté dans *Le Livre d'Esther*.

Raïta : Préparation à base de yaourt.

Ramlila : Spectacle religieux qui relate la bataille entre le dieu Rama et Ravana, et qui s'étale sur plusieurs jours.

Salwar kamiz : Ensemble composé d'une tunique longue portée sur un pantalon, généralement bouffant, quelquefois serré au mollet, et d'un long foulard que l'on drape sur la poitrine.

Sandan : Sorte de beignets sucrés-salés à base de farine de riz qui accompagnent un plat. Les Bné Israël les servent souvent avec un curry vert.

Séder : (« Ordre » en hébreu). Repas rituel du soir de Pessah accompagné du récit de la sortie d'Égypte.

Shanvar Téli : « Presseur d'huile du samedi », surnom donné par leurs compatriotes hindous aux Juifs dans le Konkan, car c'était là leur gagne-pain et ils ne travaillaient pas le samedi.

Shervani : Manteau long pour hommes, généralement brodé, que l'on porte pour les grandes occasions.

Shivaji Bhosle : A fondé l'empire marathe en 1674.

Shofar : Corne de bélier que l'on fait sonner à Rosh Hashana et Yom Kippour.

Sown : Doré.

Tandour : Four en terre cuite en forme de jarre.

Téli : Presseur d'huile.

Téva : Pupitre posé sur la *bima* qui rappelle l'autel de l'Ancien Temple de Jérusalem, sur lequel on pose le rouleau de Torah pour en faire la lecture.

Thali : Assortiment végétarien, servi dans un plat rond à rebords appelé également thali.

Torah : Nom hébreu du Pentateuque.

Tisha be Av : Le neuvième jour du mois de Av est le jour le plus triste de l'année juive, marqué par un jeûne en souvenir de la destruction des deux Temples de Jérusalem.

Yom Kippour : (« Le jour du pardon » en hébreu) Célébré par une journée de jeûne, c'est le jour le plus saint du calendrier juif, qui clôt la période des dix jours de pénitence.

Zari : Broderies faites avec des fils très fins d'or ou d'argent véritable.

Remerciements

C'est parce que... à sept ans, ma grand-mère Shebabeth m'a obligée à décorer les rebords des galettes *Kippour Chi Puri*... Ma cousine Elizabeth Elijah m'a donné le cahier de recettes de tante Abigail Solomon... J'ai fait un voyage de recherches à Alibaug et à Danda, pour mon livre *Book of Esther*, et j'y ai découvert une minuscule communauté juive qui a préservé ses traditions culinaires... J'ai évoqué une sauce au poivre noir dans *La Ville en ses murs* sans savoir ce que cela allait signifier... J'ai trouvé un article concernant une autre Rachel qui avait voué sa vie à s'occuper d'un cimetière juif au Pakistan... Je me suis moi-même consacrée au cimetière de Baroda... J'ai réuni des artéfacts rituels pour le musée de la ville d'Ahmedabad... Ma cousine Sybil David avait l'habitude d'évoquer avec nostalgie des recettes presque oubliées... J'ai retenu le parfum du curry vert à la noix de coco que Sarah, ma mère, préparait le dimanche... Et Julie Pingle a bien voulu m'initier aux arcanes de la cuisine Bné Israël en préparant devant moi un chik cha halva rose... que *Le Livre de Rachel* a pu voir le jour. Qu'elles en soient toutes remerciées.

Je remercie également Héloïse d'Ormesson de s'être intéressée au *Livre de Rachel* et de l'avoir publié en français, Namrata Dwivedi pour son travail de recherche et de lecture, maître Nilesh Trivedi pour m'avoir éclairé sur des sites religieux conflictuels, Lilaben et Raïli qui m'ont aidé à préparer certaines recettes, Bijoy Shivram pour des images, le Centre National du Livre pour avoir inclus *Rachel* – qui n'était alors qu'une nouvelle – dans l'anthologie publiée pour les Belles Étrangères : Inde, la Maison des Écrivains Étrangers et des Traducteurs à Saint-Nazaire pour m'avoir permis d'écrire quelques chapitres de ce livre, Régine Herzberg Poloniecka, l'autre grand-mère de mes petits-enfants, pour ses plats juifs polonais qui m'ont encouragée à me plonger dans la tradition juive indienne, ma traductrice et amie Sonja Terangle pour toutes ses questions sur cette cuisine, ma fille Amrita pour avoir testé certaines recettes – et les avoir réussies mieux que moi –, mes éditeurs chez Penguin Viking, Dya Kar Hazra, Krishan Chopra et Jaishree Ram Mohan, pour la mise en forme de ce roman et, enfin, Amrita, mon fils Robin, mon gendre Nathaniel, mes petits-enfants Kiran-Amos et Mira-Rachel-Roma parce qu'ils aiment les plats Bné Israël que je leur prépare !

Table des matières

Poisson frit	9
Sown kadhi	23
Curry de mouton au tamarin	33
Pithal	45
Poulet kesari	57
Anashi dhakacha san, Pessah	73
Bombay duck	91
Tandlya chi bhakhri	107
Omelette indienne	117
Methi bhaaji	129
Chaï	143
Poisson alberas	149
Saat padar	167
Pouranpoli	179
Birda	191
Kanavali	197
Patates tilkout	209
Malida	221
Mogettes	235
Boulettes de viande	247
Curry de poisson masala rouge	261
Miri cha maas	269
Langue grillée	287
Chik cha halva	295
Glossaire	305
Remerciements	313

12842

Composition
NORD COMPO

*Achevé d'imprimer en Espagne
par* BLACK PRINT
le 12 janvier 2020.

Dépôt légal janvier 2020.
EAN 9782290225783
OTP L21EPLN002706N001

Éditions J'ai lu
87, quai Panhard-et-Levassor, 75013 Paris

Diffusion France et étranger : Flammarion